Günter Kampf

Der Camino der Hoffnung

Roman

Impressum

Bibliografische Information der Deutschen Nationalbibliothek: Die Deutsche Nationalbibliothek verzeichnet diese Publikation in der Deutschen Nationalbibliografie; detaillierte bibliografische Daten sind im Internet über http://dnb.dnb.de abrufbar.

Bildnachweis Cover: Burkard Meyendriesch von Pexels.

Verlag: BoD · Books on Demand GmbH, In de Tarpen 42, 22848 Norderstedt, bod@bod.de

Druck: Libri Plureos GmbH, Friedensallee 273, 22763 Hamburg

ISBN: 978-3-7693-5149-1

Inhaltsverzeichnis

Vorwort

Alle in diesem Buch dargestellten Personen, Ereignisse und Orte sind vollständig fiktiv. Jegliche Übereinstimmungen mit realen Personen, lebendig oder verstorben, sind rein zufällig und unbeabsichtigt. Die Namen, Charaktere, Unternehmen und anderen Elemente dieser Geschichte wurden von dem Autor erdacht und dienen ausschließlich der Unterhaltung. Jegliche Ähnlichkeit mit realen Personen, lebenden oder verstorbenen, ist nicht beabsichtigt und sollte nicht als solche interpretiert werden.

1 – León

Das vom Leben gezeichnete Gesicht einer alten Frau näherte sich Johannes Winter, ganz langsam, aber unaufhaltsam. Ihre Augen, tief und unergründlich, starrten ihn an, während sie sich immer mehr in sein Blickfeld schob. Ihr Haar war grau, zerzaust und unordentlich, und sie trug eine hellgrüne OP-Maske, die ihr Gesicht fast vollständig verhüllte. Wer war sie? Johannes konnte sich nicht erinnern, sie jemals gesehen zu haben. Doch da war etwas an ihrem Blick, das ihm bekannt vorkam, etwas, das sich wie eine schwer lastende Erinnerung anfühlte.

Plötzlich sprach sie laut zu ihm: „Wo warst du, als ich dich gebraucht habe?" Ihre Stimme schnitt wie ein Messer durch die Stille. Johannes wollte zurückweichen, doch sein Körper gehorchte ihm nicht. Er wollte antworten, doch kein Laut kam über seine Lippen. Es war, als ob seine Stimme erstickt worden wäre, gefangen in seiner Kehle. Das Gesicht kam immer näher, fast berührte es seine Nase. Der Raum um ihn herum schien sich zu verengen, bis es plötzlich still war.

Und dann war sie weg. An ihrer Stelle stand nun Carmen, seine Frau. Ihre Augen, die die gleichen schmerzlichen Fragen stellten, wie die der alten Frau, durchbohrten ihn mit einem unverhohlenen Vorwurf. „Ich hätte dich so dringend gebraucht. Wo warst du?" Ihre Stimme war leise, aber der Schmerz darin laut genug, um ihn wie ein Schlag zu treffen. Johannes wollte einige Worte sprechen, doch seine Lippen blieben stumm. Verzweiflung kroch in ihm hoch. Warum konnte er nichts sagen? Warum konnte er ihr nicht erklären, was er nicht einmal selbst verstand?

Plötzlich tauchte Larissa auf, seine zehnjährige Tochter. Sie stand neben Carmen, ihre Augen fest auf ihn gerichtet. Ihr Blick war unerbittlich, bohrte sich wie ein scharfer Pfeil in seine Seele. Lange Stille. Nur das schwere, durchdringende Anstarren, das all seine Abwehrmechanismen durchbrach.

„Papa", sagte sie schließlich, ihre Stimme fast ein Flüstern. „Wo bist du gewesen, als ich dich so sehr gebraucht habe?" Wieder wollte er antworten. Die Worte lagen ihm auf der Zunge, doch sie wollten nicht heraus. Er öffnete den Mund, doch kein Ton kam.

Die alte Frau erschien nun wieder, doch diesmal stand sie neben Carmen. Alle drei – Carmen, Larissa und die fremde Frau – starrten ihn an, ihre Gesichter von bitterem Vorwurf gezeichnet. Ihre Augen waren wie Fesseln, die ihn festhielten, ihn gefangen nahmen, bis er sich in einem Strudel aus Schuld und Verzweiflung zu verlieren drohte.

Dann, wie aus dem Nichts, hörte er eine liebliche, warme Frauenstimme, die durch die Flugzeugkabine schallte.

„Señoras y señores, hemos dejado la altitud de crucero y ahora estamos iniciando la aproximación a León." Johannes blinzelte, ein Teil von ihm wollte nicht aufwachen, doch die Realität holte ihn zurück. Die Ansage auf Spanisch war fast unverständlich für ihn, doch er wusste, dass gleich eine englische Version folgen würde. Kurz darauf erleuchteten die Anschnallzeichen, und ein Signalton erklang.

Der Traum war vorbei. Er hatte es erneut geträumt. In den letzten Monaten hatte dieser Albtraum ihn immer wieder heimgesucht, ein wiederkehrender Kurzfilm über seine eigene innere Zerrissenheit. Doch jetzt war er hier, auf dem Flug von Barcelona nach León, ganz wach, ganz real. Er saß in Reihe neun am Fenster des Canadair Regional Jet 1000. Die Flugzeugkabine war bis auf den letzten Platz besetzt.

Neben Johannes saß eine ältere Dame, vermutlich um die 75 Jahre alt, die sich lebhaft mit einem älteren Mann auf der anderen Seite des Gangs auf Spanisch unterhielt. Sie sprach schnell und gestikulierte mit lebendigem Eifer, ihre Stimme voller Energie und Lebenslust. Johannes konnte nicht einmal die Hälfte verstehen, doch es war offensichtlich, dass die beiden sich gut kannten und eine angeregte Unterhaltung führten. Die Dame schnallte sich an und plauderte weiter, ohne sich von ihrer Umgebung stören zu lassen. Es begann ihn zu nerven. Ihre fröhliche Ausgelassenheit schien in krassem Gegensatz zu seinen eigenen, schwerwiegenden Gedanken zu stehen.

Einmal hatte er sich im Flugzeug umgesehen, ob es andere Pilger geben würde. Die Outdoorkleidung, ein Sonnenhut, Wanderschuhe und Wanderstöcke: all das würde Pilger sehr schnell verraten. Er sah tatsächlich einige Passagiere in Wanderoutfit. Doch keine der Personen in seiner Nähe sprach deutsch. Ein älteres Paar hatte einen starken amerikanischen Akzent und die dazu passende selbstsichere und laute Aussprache. Zwei andere Rucksacktouristen schienen Einzelreisende zu sein. Sie saßen an unterschiedlichen Plätzen und sprachen, wie Johannes selbst, kaum ein Wort. Seine Hoffnung könnte sich erfüllen: er wäre mit sich alleine auf dem Weg und nicht in einer 'deutschen Reisegruppe'.

Monatelang hatte er mit sich gerungen, eine Auszeit zu nehmen. Als Pastor der evangelischen Kirche in Ottendorf war er seit elf Jahren im Dienst. Doch in letzter Zeit fühlte er sich immer weniger im Einklang mit sich selbst. Zu viele Fragen zu seinen Idealen, zu viel Unklarheit über den Weg, den er noch gehen wollte. Die Belastung durch den Beruf, die Pandemie, seine Familie und die Kirche hatte seine Seele erschöpft. Er hatte sich in den letzten Jahren immer wieder gefragt, ob er noch der Mann war, der er einmal sein wollte.

Die Entscheidung, in Spanien zu pilgern, war für ihn der Versuch, sich selbst wiederzufinden. Der Camino de Santiago sollte es eigentlich werden, doch nachdem er sich näher mit der Strecke und der nötigen Fitness auseinandergesetzt hatte, kamen ihm Zweifel. Mit 39 Jahren und ohne regelmäßige körperliche Betätigung konnte er sich kaum vorstellen, die anstrengende Route zu bewältigen. Ein Freund hatte ihm stattdessen den Camino San Salvador empfohlen – eine kürzere Route von León nach Oviedo, die zwar auch gebirgig war, aber sich gut in kleinere Etappen aufteilen ließ und weniger frequentiert war. Das klang nach der Ruhe, die er suchte.

Als das Flugzeug schließlich sanft auf der Landebahn in León aufsetzte, war Johannes erleichtert. Er hatte es geschafft. Mit seiner Regenjacke und Gürteltasche verließ er das Flugzeug. Sein Pilgersymbol hatte er längst umgehängt: das Pektoralkreuz aus Holz, ähnlich dem Kreuz im heiligen Schrein von Oviedo. Der Flughafen war klein und überschaubar, und nach wenigen Minuten hatte er seinen Rucksack vom Gepäckband abgeholt und machte sich auf den Weg aus dem Terminalgebäude. Die Fahrt mit dem Bus in die Stadtmitte war ruhig, und die kurzen Straßenabschnitte gaben ihm Gelegenheit, sich auf die kommende Zeit vorzubereiten.

In der Stadtmitte angekommen, schlenderte er durch die Straßen, überquerte den Rio Bernesga und setzte sich auf eine Bank, um die Atmosphäre von León auf sich wirken zu lassen. Hier, zwischen modernen Gebäuden und klassischen Wohnhäusern, konnte er die Ruhe noch nicht erahnen, die er suchte. Es war nicht mehr weit bis zu seiner Unterkunft, der *Albergue de las Carbajalas*. Eine einfache Pilgerherberge, wie er sie sich gewünscht hatte. Schlichte Betten, der Duft von gebrauchten Socken und alter, abgestandener Luft – alles erinnerte ihn daran, warum er hier war. Es sollte nicht um Komfort gehen, sondern um das Wesentliche.

Nachdem er sich in der Herberge eingetragen hatte und seinen Pilgerausweis, den *Credencial del Peregrino*, abgeholt hatte, machte er sich auf den Weg zur Kathedrale von León. Die gotische Schönheit des Bauwerks samt den beiden Ecktürmen beeindruckte ihn zutiefst. Im Innenraum setzte er sich auf eine der Bänke und ließ sich von der Stille und den alten Fenstern in den Bann ziehen. Mehr als eine Stunde verging, während er in den tiefen, farbigen Glasfenstern versank, als könnten sie ihm Antworten auf seine eigenen Fragen geben.

Johannes suchte noch die Statue des einsamen Pilgers am *Convento de San Marcos* auf. Ein wahres Muss für jeden Pilger, sagte man. Die Bronzestatue zeigte einen erschöpften Pilger, der unter einem Kreuz sitzend seine Sandalen ausgezogen hatte, um seine Füße zu erfrischen. Nachdenklich blickte dieser Pilger in den Himmel. Johannes betrachtete die Statue eine ganze Weile. Der Ausdruck des Pilgers war so ruhig und still, doch auch von Müdigkeit gezeichnet. In diesem Moment fand er sich in dem nachdenklichen Körperausdruck des bronzenen Pilgers fast wieder. Er wollte unbedingt noch ein Bild von sich selbst neben der Statue haben.

Die Sonne des späten Nachmittags hüllte alles in ein warmes, goldenes Licht. Da kam ein junger Mann vorbei. Johannes winkte ihm zu und zeigte auf die Statue.

„Una foto, por favor?", fragte Johannes, in der Hoffnung, dass der Fremde ihm einen Moment helfen würde.

Der junge Mann hielt an, ein Lächeln auf den Lippen. „Sí, claro, mache ich." Er nahm das Smartphone, und Johannes bemerkte mit einem Anflug von Überraschung, dass der Mann Deutsch sprach.

'So schnell trifft man sie dann doch, die Deutschen', dachte Johannes schmunzelnd, während er sich für das Bild in Position setzte.

„Mach ruhig ein paar mehr Bilder", sagte Johannes, als er sich neben die Statue setzte. Er nahm die gleiche Haltung ein wie der bronzene Pilger, zog jedoch seine Schuhe nicht aus. Da saßen sie nun, zwei einsame Pilger in fast identischer Pose, der eine aus Bronze, der andere aus Fleisch und Blut.

„Besten Dank, gracias", sagte Johannes, als der junge Mann schließlich das Smartphone zurückgab.

„Klar, gern geschehen", antwortete der junge Mann, und Johannes bemerkte, dass er in den Augen des Fremden eine gewisse Neugierde las. Der Mann zögerte kurz, dann fragte er: „Läufst du auch den Camino nach Oviedo?"

Johannes hielt inne. Der Moment schien plötzlich schwerer zu wiegen, als er erwartet hatte. „Ja, morgen früh geht es für mich los", antwortete er schließlich, mehr mit sich selbst als mit dem Fremden sprechend.

Der junge Mann trat einen Schritt näher. „Ich heiße übrigens Felix. Ich gehe auch morgen los. Vielleicht treffen wir uns unterwegs."

Johannes sah auf den gut trainiert wirkenden Pilger, der ihm gegenüberstand. Felix strahlte auf ihn die Energie eines Mannes aus, der den Camino mit Tatkraft angehen wollte. Johannes, der das Ziel hatte, den Weg ruhig und in seinem eigenen Tempo zu gehen, fragte sich, ob sie sich wirklich wiedersehen würden.

„Ich bin Johannes", sagte er schließlich, „Mal sehen, ob wir uns treffen. Ich habe viel Zeit und möchte gemütlich pilgern."

Felix nickte und drehte sich dann um, um weiterzugehen. „Ich auch. Na dann, gutes Pilgern!", rief er über die Schulter. Johannes sah ihm nach, wie er auffallend langsam in der Abendsonne verschwand, und ein leises Gefühl von Vorfreude und Ungewissheit über die kommenden Tage machte sich in ihm breit.

Als er den Platz verließ, war es bereits spät. Er hatte den Empfehlungen aus der Pilgerherberge folgend, das *Casa Mando* für das Abendessen im Kopf. Doch als er das Restaurant betrat und den vollen Raum erblickte, spürte er eine seltsame Unruhe in sich. Die Atmosphäre war laut, lebendig, der Duft von Gewürzen und frisch zubereiteten Gerichten durchdrang den Raum. Johannes, der die Stille suchte, ging ohne ein Wort weiter. Es gab heute also kein *cocido maragato*, das regionale Eintopfgericht, das man ihm so sehr ans Herz gelegt hatte.

Stattdessen entschied er sich, vor der Kathedrale ein *bocadillo* zu kaufen und das Sandwich im Schatten des imposanten Bauwerks zu essen.

Morgen würde er aufbrechen. Der Camino würde beginnen. Was würde ihn erwarten? Würde er auf dieser Reise wieder mehr zu sich selbst finden und die Lasten seiner ungelösten Konflikte ablegen können?

2 – León – Carbajal de la Legua

Johannes hatte schlecht geschlafen. Die anderen drei Übernachtungsgäste in seinem Zimmer hatten noch bis tief in die Nacht auf Englisch diskutiert – über Gott und die Welt, bei mindestens einer Flasche Prieto Picudo vom Weingut Bodegas Valdevinas. Der Klang ihrer Stimmen war zu laut, zu lebendig, als dass er zur Ruhe kommen konnte. Also hatte er sich zur Seite gerollt, Ohrstöpsel in die Ohren gesteckt und sich vergeblich bemüht, die Gedanken der anderen auszublenden. Es war schwer gewesen, in den Schlaf zu finden, aber irgendwann, als die Gespräche endlich verstummten, war er doch noch in einen unruhigen Schlaf gefallen.

Als er erwachte, schliefen seine Zimmergenossen noch tief. Johannes stand auf, machte sich im Waschraum frisch und ging dann in den Frühstücksraum. Alles war einfach, vielleicht noch einfacher als in den Jugendherbergen der 70er Jahre, von denen seine Eltern oft erzählt hatten. Die Tische und Stühle waren schlicht, und die Essensausgabe wirkte wie ein Relikt aus einer anderen Zeit. Der Raum roch nach frischem Brot und Kaffee, aber auch nach der puristischen, fast rauen Atmosphäre einer Pilgerherberge.

Er verließ die Herberge und machte sich auf den Weg. Der Morgen war kühl, der Himmel bedeckt – perfekte Bedingungen für die ersten Schritte seiner Reise. Er hatte keinen festen Plan, keine festen

Etappen, wollte nur langsam gehen und den Weg auf sich wirken lassen. Er folgte dem Symbol der Jakobsmuschel nach Norden, in Richtung Carbajal de la Legua.

Zunächst wanderte er durch die Altstadt von León, dann über einige kleine Gassen, die ihn zurück zum Rio Bernesga führten. Dem Flusslauf folgte er bis zum Ortsausgang. Der Rucksack auf seinem Rücken wog etwa zwölf Kilogramm, was er gut tragen konnte. Sein Pektoralkreuz baumelte am Hals, als sichtbares Zeichen seiner Pilgerreise. Immer wieder zogen andere Pilger an ihm vorbei – meist Ausländer, die ihn freundlich mit einem 'Buen Camino' grüßten. Johannes hatte sich diesen Gruß schnell zu eigen gemacht.

Der Weg war gut ausgebaut und führte ihn in eine friedliche Landschaft. Nach etwa einer Stunde öffneten sich zur linken Seite bunt blühende Wiesen, und der Blick auf das sanfte Grün gab ihm das Gefühl, wirklich angekommen zu sein. Pilger in allen Altersgruppen überholten ihn, immer den Muschelsymbolen am Weg folgend. Junge Leute, die fast wie Schüler aussahen, und alte Menschen, die ebenfalls mit Wanderstöcken, aber auch mit schwer aussehenden Rucksäcken an ihm vorbeizogen. Nur ein Pärchen, vermutlich Mutter und Tochter, ließ er hinter sich. Ihre Sprache klang slawisch, und sie hatten anscheinend viel zu besprechen.

Bald erreichte er den Nadelbaumwald am Monte San Isidro. Der Weg führte ihn am Rande des Waldes entlang, bevor er zum Fluss zurückkehrte. Der

Weg war unbefestigt, aber viel schöner zu gehen. Die Ruhe des Waldes und das leise Rauschen des Wassers halfen ihm, den ersten Tag der Reise anzunehmen.

Zur Mittagszeit erreichte er schließlich Carbajal de la Legua, ein kleines, verschlafenes Städtchen auf 865 m Höhe. Es gab keine offizielle Pilgerherberge, doch als er den Ort betrat, fiel sein Blick auf die *Iglesia de Santa María de Carbajal*, eine schlichte Kirche im romanischen Stil, die ihm sofort ins Auge sprang. Natürlich wollte er auch diese Kirche von innen sehen. Es war eine Mischung aus beruflicher Neugier und persönlichem Bedürfnis, sich von der nüchternen Schönheit der Orte leiten zu lassen, an denen Pilger wie er Halt machten.

Die schwere Holztür der Kirche knarrte leise, als er sie öffnete. Der Raum war dunkel, mit nur wenigen Fenstern, die das Licht schüchtern hereinsickern ließen. Vor ihm stand der Hochaltar, umgeben von religiösen Darstellungen und Heiligenfiguren. Johannes setzte sich auf eine der hölzernen Bänke in der Mitte der Kirche und ließ seinen Blick durch den Raum schweifen. Einige Malereien und Fresken an den Wänden zeigten Szenen aus dem Leben von Jesus und Maria. Es war eine Atmosphäre der Ruhe und Einkehr – alles war einfach, aber nicht armselig.

Er war der einzige Besucher, was ihn nicht störte. Im Gegenteil, es gab ihm die Gelegenheit, sich ungestört auf das zu konzentrieren, was dieser Ort ihm zu bieten hatte. Diese Kirche faszinierte ihn auf seltsame Weise. Sie war kein Ort von Prunk und Überfluss, aber sie strahlte eine tiefe, friedliche spirituelle Ruhe aus. Es war der Ort, an dem er sich auf seiner Reise innerlich ausrichten konnte.

Johannes hatte keine Ahnung, wie lange er dort saß und nachdachte, als ihn plötzlich das leise Knarzen der Tür aus seinen Gedanken riss. Eine ältere Dame trat ein, ging langsam in Richtung Hochaltar und hielt kurz inne, um sich zu bekreuzigen. Dann zündete sie eine Kerze an, legte einige Münzen in die Dose und sprach wohl ein Gebet. Johannes beobachtete sie still. Ihre Bewegung war ruhig, fast würde er sagen feierlich. Es war ein unspektakuläres, aber sehr berührendes Ritual. Vielleicht eine Witwe, dachte er, jemand, der in dieser Kirche Trost suchte.

Nachdem sie das Gebet beendet hatte, stand die Frau wieder auf, legte sich ihr Kopftuch zurecht und ging langsam und würdevoll zum Ausgang. Wieder knarrte die Tür, und kurze Zeit später war sie wieder verschlossen. Es war still. Johannes saß noch eine Weile, die Zeit schien stillzustehen.

Doch dann – ein weiteres Geräusch. Wieder knarzte die Tür, und Johannes hörte leise Schritte. Eine weitere Person hatte die Kirche betreten. Er konnte nur das Knarren einer Bank hinter ihm hören, dann wieder Stille.

Er begann, sich die Statuen genauer anzusehen. Da war Maria, dargestellt als Himmelskönigin, mit einer goldenen Krone und einer friedlichen, beschützenden Ausstrahlung. Und dann entdeckte er den heiligen Jakobus, den Schutzpatron der Pilger, der mit Pilgerstab und Muschel dargestellt war – ein Bild, das ihn an seine eigene Reise erinnerte. Auf der anderen Seite der Kirche konnte er noch eine Statue des heiligen Martin von Tours erkennen, der seinen Mantel mit einem Bettler teilte.

Plötzlich hielt er inne. Hatte er da nicht ein leises Schluchzen gehört? Das Geräusch kam aus einer der hinteren Reihen. Johannes horchte auf. Ja, da war es wieder. Es klang wie das Weinen einer Frau.

Zunächst versuchte er, das Gefühl zu ignorieren, aber es ließ ihn nicht los. Ein leises, fast unmerkliches Schnäuzen unterbrach die Stille. Vielleicht war sie ebenfalls auf der Pilgerreise, vielleicht trug sie eine Last, die sie hier, in diesem ruhigen Raum, ablegen wollte.

Johannes wollte die Kirche schon verlassen, doch dann entschied er sich, noch zu warten. Es war ihm unangenehm, an der weinenden Kirchenbesucherin vorbeizugehen. Also blieb er sitzen und wartete. Doch nach einer halben Stunde stand er auf und schlich leise zum Ausgang.

Als er an der Frau vorbeiging, sah er sie nun genauer an: Sie war um die 40 Jahre alt, trug praktische Funktionskleidung und hatte ihr blondes schulterlanges Haar zu einem Pferdeschwanz gebunden. Ihr Gesicht war in dem dämmrigen Licht der Kirche nur schwer zu erkennen, doch er sah das Pektoralkreuz an ihrem ledernen Halsband. Sie war also eine Pilgerin.

Johannes trat vorsichtig an ihr vorbei. Sie reagierte nicht, sie war zu tief in ihren Gedanken versunken. Wahrscheinlich hatte sie ihn gar nicht bemerkt.

Das Tageslicht blendete Johannes förmlich, als sich die Tür der Kirche hinter ihm schloss und er wieder im Freien stand. Der Moment, als er den kühlen, schattigen Raum verlassen hatte, fühlte sich fast surreal an. Doch die Realität holte ihn schnell ein. Denn es gab keine offizielle Pilgerherberge in Carbajal de la Legua, also musste er sein Glück bei den wenigen Einheimischen im Ort versuchen.

Zwei ältere Herren saßen auf einer Bank und blickten in die Ferne, als würden sie das Wenige beobachten, das das Leben in diesem abgelegenen Ort noch zu bieten hatte. Johannes trat vorsichtig näher, atmete tief ein und versuchte, sich mit den Worten zu verständigen, die ihm in seiner brüchigen Spanischkenntnis noch geblieben waren. „Buenas tardes. Bett für eine Nacht?"

Der eine Mann hob langsam den Kopf und betrachtete Johannes und sein Pektoralkreuz mit einem prüfenden Blick. „Quizás con el pastor", murmelte er. Johannes verstand nur Pastor.

„Wo?", fragte Johannes, ein wenig unsicher, wie er sich in dieser kleinen, fremden Welt zurechtfinden sollte.

Der erste Mann musterte ihn erneut, ein unbestimmtes Funkeln in den Augen. Dann deutete er mit einer Handbewegung auf seinen Nachbarn. „Aquí", sagte er schlicht.

Johannes konnte sich ein schiefes Grinsen nicht verkneifen. Die beiden hatten sich sicherlich schon viele Male auf diese Weise einen Spaß mit Pilgern gemacht. Wahrscheinlich wussten sie genau, was sie taten. Der zweite Mann erhob sich langsam und deutete Johannes mit einer Bewegung an, ihm zu folgen.

Neben der Kirche, abseits der wenigen Häuser, stand ein einfaches, etwas baufällig wirkendes Gebäude. Ein schmales Schild an der Wand trug die von der Zeit gezeichnete Aufschrift *Pastorado*. Johannes folgte dem Mann, der ihn ohne ein weiteres Wort hineinführte. Im Inneren roch es nach altem Holz und kaltem Stein, und der Pastor, ein älterer, stiller Mann mit grauen Haaren, führte ihn durch einen schmalen Flur und öffnete die Tür zu einem kleinen Zimmer.

„Muy simple", sagte der Pastor auf Spanisch, als er das Zimmer betrat. Ein Bett, ein Waschbecken, ein Stuhl, kein Tisch, keine weiteren Möbel. Die kargen Wände schienen den Raum fast zu erdrücken. Ein Zettel lag auf dem Stuhl, auf dem in Spanisch und Englisch stand, dass die Übernachtung vierundzwanzig Euro kostet, kein Frühstück angeboten wird und die Nachtruhe um zweiundzwanzig Uhr beginnt. Vom Korridor aus konnte Johannes zwei weitere Türen sehen, hinter denen sich sicherlich weitere spartanische Zimmer verbargen. Offensichtlich war dieses *Pastorado* nur selten in

Gebrauch, zu nah lag es an der sehenswerten Stadt León.

Johannes nickte zustimmend, bezahlte das Geld im Voraus und nahm dann sein Zimmer in Besitz. Die Toilette befand sich im Flur und war für alle Gäste zugänglich, und auch die kleine, gut gepflegte Küche durfte von jedem genutzt werden. Ein kleines Trostpflaster für die Kargheit der Unterkunft – wenigstens konnte er sich einen Tee oder Kaffee zubereiten.

Er war froh, hier tatsächlich ein Dach über dem Kopf zu haben. Der erste Tag auf dem Camino war mit den insgesamt acht Kilometern gut verlaufen, und das bedeutete, dass der Weg für ihn noch offen war. Es fühlte sich alles neu und unbestimmt an. Doch der Tag hatte ihn bis hierhergebracht, und das war schon ein kleiner Erfolg.

Johannes verließ das Pfarrhaus und schlenderte zum kleinen Lebensmittelladen im Dorf. Er besorgte sich frisches Brot und ein Stück Käse – genug für das Abendessen und das Frühstück des nächsten Morgens. Die Etappe des heutigen Tages war geschafft. Ein kleines, aber erfüllendes Gefühl machte sich in ihm breit.

Doch bevor er sich in sein Zimmer zurückzog, suchte er noch die Ruhe der Natur. Er stieg den schmalen, von hohem Gras überwucherten Weg hinunter zum Rio Bernesga, wo er an einem alten, verfallenen Steg vorbeikam. Der Weg war in den letzten Wochen sicherlich kaum begangen worden, das Moos hatte die Stufen und den Geländerpfosten fast vollständig überzogen. Aber inmitten all dieser Vergänglichkeit entdeckte Johannes eine Bank, die von der Zeit vergessen schien. Eine dünne Moosschicht bedeckte die Sitzfläche, aber das störte ihn nicht. Er setzte sich und ließ seine Gedanken mit der beruhigenden Geräuschkulisse des plätschernden Bachs hinweggleiten. Hier, am Rand des kleinen Flusses, konnte er in aller Ruhe sein Käsebrot genießen, den Blick auf das sanfte Rauschen des Wassers gerichtet. Es war ein weiterer ersehnter Moment der Stille.

Als Johannes später ins Pfarrhaus zurückkehrte, war es schon nach zwanzig Uhr, und die Dunkelheit hatte den kleinen Ort vollständig eingenommen. Es war ruhig. Zuvor hatte er das fast trostlose, kleine Zimmer mit dem Bett und dem Waschbecken eher gemieden. Stattdessen zog er es vor, den Gemeinschaftsraum mit der Kochgelegenheit aufzusuchen. In diesem Raum brannte Licht, und er war ein wenig geräumiger mit einem Tisch, an dem er sich für den Moment niederlassen konnte. Es war ein Ort, an dem er sich wenigstens für eine Weile wie zu Hause fühlen konnte.

Als er den Raum betrat, staunte er nicht schlecht: Am Tisch saß bereits eine andere Person, eine Frau, die mit einer Tasse Tee und einem Notizbuch beschäftigt war. Es war dieselbe Frau, die er schon in der Kirche gesehen hatte.

„Buenas noches, Johannes, Alemán", sagte er mit einem Lächeln und deutete auf sich selbst.

„Buenas noches, Clara, Alemán", antwortete sie. 'Schon wieder jemand aus Deutschland', dachte Johannes. Was für ein Zufall – oder vielleicht auch Schicksal. Es war irgendwie... amüsant.

„Darf ich mich zu dir setzen?", fragte er.

„Ja klar, nimm Platz", antwortete sie mit einer entspannten Geste.

Johannes stellte seinen Rucksack ab und kochte sich heißes Wasser für eine Tasse English Breakfast Tee. Clara hatte ihr Notizbuch noch immer vor sich und schien in Gedanken versunken. Vielleicht war es ein Tagebuch. Doch dann legte sie es zur Seite und sah ihn neugierig an.

„Pilgerst du auch?", fragte sie, als sie die Stille zwischen ihnen bemerkte.

„Ja, ich habe heute in León angefangen", antwortete Johannes und setzte sich. „Für den ersten Tag habe ich die Strecke kürzer gehalten. Es ist alles noch so neu, ich wollte mir Zeit lassen."

„Ja, das kenne ich", erwiderte Clara, mit einem kühlen Lächeln. „Ich komme auch aus León und nehme mir auch die nötige Zeit. Mal sehen, wie weit ich komme und ob ich es bis Oviedo schaffe..."

Johannes wurde neugierig. „Eigentlich ist die Strecke bis Oviedo doch gut zu schaffen, oder? Wenn das Wetter mitspielt."

Clara schwieg einen Moment, und Johannes konnte sehen, dass sich etwas in ihr bewegte, bevor sie die Stille brach: „Vielleicht... es kommt wohl darauf an, wie sehr man mit sich selbst im Reinen ist."

Johannes nickte, verstand jedoch nicht ganz, was sie meinte. Doch die Art, wie sie sprach, und der Ausdruck in ihren Augen ließen ihn erahnen, dass auch sie mit einer gewissen Last unterwegs war.

„Wo kommst du her?", fragte er, um das Gespräch aufzulockern.

„Aus Ahrensburg bei Hamburg", sagte Clara.

„Ah, kenne ich! Ich bin auch aus dem Norden, aus der Nähe von Kiel."

„Zwei Fischköppe in Carbajal de la Legua – das ist sicher eine Seltenheit", meinte Clara mit einem spitzbübischen Grinsen.

Johannes musste schmunzeln. Es war ein Moment, der den Tag etwas leichter machte. Clara hatte definitiv Humor, und das war in dieser stillen, verlassenen Ecke Spaniens ein willkommenes Geschenk.

„Na, dann werde ich mich mal in meine Suite zurückziehen", sagte Clara, nachdem sie ihre Teetasse abgewaschen hatte. „Gute Nacht, vielleicht bis morgen."

Eine Stunde später ging Johannes auf sein Zimmer. Der erste Pilgertag war vorbei. Er war müde, zufrieden und gespannt auf das, was noch kommen würde. Der Weg hatte gerade erst begonnen.

3 – Carbajal de la Legua – Cabanillas

Es war bereits hell, als Johannes erwachte. Die ersten Sonnenstrahlen kämpften sich durch die dünnen, etwas vergilbten Vorhänge seines Zimmers. Ein Blick auf seine Uhr verriet ihm, dass es schon nach acht Uhr war. Zeit, aufzustehen, dachte er. Langsam zog er die Vorhänge beiseite und blickte in den tristen Innenhof. Der Anblick erinnerte ihn an die Fassade des Pfarrhauses, das von der Straße aus genauso karg und unbelebt wirkte. Am Himmel zogen einige Schönwetterwolken auf, die ihm eine Botschaft übermittelten: Es könnte ein guter Wandertag werden. Vielleicht war es der richtige Moment, aufzubrechen.

In der kleinen Küche war er allein. Die anderen Zimmertüren standen offen, was darauf hindeutete, dass Clara bereits aufgebrochen war. Johannes setzte den Wasserkocher auf und bereitete sich einen Pott Instantkaffee zu. Dann schnitt er sich ein Stück Brot ab, nahm ein wenig Käse und füllte seine Wasserflasche auf. Es war schon halb zehn, als er den Zimmerschlüssel in den vorgesehenen Holzkasten legte und das Pfarrhaus verließ. Der Weg nach Cabanillas wartete.

Kaum hatte er den kleinen Ort hinter sich gelassen, führte der Weg ihn durch weite Wiesen mit zahlreichen blauen Kornblumen, ständig leicht bergauf. Johannes merkte schnell, dass seine Kondition nicht so gut war, wie er gehofft hatte. Die

Etappe war geprägt von Natur pur. Der Weg führte durch mehrere Buchenwälder, deren kühle Schatten Johannes guttaten. Er blieb immer wieder stehen, lauschte den Gesängen der Vögel, dem Rascheln der Blätter im Wind, und versuchte, den Moment in sich aufzunehmen.

Er traf nur wenige andere Pilger auf diesem Abschnitt des Weges. Die meisten kamen ihm entgegen, offensichtlich auf dem Weg nach León. Immer wieder legte er kleine Pausen ein, ließ die Natur auf sich wirken und bemerkte mit einem leisen Seufzer, dass er heute nur überholt wurde. Alle anderen schienen schneller zu sein, als hätten sie ein Ziel, das sie unbedingt erreichen mussten, während er selbst in einem gemächlicheren Tempo voranschritt. Doch er hatte sich längst mit dieser Langsamkeit abgefunden. Es war nicht die Eile, die ihn trieb, sondern der stille Dialog zwischen ihm und dem Weg.

Dann, nach einigen Stunden, begegnete er einem älteren Mann, der sich ebenfalls langsam und bedächtig auf dem staubigen Pfad bewegte. Der Mann war von stattlicher Statur, doch seine Schritte wirkten alles andere als hastig. Mit einem langsamen, fast feierlichen Rhythmus schritt er voran, als würde er dem Weg und seiner eigenen Geschichte Respekt zollen.

Der Mann trug ein einfaches, aber ehrwürdiges Gewand aus leichtem, blassen Stoff, das durch die Jahre und zahllose Reisen ein wenig abgewetzt schien, aber niemals zerfallen war. Das Hemd war schlicht, in einem unauffälligen Farbton, und auf seinem Rücken war ein Kreuz eingestickt, fast unsichtbar, doch für Johannes war es klar zu erkennen. Um seine Hüften hing ein abgenutzter Ledergürtel, dessen Enden sanft im Wind wehten, und bei jedem Schritt knarrten seine Wanderschuhe – als hätten sie ebenso viele Meilen hinter sich wie der Mann selbst. An seiner Seite schwang eine kleine Wasserflasche, die von den jahrelangen Reisen gezeichnet war. Der Stab, den er mit ruhiger Hand führte, wirkte schlicht, aber fest, wie ein treuer Begleiter auf seinem Weg. Es schien die einzige wirkliche Unterstützung zu sein, die er brauchte, um sich vorwärts zu bewegen.

In der Tasche seines Umhangs konnte Johannes das Ende eines kleinen Gebetbuchs erkennen. Ein Kruzifix, schlicht und unauffällig, hing um seinen Hals und schimmerte matt im Licht der Sonne. Der Priester, wie Johannes vermutete, schien völlig in den eigenen Gedanken versunken, als hätte der Pilgerweg ihm schon viele Stunden der Besinnung und des Gebets geschenkt.

Johannes holte den Mann schließlich ein. „Buen Camino", sagte Johannes, der den Moment nicht nur als Begrüßung, sondern auch als Einladung verstand. Der Mann stellte sich als Antonio vor – ein brasilianischer Priester, der seit vierzig Jahren im Kirchendienst tätig war. Als Antonio hörte, dass Johannes ebenfalls Pastor war, strahlten sich die beiden an, als hätten sie einen unsichtbaren Faden der Gemeinsamkeit entdeckt, der ihre Wege für einen kurzen Moment verband.

Sein Gesicht war von den Jahren und der Sonne gegerbt und von tiefen Falten durchzogen. Ein Leben, das von Glauben, Entbehrung und Hingabe geprägt schien. Die Augen des Priesters waren hell und ruhig, und sie blickten nach vorne, auf das, was vor ihm lag – ruhig, aber bestimmt, als suchten sie nicht nach dem Ziel, sondern nach der Wahrheit, die im langsamen Gehen verborgen lag.

Antonio erzählte von seinem Glauben, der im Laufe der Jahre immer schwächer geworden war. Er trug sich mit dem Gedanken, seine Kirche zu verlassen. Nach vierzig Jahren im Dienst hatte er das Gefühl, dass der Glaube, der ihm früher Halt gegeben hatte, nun verschwunden war. Der Pilgerweg, so sagte er, sei für ihn eine letzte Hoffnung, Klarheit darüber zu finden, welchen Weg er nun gehen sollte – nicht nur auf dem Camino, sondern auch im Leben.

Johannes hörte aufmerksam zu. Und Antonio schien zu wissen, dass der Camino mehr war als ein körperlicher Weg – er war eine Reise zu sich selbst.

Die Zeit verstrich, und die Sonne bewegte sich langsam nach Westen, als die beiden Pilger weitersprachen. Doch Antonio war noch langsamer unterwegs als Johannes. Nach einer halben Stunde trennten sich schließlich ihre Wege, als Antonio ein langsames, aber entschlossenes 'Adiós' murmelte, bevor er wieder in seinem gemächlichen Tempo weiterging.

Etwa auf halber Strecke fiel Johannes ein junger Mann auf, der mit jedem Schritt sichtlich kämpfte. Seine Bewegungen wirkten manchmal unkoordiniert, und jeder Schritt schien ihm Mühe zu bereiten. Es war, als ob der ständige, leichte Anstieg ihm zu viel wurde. Johannes konnte nicht anders, als immer wieder mit Neugier auf diesen Pilger zu blicken. Waren es nicht gerade die Schwachen und Gebrechlichen, die sich beim Pilgern neue Kraft erhofften? In gewisser Weise machte das für ihn Sinn. Doch der junge Mann hob sich deutlich von der Mehrheit der Pilger ab, die den Weg eher sportlich nahmen.

Nach einigen Minuten hielt der junge Mann an, setzte sich auf einen Baumstamm und stützte seine Arme auf die Knie, während seine Wanderstöcke auf dem Boden lagen. Der Kopf sank in die Hände – ein Bild völliger Erschöpfung und Verzweiflung. Johannes kam langsam näher, war sich aber unsicher, ob er ihn ansprechen sollte. War der Mann krank? Konnte er nicht mehr weiter? Sollte er ihn einfach in Ruhe lassen? Er schaute nach Westen, die hereinziehenden dunklen Wolken ließ ihm keine andere Wahl, als weiterzugehen.

„Buen Camino", rief er dem jungen Mann zu, doch dieser reagierte nicht. Johannes überlegte kurz, ob er näher gehen und nachfragen sollte, doch er zog es vor, seinen Weg einfach weiterzugehen. Doch dann, plötzlich, hörte er eine Stimme hinter sich: „Einsamer Pilger aus León, hast du einen Moment Zeit?"

Johannes drehte sich um und war völlig verblüfft. Der junge Mann auf dem Baumstamm war Felix. Der durchtrainiert aussehende Pilger, den er vor wenigen Tagen noch vor der Statue in León gesehen hatte. Doch jetzt wirkte er erschöpft und gebrochen. Johannes ging auf ihn zu.

„Hallo Felix. Du hier? Ich dachte, du bist längst weiter, über alle Berge."

Felix sah Johannes mit traurigen Augen an. „Nein, das ist im Moment mit meinem Körper nicht machbar. Hast du einen Moment Zeit?"

Johannes fühlte einen kurzen Widerstand in sich, wollte er doch eigentlich allein in der Natur sein, mit seinen Gedanken, mit sich selbst. Doch er konnte Felix nicht einfach abweisen. „Ja, habe ich. Warum fragst du?"

Felix senkte den Blick. „Ich hatte vor, bis Oviedo zu pilgern. Aber schon heute, am zweiten Tag, musste ich einsehen: Das wird wohl nichts. Meine Kräfte reichen einfach nicht aus."

Johannes spürte, wie er unwillkürlich in seine gewohnte Rolle schlüpfte – die des Seelsorgers. Dabei hatte er genau das eigentlich vermeiden wollen. Doch was sollte er tun?

„Darf ich?", fragte Johannes und deutete auf den Baumstamm gegenüber von Felix. Es war mehr eine rhetorische Frage, denn in wenigen Augenblicken saßen sie sich gegenüber.

„Warum meinst du, es nicht zu schaffen? In León hast du so fit und kräftig auf mich gewirkt."

Felix lachte bitter. „Ja, das hoffte ich auch. Aber es geht nicht. Du gehst doch bestimmt weiter nach Norden, oder? Könnte ich mich dir heute anschließen? Allein bringe ich momentan nicht die Kraft für die kurze Etappe auf."

Johannes spürte, wie ein innerer Widerstand aufkam. Er wollte diesen Pilgerweg alleine gehen, für sich sein. Doch irgendetwas in Felix' Blick ließ ihn zögern. Es war diese Mischung aus Hoffnung und Verzweiflung, die ihn berührte. Und vielleicht war da auch eine leise Neugier in ihm.

„Warum fehlen dir eigentlich die Kräfte? Gibt es einen besonderen Grund?"

Felix sah jetzt wie ein gebrochener Mensch aus. Für einen Moment schweifte sein Blick in die Ferne, bevor er langsam zu sprechen begann. Und dann, in diesem Moment, kehrte er zurück zu einer Erinnerung, die ihm schmerzlich bewusstwurde – eine Erinnerung an das Jahr 2021, als er eine schwere Herzmuskelentzündung hatte.

„Mein Herz war vor zwei Jahren stark entzündet, mein Leben stand auf der Kippe. Nun ist der Herzmuskel deutlich schwächer, und es besteht nicht viel Hoffnung, dass es wieder besser wird."

Johannes hatte aufmerksam zugehört. Das Schicksal von Felix berührte ihn tief. Ein so junger Mann, noch voller Hoffnungen und Träume, der jetzt in einem Zustand war, der nicht nur körperlich, sondern auch seelisch gezeichnet war. Ein

Mensch, der von einer schweren Krankheit betroffen war, mit trüben Aussichten auf die Zukunft. Johannes spürte die Schwere der Situation, und für einen Moment lag nur Schweigen zwischen ihnen. Es war fast greifbar, die Last der Worte, die ungesagt in der Luft hingen.

Schließlich brach Johannes das Schweigen. Mit einem Blick, der sowohl Zuneigung als auch Sorge verriet, fragte er leise: „Warum bist du hier, Felix?" Die Frage drang tief ein, wie ein Versuch, den Kern seiner Verwirrung und Verzweiflung zu erreichen.

Felix atmete schwer, als würde er sich von den Worten der Frage befreien wollen. „Ich hadere mit meinem Schicksal", begann er, seine Stimme klang rau und von Kummer durchzogen. „Ich hatte so viele Pläne. Ein Job, den ich liebte, eine Beziehung, die mir Halt gab, eine Familie, auf die ich zählen konnte. Und jetzt? Alles im Arsch."

Seine Worte stießen aus ihm heraus, als wären sie über Jahre hinweg aufgestaut gewesen. „Wie oft habe ich diesen einen Tag verflucht. Den Tag, an dem ich dem Druck nachgegeben habe. Als ich mir in der Hausarztpraxis diese eine Spritze geben ließ, obwohl ich ahnte, dass etwas nicht stimmte. Wie oft habe ich meine Eltern verflucht, die mich immer wieder gedrängt haben. 'Es wird alles gut, Felix. Es ist der einzige Weg'. Sie haben nicht verstanden, dass ich selbst darüber entscheiden wollte."

Felix schloss die Augen, als würde er die Erinnerung abwehren wollen. „Wie oft habe ich den Arzt verflucht, der mir dieses Leid angetan hat. Ich habe ihm vertraut, doch jetzt bin ich derjenige, der hier sitzt, mit einem Körper, der nicht mehr der ist, der er einmal war. Und dann gibt es noch die Scheiß Chinesen. Ja, auch die habe ich verflucht. Warum lassen die dieses gefährliche Virus aus dem Labor, als wäre es ein Experiment? Ich kann es nicht begreifen. Alles fühlt sich wie ein böser Traum an, aus dem ich nicht erwache."

Er senkte den Blick, als wüsste er, dass Worte alleine nicht ausreichten, um das Ausmaß seiner Qualen zu erklären. Es war mehr als nur der Verlust von Gesundheit – es war der Verlust von Sicherheit, Vertrauen und Hoffnung.

„Ich weiß oft nicht weiter", begann er, seine Stimme klang erschöpft, „und in diesen Momenten fehlt mir noch mehr von der wenigen Kraft, die ich noch habe. Hey, verdammt, die haben sogar schon von einer Herztransplantation gesprochen. Weißt du, was das heißt? Will ich so überhaupt leben?"

Johannes, der durch seinen Beruf viele Situationen kannte, in denen Menschen das Gefühl hatten, dass alles verloren war, konnte spüren, dass Felix sich genau in einer solchen Lage befand. Es war eine dieser Krisen, in denen der Boden unter den Füßen wegzubrechen drohte. Ein weiterer Moment des Schweigens fiel zwischen sie, schwer und unangenehm.

Johannes sah ihn an und fragte noch einmal: „Und warum bist du nun hier? Das habe ich noch nicht verstanden." Er wollte verstehen, was Felix dazu trieb, auf diesem langen, beschwerlichen Weg zu gehen, obwohl er selbst am Ende seiner Kräfte schien.

Felix hob den Kopf und blickte ausdruckslos in die Ferne. „Manchmal frage ich mich das auch", sagte er, als spreche er mehr mit sich selbst als mit Johannes. „Ich bin, ..., nein, ..., ich war Ausdauersportler und Bergwanderer. Eigentlich hätte ich diesen Weg in fünf Tagen gehen können, kein Problem. Aber jetzt? Am zweiten Tag, nach nicht mal fünfzehn Kilometern, bin ich platt. Am Anfang dachte ich, vielleicht kann ich mich beim Pilgern mit meiner Situation arrangieren, irgendwie Frieden finden. Aber jetzt?" Er machte eine Pause und schaute auf seine Hände, als könnte er dort eine Antwort finden. „Jetzt stelle ich fest, dass ich mich mit dieser ganzen Aktion selbst demütige. Ein Scheißgefühl."

Johannes war still. Er hatte keine Antwort, keine Worte, die Felix in diesem Moment trösten könnten. Stattdessen fragte er: „Wie könnte ich dir helfen?"

Felix sah ihn kurz an. „Du könntest mir helfen, indem du heute die gleiche Etappe wie ich gehst. Dann könnten wir immer mal wieder ein Stück zusammen gehen oder uns später in der Unterkunft auf ein Bier treffen. Allein, dass wir uns hier treffen, zeigt ja, dass du auch nicht gerade in Eile bist. Vielleicht passt das ja für dich. Die Psycho-Heinis in der Reha-Klinik haben mir gesagt, dass es hilft, über meine Gedanken offen zu reden. Aber keine Sorge, ich werde dich nicht stundenlang volllabern, so wie ich das jetzt schon gemacht habe."

Johannes spürte, wie sich eine leichte Anspannung in ihm regte. Er wollte für sich sein, aber gleichzeitig war ihm Felix nicht gleichgültig. Doch dieses Ziel, die Ruhe zu finden, konnte durch Felix gefährdet werden.

„Ich weiß noch nicht", sagte er schließlich. „Wie weit willst du denn heute noch laufen?"

„Bis Cabanillas", antwortete Felix, seine Stimme trug einen Hauch von Entschlossenheit.

Johannes nickte. „Dann lass uns folgendes machen: Cabanillas ist auch mein Ziel für heute. Ich werde erst einmal allein weiterlaufen und im Pfarrhaus der *Santa María* Kirche nach einer Unterkunft suchen. Wenn die Kirche offen ist, warte ich dort auf dich. Falls sie geschlossen ist, stehe ich vor der Tür. Du kannst ganz in Ruhe die letzten fünf Kilometer laufen, auch wenn es Stunden dauert. Und bis dahin überlege ich mir, wie es weitergeht. Vielleicht gehen wir die nächste Etappe zusammen."

Felix schien erleichtert. „Ja, so können wir es machen."

Die Wolken am Himmel verdunkelten sich weiter, und Johannes spürte, dass es bald regnen würde. Er stand auf und drehte sich um. „Bis später also", sagte er, und machte sich wieder auf den Weg.

Etwa eine halbe Stunde später zog er die Regenjacke über und hüllte seinen Rucksack in einen Schutzüberzug. Es regnete nicht stark, aber Johannes wollte nicht durchnässt in Cabanillas ankommen.

Felix ließ ihn nicht los. Immer wieder gingen ihm die Worte von diesem jungen Mann durch den Kopf. Ein Fremder, der ihm so viel Vertrauen entgegenbrachte. Aber war es nicht oft so, dass man im Ausland gegenüber Fremden offener war als mit den vertrauten Menschen zu Hause? Vielleicht, weil man wusste, dass man diese Menschen nie wiedersehen würde. In gewisser Weise gab einem das viel mehr Freiheit, Offenheit zu riskieren.

Nach insgesamt zehn Kilometern hatte Johannes Cabanillas erreicht, ein kleiner Ort, der vielleicht gerade mal dreißig Einwohner zählte. Mitten im Ort stand die kleine Kirche *Santa María*, die ihn auf eine ruhige Weise anzog. Es war eine dieser Kirchen, die sich nahtlos in die ländliche Umgebung einfügte – bescheiden, aber doch von einer gewissen Erhabenheit. Johannes fand schnell das Pfarrhaus, und er hatte Glück. Pilger wurden hier aufgenommen, wenn sie ihren *Credencial del Peregrino* vorzeigen konnten. Es gab vier sehr einfache Zimmer, und zwei davon waren noch frei. Felix würde sich freuen, hier zu übernachten, wenn er es bis Cabanillas schaffen würde.

Einen Lebensmittelladen gab es nicht, aber das war kein großes Problem. Mit dem Proviant, den er noch hatte, würde Johannes bis morgen auskommen.

Er ging zur Kirche und trat durch die alte Holztür. Ein muffiger Duft schlug ihm entgegen, und die wenigen Holzbänke wirkten in dem kleinen Raum fast verloren. Der Raum war kühl und düster, nur schwaches Licht drang durch die kleinen Fenster, die den Raum nur spärlich erleuchteten. Johannes setzte sich auf eine der Bänke und schloss für einen Moment die Augen, um die Eindrücke des Pilgerns zu verarbeiten. Es war ein Moment der Ruhe, aber auch der Ungewissheit.

Mehr als eine Stunde verging, bevor sich die Kirchentür langsam öffnete. Johannes drehte sich um und hoffte, dass es Felix war. Er war es.

Felix kam langsam hereingewankt, seine Bewegungen schwach und unkoordiniert. Jeder Schritt schien ihm weitere Kraft abzuringen. Sein Gesicht war von Erschöpfung gezeichnet, der Atem ging schwer und keuchend, als er sich auf eine nahe Kirchenbank stützte. Dann ließ er sich nieder und schnaufte, als wäre er eine Dampflokomotive, die sich langsam in den Standby-Modus begab. Johannes konnte förmlich spüren, wie der Weg ihm körperlich zugesetzt hatte – jeder Schritt schien eine unüberwindbare Hürde.

Nach einigen Minuten begann er sich langsam zu beruhigen. Der Schweiß glänzte auf seiner Stirn, und die anfängliche Unruhe legte sich.

Johannes trat schließlich zu ihm, mit einem leichten Lächeln, das nicht ganz die Besorgnis verbarg, die ihn noch immer begleitete. „Gute Neuigkeiten, Felix", sagte er. „Ich habe ein einfaches Zimmer für dich reserviert. Du kannst dich dort erst mal ausruhen."

„Das wird auch nötig sein", murmelte Felix, und ein schwaches Lächeln huschte über sein Gesicht, „Danke dafür."

„Aber mit einem Bier wird es heute Abend wohl nichts", fügte Johannes hinzu. „Es gibt weder einen Laden noch eine Kneipe im Dorf."

Felix verzog das Gesicht, als er das hörte, dann zuckte er mit den Schultern. „Ist okay, Hauptsache ich kann mich jetzt ausruhen." Seine Stimme war leiser geworden, fast resigniert, aber dennoch dankbar.

Gemeinsam verließen sie die Kirche, und in der Stille der Dämmerung machten sie sich auf den Weg zum Pfarrhaus. Felix hatte keine Energie mehr für Worte, und Johannes drängte ihn nicht. Als sie das Haus erreichten, ging Felix sofort auf sein Zimmer, um zur Ruhe zu kommen und sich zu erholen. Johannes jedoch kehrte noch einmal zur Kirche zurück. Es war ein stiller Ort, und er fühlte sich dort von allem ein wenig mehr befreit – als brauchte er noch einen Moment für sich, bevor sein zweiter Pilgertag zu Ende war.

4 – Cabanillas – La Robla

Die Nacht war für Johannes nicht so ruhig, wie er gehofft hatte. Immer wieder trafen Windböen auf die einfachen Glasfenster, begleitet von den tropfenden Geräuschen des Regens. Da die Wände dünn und hellhörig waren, blieb ihm das unruhige Wälzen anderer Gäste in ihren Betten auch nicht verborgen. Es schien, als ob die ganze Unterkunft im Griff einer nächtlichen Unruhe war.

Felix ging ihm immer noch durch den Kopf. Johannes hatte die Reise so geplant, dass er den Weg alleine gehen wollte. Doch nun überlegte er, dass Felix für ihn vielleicht eine Gesellschaft auf einigen Teilabschnitten des Weges sein könnte. Sein Verstand sagte ihm: 'Warum nicht? Wenn Felix nervt, kannst du immer noch schneller gehen und ihn einfach hinter dir lassen. Du bist ihm gegenüber zu nichts verpflichtet.' Doch sein Herz flüsterte etwas anderes: 'Vielleicht würde es Felix guttun, sich die Last der Vergangenheit von der Seele zu reden. Vielleicht würde es ihm selber auch guttun.' Johannes musste sich eigentlich gar nicht entscheiden; er konnte den Verlauf einfach auf sich zukommen lassen. Als er sich mit dieser unaufgeregten Haltung abgefunden hatte, fand er schließlich noch etwas Schlaf.

Das leise Knarren einer Tür riss ihn aus den Träumen. Ein anderer Gast musste schon aufgestanden sein. Johannes blickte auf seine

Armbanduhr: Es war sieben Uhr – ziemlich früh für seine Verhältnisse, aber hier in Cabanillas gab es nichts, das ihn länger hätte verweilen lassen. Also schlich er in die kleine Küche und brühte sich seine morgendliche Tasse Kaffee.

„Guten Morgen, Johannes", hallte plötzlich eine vertraute Stimme durch den Raum.

Er drehte sich um. Felix stand in der Tür.

„Hallo, Felix. Wie geht es dir? Hast du dich erholt?" fragte Johannes, während er seinen Kaffee rührte.

„Ja, gut zehn Stunden geschlafen", antwortete Felix und setzte sich auf einen Stuhl. „Jetzt geht's mir wieder besser."

„Und, was wirst du tun? Weitergehen?"

„Ja, ich denke schon. Gestern waren es mehr als zehn Kilometer mit gut 320 Meter Anstieg. Heute wird es etwas entspannter. Der Weg bis La Robla ist einen Kilometer kürzer und hat weniger Anstieg. Ich will es auf jeden Fall versuchen."

„Freut mich, dass es dir besser geht. Wann willst du los?"

„Eigentlich sofort", sagte Felix. „Der Regen hat aufgehört, die Sachen sind gepackt, und ich habe den ganzen Tag Zeit für die neun Kilometer. Ich kann also ganz gemütlich laufen und immer wieder Pausen machen."

„Verstehe. Dann könnte es ja sein, dass wir uns unterwegs wieder treffen."

„Ja, das wird bestimmt passieren", antwortete Felix. „Und was gestern passiert ist – der

Wutausbruch, der tut mir leid. Ich wollte dich damit nicht belasten. Aber in dem Moment brauchte ich einfach ein Ventil. Es war auch unfair von mir, dich in meine Tour einbinden zu wollen. Sorry. Du gehst einfach deinen Weg, und ich gehe meinen. Wenn wir uns trotzdem begegnen, können wir immer noch sehen, ob wir uns unterhalten wollen. Einverstanden?"

Johannes war überrascht, doch dann nickte er. „Ja, ist okay. Das kommt mir entgegen."

„Na, dann vielleicht bis später", sagte Felix und verließ die Unterkunft. Eine dreiviertel Stunde später machte sich auch Johannes auf den Weg.

Der Weg war durch den nächtlichen Regen aufgeweicht, und Johannes merkte schnell, wie der Boden unter seinen Füßen etwas rutschig war, vor allem auf Baumwurzeln. Es ging lange durch einen Wald mit zahlreichen Buchen und einzelnen Weiden, ein sanfter Anstieg, den er gut laufen konnte. Der Rio Bernesga schlängelte sich weiterhin an seiner Seite entlang. Nach einer Weile entdeckte er links von sich das kleine Dorf La Seca de Alba. Aber am Weg gab es keine Schilder, die auf ein Café oder eine Kirche hinwiesen – also setzte er seinen Weg fort.

Der Pfad führte weiter durch den Wald, bis er schließlich eine weite Wiese mit unzähligen Glockenblumen erreichte. Der Blick, der sich ihm hier bot, war atemberaubend. Über die Hügel des Tals hinweg konnte er die Weite der Landschaft genießen. Auf der anderen Seite des Rio Bernesga erblickte er die Schienen einer Eisenbahnstrecke, doch bislang hatte er nur wenige Züge gesehen oder gehört. Er ließ sich von der Stille und der friedlichen Szenerie umarmen, als er plötzlich Felix erblickte. Der saß auf der Wiese, seine Regenjacke unter sich ausgebreitet, und ruhte.

„Na, immerhin hat er es schon bis hier geschafft", dachte Johannes und ging weiter auf ihn zu.

„Hallo, einsamer Pilger", rief Felix ihm zu, als er Johannes erblickte.

„Hallo Felix. Ist hier noch Platz für mich?"

Johannes spürte auf einmal den Drang, mit Felix zu plaudern. Die Vereinbarung von gestern, dass sie sich lieber nicht in die Quere kommen sollten, war jetzt irgendwie nicht mehr von Bedeutung. Es gab keine Verpflichtungen mehr, alles war frei. „Ja, setz dich. Der Ausblick ist einfach nur schön."

„Ich sagte ja, du würdest mich irgendwann einholen", sagte Felix mit einem Grinsen. „Wie weit willst du heute noch gehen?"

„Auch bis La Robla. Die halbe Strecke ist damit geschafft."

„Ich habe gestern ziemlich viel von mir erzählt", begann Felix nach einer kurzen Pause. „Aber du hast mir nicht viel von dir erzählt. Was machst du eigentlich hier auf dem Camino? Du hast mir so aufmerksam zugehört, als wärst du ein echter Psycho-Heini. Bist du ein Psycho-Heini?"

Johannes schmunzelte. „So einer, wie du meinst, bin ich nicht. Ich bin ein anderer Psycho-Heini."

„Verstehe ich nicht", sagte Felix, blinzelte, und schaute ihn neugierig an.

„Ich bin Seelsorger. Also, irgendwie auch ein Psycho-Heini, nur halt ein anderer", gab Johannes lachend zurück.

„Echt? Du bist Pastor oder sowas?"

„Ja, ich bin Pastor."

Felix rollte mit den Augen, aber dann sah er Johannes mit einem provozierenden Lächeln an. „Du arbeitest also für den Club, der die Kinderschänder deckt und die Kirchen während der Pandemie zusperrt? Entschuldige, aber ich bin oft direkt."

Johannes hatte geahnt, dass so ein Kommentar kommen könnte. „Ja, das stimmt. Aber vergiss nicht, dieser 'Club', wie du es nennst, kümmert sich auch um sozial Schwache und Kranke. Wir tun nicht nur das, was du zurecht anprangerst."

Ein Moment der Stille trat ein. Felix sah Johannes an, als ob er über seine Worte nachdachte.

„Hast du damals in der Pandemie auch deine Kirche zugemacht und die Hilfesuchenden draußen stehen lassen?" fragte Felix schließlich, ganz direkt, wie immer. Er kannte inzwischen die Rolle eines Hilfesuchenden.

Johannes erinnerte sich an die schwierigen Entscheidungen im ersten Lockdown und seufzte tief. „Ja, es war hart. Aber es war letztlich das, was wir tun mussten. Wir mussten Verantwortung übernehmen, auch wenn es nicht einfach war."

Die Schwere der Erinnerung an die Zeit der Pandemie hing noch in der Luft, als sich Johannes an den März 2020 erinnerte.

Es war der Tag, an dem die Kanzlerin im Fernsehen eine historische Rede hielt, in der sie von einer unglaublich starken Bedrohung für die Gesundheit sprach, die Deutschland noch nie zuvor erlebt hatte – dem Coronavirus. Wie Millionen andere Menschen in Deutschland hatte auch Johannes gebannt vor dem Bildschirm gesessen. Die Worte der Kanzlerin hinterließen einen tiefen Eindruck bei ihm, eine Mischung aus Besorgnis und dem Gefühl, dass jetzt jeder gefragt war. Er stellte sich vor, wie er als Pastor eine wichtige Rolle spielen würde, alles zu tun, um die Gesundheit seiner Gemeinde zu schützen, vor allem die der vielen älteren Mitglieder.

Dann kam der 17. März 2020. Die Landesregierung Schleswig-Holsteins verkündete mit einer Verordnung, dass ab dem 22. März Gottesdienste und Versammlungen in den Kirchen auf das 'unbedingt notwendige Maß' beschränkt werden sollten. Im Klartext: Kirchen wurden für Gottesdienste geschlossen. Johannes wusste nicht, wie er diese Entscheidung aufgreifen sollte. Wie konnte man bitteschön nachweisen, dass ein Gottesdienst 'unbedingt notwendig' war? Selbst an Ostern, einem der wichtigsten Feiertage im Kirchenjahr, war es laut den neuen Bestimmungen nicht 'unbedingt notwendig', sich zu versammeln. Obwohl Johannes zu jener Zeit viel Sympathie für diese Verordnung hatte, fiel es ihm schwer, den Gedanken zu fassen, dass er in dieser außergewöhnlichen Zeit keinen Gottesdienst mehr abhalten konnte. Doch immer wieder hörte man von Pflegeheimen, in denen Bewohner mit der Diagnose COVID-19 verstarben. Johannes wollte nicht der Pastor sein, der in einem Superspreader-Event seine Gemeindemitglieder gefährdete – auch wenn er sie nur zu gerne in den Gottesdiensten begrüßt hätte. 'Es ist nur für ein paar Wochen', dachte er sich immer wieder, 'das ist machbar'.

Doch die Folgen der Verordnung trafen ihn härter als erwartet. Es war nicht nur das Fehlen der Gottesdienste, das Johannes belastete. Auch der Zugang zu den Sterbenden, den Schwerkranken, wurde ihm verweigert. In den ersten Wochen der Pandemie war es ihm nicht mehr möglich, die sterbenskranken Bewohner in den Heimen zu besuchen und ihnen Trost zu spenden. Die Türen der Kliniken blieben für ihn verschlossen, und selbst auf der Palliativstation hatte er keinen Zutritt mehr. Johannes verstand die Notwendigkeit dieser Maßnahme, doch er bedauerte es zutiefst. Wie sollte er den Menschen beistehen, wenn er sie nicht aufsuchen konnte, wenn er nicht bei ihnen sein konnte? Er versuchte, sie wenigstens telefonisch zu erreichen. Doch einige seiner Gemeindemitglieder lehnten das ab. „Wir möchten, dass Sie da sind und persönlich mit uns sprechen", hörte er immer wieder am Telefon.

Dieser tiefe Wunsch nach Nähe, das spürbare Bedürfnis, im Moment des Abschieds nicht allein zu sein, nagte an ihm. Er fühlte sich hilflos. Mehr noch: Diese Hilflosigkeit, dieser Verlust der Kontrolle, setzte ihm mehr zu als die abgesagten Gottesdienste. Wenn er später erfuhr, dass ein Gemeindemitglied verstorben war, ohne dass er an seiner Seite hatte stehen können, um es zu begleiten, traf es ihn hart. Er fühlte sich wie ein Verräter seiner eigenen Ideale, obwohl er wusste, dass er keine andere Wahl gehabt hatte. Der Gedanke, dass er in dieser schwierigen Zeit nicht für das seelische Wohl einiger Gemeindeglieder sorgen konnte, ließ ihn nachts manchmal wach liegen.

Doch dann, im Mai 2020, als die ersten Lockerungen der Maßnahmen begannen, kehrte langsam eine gewisse Normalität zurück. Es war eine Erleichterung für Johannes, auch wenn die Erinnerung an diese schwierigen Wochen und die Ohnmacht, die er gefühlt hatte, ihn noch lange begleiten sollten.

Felix hörte aufmerksam zu und bemerkte, wie Johannes' Gesicht sich veränderte. Es war nicht nur die Erinnerung, die ihn beschäftigte, sondern etwas Tieferes, das jetzt wieder an die Oberfläche kam. Es schien, als ob auch sein Herz verletzt war. Felix konnte förmlich die Last der Situation spüren, die Johannes in diesem Moment durchlebte.

„Warum hast du nicht einfach die Verordnung ignoriert?" fragte Felix nach einer Pause, die fast nach einem Moment des Überlegens klang. „Ich meine, wenn mehr Pastoren einfach die Regeln missachtet hätten, wäre der ganze Kram doch ins Leere gelaufen. Die hätten doch nicht alle Pastoren einsperren können, oder?"

Johannes seufzte, als er sich an diese schwierige Situation zurückerinnerte. Es war eine dieser Entscheidungen, die nicht nur den Kopf, sondern auch das Herz forderten. „Und was, wenn ich die Regeln missachtet hätte und danach die Hälfte meiner Gemeindemitglieder krank geworden oder gestorben wäre?", antwortete er leise, fast mehr zu sich selbst. „Es gab so viele Ausbrüche in Kirchen, das war kein Spiel. So viele Infizierte... und niemand wusste wirklich, welcher Weg der richtige war."

Felix nickte stumm. Es war offensichtlich, dass Johannes' Entscheidung eine Last war, die er bis heute mit sich trug. „Ja, das stimmt", sagte er schließlich und starrte auf den Boden, als ob er über die Tragweite dieser Worte nachdachte.

„Wie sieht's aus, magst du einen Energieriegel?" fragte Johannes, um das Gespräch wieder etwas zu entspannen. Felix' direkte, oft unverblümte Art war mittlerweile nicht mehr unangenehm für ihn; ganz im Gegenteil, es war eine erfrischende Abwechslung.

„Gute Idee, danke", antwortete Felix, und so saßen sie noch eine Weile am Wegesrand, schweigend, während immer wieder Pilger an ihnen vorbeizogen, jeder in seine eigene Richtung, mit seinen eigenen Gedanken.

Schließlich stand Johannes auf. Der Moment der Stille schien ihm genug gewesen zu sein, und er spürte, wie der Weg ihn wieder rief. „Ich geh dann mal langsam weiter", sagte er, während er seinen Rucksack von der Erde hob und ihn auf den Rücken schnallte.

„Bleibst du noch?" fragte er, als er schon einen Schritt gemacht hatte, den Blick zurück auf Felix gerichtet.

„Ja, ich bleibe noch ein bisschen", antwortete Felix, ein kleines Lächeln auf den Lippen. „Vielleicht treffen wir uns in La Robla? Der Ort wird ja nicht so groß sein, denke ich."

Johannes nickte. „Bis später", rief er noch einmal und machte sich dann langsam auf den Weg.

Kurze Zeit später wurde Felix auf eine junge Inderin aufmerksam, die unweit von ihm zu sehen war. Er hatte sie zuerst nur aus der Ferne gesehen, als sie in einer kleinen, sonnenbeschienenen Wiese am Rand des Pfades stand. Ihre Erscheinung war sofort ein Blickfang – nicht nur wegen ihrer Schönheit, sondern auch durch die Ausstrahlung von Ruhe und Harmonie, die sie umgab.

Sie war deutlich schneller als er unterwegs, doch er holte sie immer wieder ein, wenn sie mitten auf dem Camino innehielt, um eine Yoga-Übung zu machen, die ihre Bewegungen wie ein Tanz erscheinen ließ. Es war, als würde der Boden unter ihren Füßen die Gelassenheit ihrer Bewegungen widerspiegeln – sanft und doch fest, voller Konzentration und gleichzeitig mit einer Leichtigkeit, die die Schwere des Pilgerwegs milderte. In der Stille der Übung schien sie in einem tiefen, inneren Einklang mit sich selbst und der Natur zu sein.

Jetzt kam sie näher. Ihre Haut schimmerte in einem warmen, goldenen Ton, als würde sie das Licht der spanischen Sonne in sich aufnehmen. Ihre Augen, von einem tiefen, schokoladigen Braun, hatten einen sanften Glanz, der wie ein stiller See in einem abgelegenen Tal wirkte – ruhig, aber tief.

Das Schönste an ihrem Gesicht war zweifellos ihr Lächeln. Es war das Lächeln einer Person, die inneren Frieden gefunden hatte, gleichzeitig aber auch eine Lebenskraft ausstrahlte, die ansteckend war. Wenn sie es schenkte – und das tat sie oft – schien die Welt einen Moment lang stillzustehen. Es war ein Lächeln, das von Herzen kam, und es hatte die Fähigkeit, selbst den müdesten Pilger für einen Augenblick innehalten und aufatmen zu lassen.

Sie trug ein schlichtes, aber elegantes Gewand aus leichtem Stoff, das im Wind flatterte und ihre Bewegungen anmutig unterstrich. Es war ein weiches, himmelblaues Kleid, das ihre Silhouette umhüllte. Ihre dunklen Haare, lang und glänzend, fielen in sanften Wellen über ihre Schultern, und ab und zu schob sie eine einzelne Strähne mit einer geschickten Handbewegung zurück.

Als sie Felix sah, drehte sie sich leicht und sprach ihn mit einem Lächeln an: „Buen Camino", sagte sie, und ihre Stimme war weich, fast musikalisch, mit einem Hauch von Akzent, der ihre

Herkunft verriet. Sie hatte offensichtlich geahnt, dass es aus Deutschland kommt, denn zu seiner Überraschung fügte sie hinzu: „Ich heiße Asha, spreche wenig Deutsch, ich hoffe, ist kein Problem." Ihre Augen blitzten mit einem schelmischen Glanz, als sie das sagte, und Felix musste unweigerlich zurücklächeln. „Ich heiße Felix und spreche auch ein bisschen Deutsch." Mehr vermochte er nicht zu sagen. Doch es war eine Freude, diesen kurzen Moment in ihrer Nähe zu sein – die Art von Freude, die nicht von äußeren Umständen abhängt, sondern von einer inneren Wärme, die diese junge Frau ausstrahlte. Dann ging sie einfach weiter, leicht tänzelnd.

Schließlich setzte sich Felix selbst wieder in Bewegung und ging weiter, den Pilgermuscheln folgend in Richtung La Robla. Mit einem Hauch von neuer Energie.

5 – La Robla

Es war am frühen Nachmittag, als Johannes gemütlich in La Robla ankam. Mit fast viertausend Einwohnern war es beinahe eine Großstadt auf dem Camino. Das Kraftwerk war deutlich sichtbar, gleich neben den Gleisen. Als Erstes machte er sich auf den Weg zur Kirche im Zentrum des Ortes. Er schlenderte durch enge Gassen, die von traditionellen Steinhäusern gesäumt waren. An einigen Ecken lockten kleine Restaurants und Bars, in denen er sicher gut essen und seinen Proviant aufstocken konnte.

Bald stand er vor der *Iglesia de San Roque*. Ihre schlichte, aber elegante Architektur strahlte Ruhe aus – ein Ort der Besinnung. Johannes trat ein und spürte sofort, dass es hier anders war als in den stilleren Kirchen, die er bisher besucht hatte. Die Kirche war voller Pilger. Es war kein Ort der Einsamkeit, sondern ein lebendiger Raum, der von Gesprächen und dem leisen Murmeln der Pilger und Touristen erfüllt war. An vielen Rucksäcken hingen Jakobsmuscheln, und zahlreiche Pektoralkreuze befanden sich an den Hälsen der Pilger. Die Atmosphäre war alles andere als ruhig.

Johannes setzte sich auf eine der harten Kirchenbänke, die keinen Komfort boten. Kein Kissen, keine Polsterung. Vor ihm der Hauptaltar, schlicht und doch ehrwürdig. Teile der Wände waren mit Fresken verziert, die Geschichten von Heiligen erzählten – ein visueller Dialog zwischen der Vergangenheit und der Gegenwart. Durch die bunten Fenster strömte das Licht in den Raum und tauchte ihn in eine warme, fast magische Atmosphäre. Johannes nahm einen tiefen Atemzug und versuchte, sich in die Stille zu versenken, doch die lebendige Energie der anderen Pilger hielt ihn von der inneren Einkehr ab.

Er stand auf, entschied sich, die Kirche zu verlassen und eine ruhige Unterkunft zu suchen. Doch dann hielt er inne. Vor der Kirche erblickte er einen Mann in seinen späten Fünfzigern, mit einem markanten, kantigen Gesicht, das die Spuren eines langen Lebens widerspiegelte und von Forschung und Reisen geprägt war wie von den rauen schottischen Highlands, aus denen er möglicherweise stammte. Das stahlgraue unordentlich geschnittene Haar und ein dichter Bart, der an den Rändern lichter war, rundeten das Bild eines Mannes ab, der die Weisheit des Alters in sich trug. Vermutlich war es ein schottischer Historiker.

Seine Kleidung war eine Mischung aus Funktionalität und Historie – eine wetterfeste, aber leicht abgenutzte Tweed-Jacke, die ihm durch die Jahre der vielen Reisen und Ausflüge in Archive und Museen treu geblieben war, zusammen mit robusten, schottischen Wollsocken, die bis über die Knöchel reichten. An den Füßen trug er abgenutzte Wanderschuhe, die vom ständigen Kontakt mit verschiedensten Naturalien geprägt waren, vom schottischen Moor bis zum spanischen Schotter. Auf seinem Gürtel hing ein kompaktes Notizbuch und ein paar Muscheln, die er entlang des Weges gesammelt hatte – bestimmt nicht aus religiösem Eifer, sondern aus dem Impuls eines Historikers, der die kleinen Details, die den Verlauf der Geschichte ausmachten, nie übersehen wollte.

Hier stand er nun vor dieser Kirche und studierte sie mit einer Konzentration, die nur jemand mit seiner Leidenschaft für Geschichte verstehen konnte. Jede Inschrift, jedes Symbol, jede Abnutzung erzählte ihm eine Geschichte.

„Der Camino", murmelte er in Richtung Johannes, als er neben ihm stand, „ist nicht nur ein Weg des Glaubens. Er ist ein lebendiges Denkmal an all die Menschen, die ihn vor uns gegangen sind. Jede Region, jedes Dorf entlang dieses Pfades trägt Spuren der Geschichte. Der Weg erzählt von Schmerz, Hoffnung und Heilung, doch auch von historischen Strömungen, die Europa über die Jahrhunderte hinweg geprägt haben." Konzentriert schaute er nach seiner Kurzvorlesung weiter auf die Kirche, während Johannes seinen Weg fortsetzte.

In La Robla war es für Pilger vergleichsweise einfach, eine Bleibe zu finden. Der Ort war gut auf den Weg eingestellt. Nur wenige Minuten von der Kirche entfernt, entdeckte er ein Pilgerhaus. Ein einfaches Einzelzimmer, eine Gemeinschaftsdusche, die Toilette auf dem Flur – nicht viel Luxus, aber ausreichend. Und über seinem Bett prangte das Kruzifix, zusammen mit der symbolischen Jakobsmuschel.

Er legte seinen Rucksack ab und machte sich daran, den Ort zu erkunden. Der Bahnhof war sehenswert, hatte man ihm gesagt. Doch statt sich als Tourist zu fühlen, empfand er sich immer noch als Pilger. Dennoch, neugierig wie er war, schaute er sich das kleine Bahnhofsgebäude an, das direkt neben dem Eisenbahnmuseum lag. Viel mehr gab es hier nicht zu entdecken. Also fasste er den Beschluss, sich einen kleinen Luxus zu gönnen und in einer der Bars Platz zu nehmen.

Er setzte sich draußen in die Sonne. „Un capuchino, por favor", sagte er zu dem italienisch aussenden bärtigen Kellner, der mit einem freundlichen Lächeln antwortete. Die Sonne wärmte sein Gesicht, und jeder Schluck des Cappuccinos war ein kleiner Moment der Freude. Um ihn herum war das Leben lebendig: Pilger aus aller Welt, viele, die europäisch aussahen, einige sprachen Englisch, andere Französisch. Besonders auffällig war eine Gruppe asiatischer Pilger, die sich besonders laut unterhielten, als ob sie jeden anderen mit ihren Worten übertönen mussten.

Plötzlich entdeckte Johannes ein bekanntes Gesicht. Clara ging langsam und etwas orientierungslos über den Platz. Sie schien etwas zu suchen. Johannes beobachtete sie, ohne sich sicher zu sein, ob er sie ansprechen sollte. Es war der Camino – jeder Pilger war hier für sich selbst unterwegs. Aber andererseits... warum eigentlich nicht? Sollte er sie rufen?

Während er noch unentschlossen zu ihr schaute, erblickte sie ihn und erkannte ihn sofort. Ihr Gesicht erhellte sich, und sie winkte freudig. „Hey, Johannes! Du hier? Ich dachte, du bist schon viel weiter", rief sie und kam auf ihn zu.

„Hallo Clara! Ja, ich lasse mir viel Zeit für den Weg. Du offenbar auch. Sag mal, suchst du etwas?"

„Ja, ich habe eine bestimmte Herberge empfohlen bekommen, aber ich tue mich hier mit den Namen der Straßen schwer. Hast du schon eine Bleibe?"

„Ja, direkt rechts hinter der Kirche, die Gasse runter und das vierte Haus auf der linken Seite. Es ist eine einfache Pilgerunterkunft. Du kennst das ja", sagte Johannes, ein leichtes Lächeln auf den Lippen.

„Ist die voll?"

„Nein, ich glaube nicht. Es gibt sieben Zimmer, zwei oder drei waren eben noch frei."

„Gut, dann versuche ich, dort ein Zimmer zu bekommen. Bleibst du noch hier?"

„Ja, ich habe noch nicht vor, diesen wunderschönen Platz zu verlassen. Vielleicht bestelle ich mir noch einen zweiten Cappuccino", antwortete Johannes, als er sich zurücklehnte und den Platz betrachtete, der in der Nachmittagssonne fast magisch wirkte.

Clara ging in Richtung der Kirche und verschwand nach wenigen Momenten. Johannes beobachtete sie noch einen Augenblick und merkte plötzlich, wie ihm etwas auffiel. Ihr Gangbild war eigenartig, langsam und ungeschmeidig, fast als ob sie sich quälen würde. War das normal? Hatte sie vielleicht eine eigene Geschichte, die sie auf diesen Weg gebracht hatte?

Kurz darauf kam Clara zurück, das Zimmer war gebucht. Sie setzte sich zu Johannes, und sie begannen, die Zeit auf dem Platz verstreichen zu lassen.

Johannes, immer noch neugierig, brach das Schweigen. „Sag mal, hast du dir Blasen gelaufen oder dir den Knöchel verstaucht? Mir fiel eben auf, dass du etwas unrund gehst. Kann das sein?"

„Ja, das kann sein. Aber es hat nichts mit dem Laufen zu tun", antwortete Clara, und ihre Stimme klang auf einmal unterkühlt.

„Was bringt dich hierher auf den Camino?", fragte Johannes vorsichtig, ein bisschen neugierig, aber auch besorgt.

„Ich habe so meine Themen, wie wahrscheinlich jeder Pilger. Du bist ganz schön neugierig, fällt mir auf", sagte Clara mit einem schiefen Lächeln.

Johannes wurde plötzlich bewusst, wie attraktiv Clara auf ihn wirkte. Ihr Gesicht, ihre Art zu sprechen, aber auch ihr Körper, der auf ihn einen durchtrainierten Eindruck machte, trotz des eigenwilligen Gangbildes – sie war eine Frau, die etwas ausstrahlte. „Du wirkst wirklich fit. Kann das sein?"

„Das kann sein, aber es täuscht gewaltig. Ich bin von Beruf Fitness- und Ernährungstrainerin. Also, ich war es. Jetzt muss ich erstmal selber wieder fit werden, bevor ich andere fit mache." Mehr wollte sie nicht von sich preisgeben. „Und du? Was machst du beruflich?"

„Ich bin Pastor", antwortete Johannes, etwas zögerlich.

„Na, das passt ja gut zum Pilgerweg", meinte Clara mit einem leicht ironischen Ton. Dann fragte sie, „Was bringt dich auf den Camino?"

„Im Grunde die Pandemie", antwortete Johannes nach einem Moment des Schweigens.

„Wie jetzt, das verstehe ich nicht. Hattest du auch COVID?"

„Ja, hatte ich, wie fast jeder. Aber das war nicht das Entscheidende. Es war mein Umgang mit der Gemeinde. Das habe ich erst richtig gemerkt, als die Pandemie vorbei war." Johannes verlor sich in den Erinnerungen, die plötzlich wie eine Welle über ihn hinwegrollten, und die er mit Clara teilte.

Es war das Jahr 2022, es brachte zunehmend eine Rückkehr zur Normalität im Kirchenleben. Johannes spürte es deutlich: Das Leben in seiner Gemeinde begann sich zu stabilisieren, die Menschen kehrten zurück. Die Gottesdienste waren wieder besser besucht, was ihn sichtbar erleichterte. Es war, als ob einige düstere Wolken langsam von ihm und der Gemeinde wegzogen. Was ihn jedoch noch mehr überraschte, war die Zunahme von Bitten um persönliche Gespräche – mehr als vor der Pandemie. Viele seiner Gemeindemitglieder wollten sich mit ihm austauschen, und Johannes kam diesem Wunsch natürlich gerne nach, auch wenn es nicht immer möglich war, alle Anfragen zeitnah zu erfüllen.

Fast die Hälfte der Menschen, die sich mit ihm trafen, wollten ihm eines ganz persönlich sagen: „Danke." Danke, dass er sich während der Pandemie so vorbildlich um die Gesundheit seiner Gemeindeglieder gekümmert hatte. Einige brachten sogar kleine Geschenke mit – ein Blumenstrauß, eine Schachtel Pralinen. Diese Anerkennung tat Johannes gut, auch wenn er wusste, dass es in den letzten Jahren nicht nur einfache Zeiten für seine Gemeinde gewesen waren. Doch mit jedem Dank und jedem Lächeln, das er entgegennahm, spürte er, wie die Wunden der vergangenen Monate allmählich zu heilen begannen.

Aber dann gab es auch die anderen Gespräche, die Johannes belasteten. Es waren vor allem die Angehörigen von Verstorbenen, die während des Lockdowns verzweifelt darauf gewartet hatten, dass 'ihr Pastor' sie in ihren schwersten Stunden aufsuchte. Sie hatten sich gewünscht, mit ihm zu sprechen, zu beten, Trost zu finden – doch Johannes war nicht gekommen. Auch wenn die Verstorbenen selbst ihren Familien versichert hatten, dass es in Ordnung sei, aufgrund der Infektionsgefahr auf die ersehnten Besuche des Pastors zu verzichten, sahen die Angehörigen dies im Rückblick ganz anders. Sie waren bitterlich enttäuscht, und ihre Enttäuschung ließen sie nicht einfach im Stillen. „Wer sich in solch schwierigen Lebensphasen wegdrückt, sollte nicht den Anspruch haben, ein guter Pastor zu sein", hatten sie ihm immer wieder vorgeworfen. Es war ein schmerzhafter Vorwurf, der ihm fast wie ein Urteil erschien. Viele dieser Angehörigen verließen schließlich die Kirche, endgültig.

Johannes konnte nicht anders, als sich diese Worte immer wieder anzuhören, und sie trafen ihn tief. Besonders, wenn sie in Verbindung mit der Jahreslosung kamen: 'Wer zu mir kommt, den werde ich nicht abweisen'. Diese Worte, die er selbst immer wieder gepredigt hatte, hallten in ihm nach. Sie brachten ihn zum Grübeln. Es tat ihm weh, weil er wusste, wie wertvoll seine Besuche in der Vergangenheit gewesen war – besonders als junger Vikar im Hospiz, als er erfahren hatte, wie viel Trost allein schon der menschliche Kontakt in solchen Momenten bringen konnte.

Aber warum war er damals nicht über die Anordnungen hinweggegangen? Warum hatte er nicht einfach das Risiko auf sich genommen, auch wenn es gegen die Vorschriften war? Hatte er sich selbst verraten, als er den strikten Regeln folgte? Die Frage quälte ihn immer wieder. Als idealistischer Vikar hatte er sich in den Dienst gestellt, um den Menschen beizustehen, die seine Seelsorge wünschten. War es wirklich das Richtige gewesen, sich an die Regeln zu halten, wenn er dabei das Gefühl hatte, den Menschen gerade in ihrer größten Not nicht zur Seite gestanden zu haben? Diese Widersprüche fraßen an ihm.

In einem verzweifelten Versuch, einen Weg zu finden, diese Last zu teilen, begann er mit zwei Diakonen ein Gesprächsformat zu entwickeln. Er wollte einen Raum bieten, in dem die Mitglieder der Gemeinde ihre Sichtweisen austauschen konnten, um einander besser zu verstehen. Doch das Angebot wurde kaum genutzt. Diejenigen, die während der Pandemie zu ihm gehalten hatten, sahen keinen Bedarf, den Dialog zu suchen. Sie waren überzeugt, dass der Pastor sich richtig verhalten hatte, indem er die Regeln befolgte und so zur Bewältigung der Gesundheitskrise beitrug. Die anderen, die sich von der Kirche abgewandt hatten, wollten keinen Dialog mehr – sie hatten ihre eigenen Schlussfolgerungen gezogen und die Kirche für immer verlassen.

Trotz all seiner Bemühungen blieb Johannes mit einem tiefen Gefühl der ungelösten Widersprüchlichkeit zurück. Die Frage, ob er mit der Umsetzung der Verordnungen wirklich im Sinne dieser Menschen gehandelt hatte, beschäftigte ihn nach wie vor. Es war eine Frage, die er nicht mehr einfach beantworten konnte. Und so blieb er stehen, zwischen den unterschiedlichen Erwartungen, zwischen seinen eigenen Prinzipien und dem, was 'die Pandemie von ihm verlangt hatte'.

Clara schaute ihn ernst an. „Ich verstehe", sagte sie. „Keine einfache Zeit, mit dieser Zerrissenheit."

„Das stimmt." Sein Cappuccino war nun fast kalt. „Ich hoffe, dass mir durch das Pilgern ein Teil dieser Last genommen wird. Deswegen lasse ich mir auch viel Zeit."

Clara schaute verbittert drein. Johannes konnte es sich leisten, langsam zu gehen, weil er die Zeit, die körperliche Kraft und das sichere Kirchengehalt hatte. Schön, wenn man diesen Luxus hat. Doch sie als körperlich schwer angeschlagene Selbstständige konnte nicht einfach schneller gehen, die Kräfte ihres Körpers setzten Grenzen. Nein, das war keine gute Begegnung für sie.

Johannes spürte das Unbehagen. „Ich geh dann mal, vielleicht sehen wir uns noch in der Herberge", sagte sie und war weg.

Was hatte diese Reaktion nur ausgelöst? Hatte Johannes etwas gesagt, das zu ihrem schnellen Abgang führte? Es blieb ein Rätsel, das er zunächst nicht entschlüsseln konnte.

Die Erinnerung an die frühe Pandemiezeit holte Johannes ein, und plötzlich sah er wieder das Bild seiner Tochter Larissa vor sich, wie sie im ersten Lockdown oft in ihrem Zimmer saß – verlassen, verängstigt und einsam. Sie hatte sich nie an den Lockdown gewöhnen können, die Einsamkeit in den eigenen vier Wänden, ohne ihre Freundinnen, die sie so sehr vermisste. Der Lockdown hatte für sie keinen Sinn gemacht. Und als sie schließlich einen positiven Test hatte und zehn Tage isoliert in ihrem Zimmer verbringen musste, fühlte sie sich, als würde die Welt um sie herum endgültig zusammenbrechen.

„Papa, bitte, komm doch zu mir...", flehte sie ihn immer wieder. Doch Johannes blieb fern. Er wollte sich nicht anstecken, wollte nicht das Risiko eingehen, selbst zwei Wochen in Quarantäne verbringen zu müssen. Was hätte er der Kirchenleitung sagen können, wenn er sich zuhause angesteckt hätte und dann hätte zugegeben müssen, dass er die häusliche Isolation seiner Tochter missachtet hatte. Larissa hatte das nie verstanden. Sie war wütend auf ihn, fühlte sich verlassen. In diesen Tagen, die sie in ihrem Zimmer verbrachte, hörte er immer wieder die gleiche Frage: „Wo bist du, wenn ich dich brauche?" Und jedes Mal gab es keine Antwort.

Dann war er auf einmal wieder ganz in der Gegenwart. Ein weiteres Ziel hatte er noch in La Robla: die Kapelle von *Celada*, die gleich hinter den Gleisen lag. Ein schlichtes Bauwerk im romanischen Stil aus dem 13. Jahrhundert. Der Wind wehte leicht durch die Straßen, als Johannes sich der Kapelle näherte und die schweren Holztüren öffnete. Der Geruch von altem Holz und Stein empfing ihn, als er eintrat. Wie so oft in Kirchen dieser Art fand er hier eine Ruhe, die ihn fast sofort umhüllte. Der Raum war kühl und düster, nur spärlich erleuchtet vom Licht, das durch die kleinen Fenster hereinfiel.

Er setzte sich auf eine der hölzernen Bänke und ließ seinen Blick durch den Raum schweifen. Zuerst fiel ihm das herrlich detaillierte herrerianische Altarbild auf, das einige der bedeutendsten Momente der christlichen Geschichte darstellte wie *die Menschwerdung, die Auferstehung* und *das Gericht.*

In der Mitte des Altars thronte die *Jungfrau von Celada*, ihre Blicke ruhig und anmutig, als ob sie die Zeit selbst anhalten konnte. Auf beiden Seiten des Altaraufsatzes entdeckte er feine Holzschnitzereien, die die Wappen der Familie Quiñones zeigten. Die Kunstwerke erzählten ihre eigene Geschichte, die Johannes in den Bann zog.

Nach einer Weile stand er auf und trat den Rückweg zur Herberge an. Der Abend brach langsam herein, die letzten Sonnenstrahlen malten goldene Muster auf den Straßen. In der Herberge angekommen, ging er in den Gemeinschaftsraum. Johannes setzte sich an den Tisch, kochte sich einen Kräutertee und schnitt sich ein Stück Brot ab. Dazu hatte er eine würzige Botillo-Wurst, die ihm ein Händler aus eigener Herstellung verkauft hatte. Der kräftige Geschmack der Wurst, gepaart mit dem frischen Brot, füllte ihn mit einer wohltuenden Wärme.

Felix hatte er nicht mehr gesehen. Ob er es bis nach La Robla geschafft hatte? Die Gedanken an Felix schoben sich wie unaufhörliche Wellen in seinen Geist, doch er wusste, dass der Moment, in dem ihre Wege sich wieder kreuzen würden, noch kommen würde.

6 – La Robla – La Pola de Gordón

Die Nacht war unruhig für Clara. Ihr Kopf war schwer, von den Gedanken an Johannes, die sich immer wieder wie eine endlose Schleife drehten. Dieser Schnösel! Er lief mit seinem scheinbar unerschütterlichen Selbstverständnis aus einer Art pastoralem Mitleid, während er langsam vor sich hinspazierte – als ob er nicht verstehen konnte, wie viel Kraft es sie kostete, jeden einzelnen dieser zehn Kilometer zu bewältigen. Es war, als ob er alles für selbstverständlich hielt, was für sie ein täglicher Kampf war. Warum musste sie nur immer wieder auf so seltsame Typen treffen?

Während sie im Bett lag und sich von einer Seite auf die andere wälzte, tauchten immer wieder Bilder ihrer früheren, unbeschwerten Zeit in ihren Gedanken auf. Damals, als das Leben noch einfach schien und die Tage voller Leichtigkeit waren.

Clara war mit ihren 43 Jahren eine sehr attraktive Frau geblieben. Ihre schlanke Figur, die feine Nase und die leicht gebräunte Haut verliehen ihr eine natürliche Ausstrahlung. Ihre langen blonden Haare trug sie oft offen, der Wind spielte gerne mit den Strähnen, wenn sie in der Sonne spazierte. Als Fitness- und Ernährungstrainerin war sie nicht nur beruflich erfolgreich, sondern auch in ihrer Selbstständigkeit sehr zufrieden. Sie hatte ihr Auskommen und tat, was ihr viel Freude bereitete.

Ihre Kleidung betonte ihre Weiblichkeit, und sie genoss den Blick, den ihr die Menschen manchmal zuwarfen – besonders, wenn dieser Blick von ihrem Partner Andreas kam.

Andreas, 46 Jahre alt und Versicherungsmakler, war ein sportlicher Mann, der seinen gepflegten Eindruck stets bewahrte. Er zeigte gern seine blanke Kopfhaut, die er stets rasierte, und achtete penibel auf sein Äußeres. Für ihn war ein ungepflegtes Erscheinungsbild undenkbar, sei es bei der Arbeit oder in der Freizeit.

Sie lebten in Ahrensburg, einem ruhigen Vorort von Hamburg, wo sie vor acht Jahren ein kleines Reihenhaus erwarben. In sieben Jahren würden sie die letzte Rate des Kredits abbezahlen und das Haus endlich ihr Eigen nennen können. Die Einrichtung war modern, aber dennoch gemütlich, eine Mischung aus funktionalem Chic und warmen Akzenten. Der kleine Garten war von Rasen bedeckt, den ihr Terrier Charly in vollen Zügen zum Herumtoben nutzte. Einen Nutzgarten hatten sie nie angelegt, und das war auch nicht geplant. Ein paar Blumen für den Sommer, der gepflegte Rasen und vielleicht noch vier Gewürzpflanzen – mehr brauchte es nicht, um sich wohlzufühlen.

Clara war rundum zufrieden mit ihrem Leben. Es gab eigentlich nichts, was sie vermisste. Ihr Leben schien harmonisch, die Beziehung zu Andreas glücklich. Sie genoss das Leben in ihrem schönen Haus und der ruhigen Umgebung. Ihre Arbeit als Trainerin erfüllte sie, und die regelmäßigen, positiven Rückmeldungen ihrer Klienten bestärkten sie immer wieder in dem, was sie tat. Gesundheitlich ging es ihr gut, und das Paar konnte sich zwei Urlaube im Jahr leisten, was für sie ein wahres Luxusgefühl war. Charly kam während ihrer Reisen bei einem befreundeten Nachbarn unter, der den Hund wie sein eigenes Haustier behandelte. Alles schien perfekt – und Clara dachte oft, dass es für immer so weitergehen könnte.

Sie hatte Tränen in den Augen, als sie sich an diese Zeit erinnerte. Immer wieder drängten sich die Bilder aus einer anderen Zeit in ihren Kopf. Damals war sie sich nicht im Geringsten bewusst gewesen, wie viel Glück sie in ihrem Leben hatte. Sie lebte es einfach, ohne es zu hinterfragen, ohne zu wissen, dass die Leichtigkeit eines Tages ein Ende haben könnte. Sie dachte, das Leben würde immer so weitergehen, leicht und sorgenfrei. Doch dann kam alles anders.

Wie an jedem Pilgertag wollte Clara auch heute sehr früh aufbrechen. Es war noch nicht einmal sechs Uhr, als sie leise ihre Zimmertür hinter sich schloss und auf sanften Sohlen die Herberge verließ. Die ersten Stunden würde sie wahrscheinlich keinem Pilger begegnen – und das war auch gut so. Ihre Gedanken und der ständige Frust von gestern wollten einfach keinen Platz für andere Menschen lassen.

Die Geschäfte waren noch geschlossen, als sie in der Morgendämmerung langsam in Richtung Norden aufbrach. Die Straßen waren leer, und das morgendliche Licht, das durch den Dämmerhimmel drang, malte alles in immer hellere Farben. Die ersten Kilometer führte der Weg vorbei an Häusern, die langsam seltener wurden, bis sie schließlich den Rand von La Robla hinter sich ließ. Dann ging es weiter über Felder, die sich bis zu einem kleinen Wald mit einigen Tannen und Fichten erstreckten. Auf der linken Seite sah sie den Rio Bernesga, der hier nur noch ein Rinnsal war, während sich rechts von ihr der Gipfel des Peña del Asno erhob – mehr als 1300 Meter hoch, ein 'kleiner Gipfel', der früher für Clara keine Herausforderung gewesen wäre. Heute jedoch war der Gedanke an den Aufstieg unvorstellbar. Sie seufzte und ging weiter.

In der Ferne tauchte bald Puente de Alba auf. Von der Straße aus erblickte sie die Kirche, die hoch oben auf einem Hügel lag. Hoffentlich ist sie schon geöffnet, dachte Clara. Ein Moment Ruhe, wenigstens für ein paar Minuten. Sie ging den kurzen, steilen Weg hinauf und stand bald vor der schlichten romanischen Kirche – der *Iglesia de Santa Colomba de Puente de Alba*. Die Tür stand offen, und ohne zu zögern trat sie ein. Drinnen war es kühl und still, der Raum roch auch hier nach altem Holz und Stein. Sie setzte sich auf die hintere Bank und legte ihren Rucksack neben sich ab. Es war nicht bequem, die Bank war hart und roch ziemlich modrig, aber sie wollte lieber hier als draußen auf einem Holzstumpf sitzen, wenn sie überhaupt einen gefunden hätte.

Obwohl sie erst drei Kilometer hinter sich hatte, spürte sie bereits wieder diese unangenehme Erschöpfung, die sie jedes Mal überkam, wenn der Körper sich gegen die Strecke wehrte. Diese körperlichen Grenzen, die immer deutlicher wurden, wenn sie versuchte, ihr früheres Leben zurückzuholen. Wie sehr sie sich danach sehnte, wieder so zu sein wie 2019 – vor allem die Freiheit und die Leichtigkeit, die sie damals empfand. Doch diese Hoffnung schwand mehr und mehr, je länger sie brauchte, um spürbare Fortschritte zu machen.

'Was mache ich hier eigentlich...', diese Frage ließ sie nicht los. 'Das ganze Pilgern bringt doch eh nichts', dachte sie. Es war, als ob ihre Schritte keinen Sinn hatten, als ob sie nur durch die Welt wanderte, ohne ein Ziel zu erreichen. Sie seufzte. 'Wäre ich doch einfach zu Hause geblieben. Dann hätte ich wenigstens mit Andreas reden können'. Aber selbst das Reden hat sich in den letzten drei Jahren verändert. Je verbitterter sie wurde, desto mehr zog er sich zurück. 'Und jetzt sitze ich auch noch in einer Kirche', dachte sie. 'Gut, weiter geht's'.

Sie schüttelte innerlich den Kopf und verließ die Kirche, um den Weg über Wiesen mit endlos vielen Butterblumen fortzusetzen, die parallel zur Landstraße verliefen. Der Wind strich leicht über die Felder, als sie schließlich Peredilla erreichte. Hier fiel ihr sofort die kleine Kirche ins Auge. Sie folgte der Straße, die nach rechts abzweigte, und stand wenig später vor der *Iglesia de San Esteban*, der Kirche des heiligen Stephanus. Ein weiterer Halt. Sie setzte sich auf eine der Kirchenbänke und gönnte sich eine kurze Rast. Schade, dass es solche Bänke fast nur in Kirchen gab. Eigentlich hätte sie lieber draußen gesessen, doch es war, wie es war.

Nachdem sie die Kirche verlassen hatte, begann sie bald darauf, die ersten Pilger zu sehen, die in die gleiche Richtung unterwegs waren. Sie hatte jedoch das Gefühl, dass sie viel langsamer war als alle anderen. Und die meisten von ihnen waren sogar älter als sie. Sie kamen nur für einen kurzen Moment in ihren Blick, bevor sie wieder in der Ferne verschwanden.

Und dann sah Clara diese ungewöhnliche Frau, die ganz anders unterwegs war als die anderen Pilger. Eine Asiatin, wohl eine Chinesin. Sie bewegte sich mit einem schnellen, fast hektischen Schritt über den staubigen Camino, ihre Augen fest auf das Ziel gerichtet, als gäbe es keinen anderen Grund, hier zu sein. Ihre Haltung war steif, als würde sie den Weg weniger als Pilgerreise, sondern mehr als eine Herausforderung betrachten, ein Hindernis, das es zu überwinden galt. Sie schien keinen Raum für Pausen oder Besinnung zu lassen.

Der Rucksack, den sie trug, war leicht, aber funktional. An einem der Seitenfächer steckte ein Smartphone, das sie immer wieder hervorholte, mit schnellen, fast mechanischen Bewegungen. Wahrscheinlich, um Nachrichten zu schicken oder Anrufe zu tätigen. Ihr Blick war in diesen Momenten so intensiv auf das Gerät gerichtet, dass es schien, als ob sie in einer anderen Welt existierte – einer

Welt, die sich um ihre Arbeit, den Erfolg und die nächsten Schritte drehte. Es war, als würde sie nie ganz aus der Geschäftswelt oder ihrem privaten Umfeld heraustreten, selbst auf dieser spirituellen Reise. Der Rucksack, so dachte Clara, war nicht nur mit Wasser und Proviant gefüllt. Er musste auch Unterlagen, Notizen und vielleicht sogar ein Laptop enthalten, für all die spontanen Arbeitspausen, die sie vermutlich einlegen würde.

Die Chinesin kam immer näher, doch sie grüßte weder Clara noch die anderen Pilger, die vereinzelt am Wegesrand saßen. Ihr Blick war nicht freundlich oder interessiert. Ihre Augen wirkten scharf und fokussiert, während sie ihre Schritte beschleunigte, als wolle sie den Abstand zu den anderen Pilgern schnellstmöglich wieder vergrößern. Ihr Teint war ebenmäßig, fast makellos, aber die feinen Linien rund um ihre Augen verrieten, dass sie viel unterwegs war und wenig Zeit für Ruhe fand. Es war die Haut einer Frau, die zu viele Nächte durchgearbeitet hatte und deren Körper jetzt ihre Geschichte in Form von Müdigkeit und Stress erzählte.

Der Camino war ihr Spielfeld, und sie zeigte keinerlei Anzeichen körperlicher Erschöpfung. Stattdessen strahlte sie eine eisige Entschlossenheit aus, die sich durch ihre ganze Erscheinung zog. Fast mitleidig, ja fast verächtlich, schaute sie auf die Pilger, an denen sie forsch vorbeiging. Ihre Blicke schienen die andere Gruppe an Menschen zu scannen, doch nie blieben sie lange genug, um eine

Verbindung herzustellen. Clara spürte förmlich, dass die Frau den Weg als eine Art persönlichen Test ansah, bei dem es nicht um Spiritualität oder die Erfahrungen der anderen ging – sondern nur um ihre eigene Leistungsfähigkeit. Es war, als wolle sie den Camino in einer Rekordzeit absolvieren, um zu beweisen, dass sie alles unter Kontrolle hatte, dass sie alles schaffen konnte, was sie sich vornahm.

Clara schüttelte den Kopf, ein leiser Widerstand regte sich in ihr. 'Nein, so wollte sie nicht unterwegs sein', dachte sie. Die Reise sollte mehr sein als nur ein Wettbewerb gegen die Zeit und die eigene Leistungsfähigkeit. Sie wollte nicht zu dieser Frau werden, die mit dem Ziel vor Augen jede Begegnung und jede Pause als Zeitverschwendung betrachtete. Sie wollte fühlen, was der Camino ihr zu bieten hatte – die langsamen Momente, die unerwarteten Begegnungen, den Rhythmus des Gehens und die Stille des Weges. Aber dafür musste man sich Zeit nehmen. Und das schien diese Frau ganz und gar nicht zu begreifen.

Nachdem Clara ein weiteres Stück gelaufen war, passierte sie die *Ermita del Buen Suceso*, eine kleine barocke Kirche, und erreichte schließlich Nocedo de Gordón, ein kleines Dorf, das mit einer Kirche im Zentrum aufwartete. Es war die *Iglesia de San Juan Bautista*, die Kirche des heiligen Johannes des Täufers. War das ein Zeichen? Ob Johannes wohl auch hier vorbeikommen würde?

Vor der Kirche stand eine kleine Bank. Clara legte ihren Rucksack ab, setzte sich und gönnte sich eine Essenspause. Sie streckte ihre Beine aus und ließ die Sonnenstrahlen auf ihr Gesicht fallen. Es war ein wundervoller Moment, der sie für einen Augenblick den Alltag und all die Mühen vergessen ließ. Ja, solche Momente gab es noch, auch in ihrem jetzigen Leben. Doch musste sie, um sich dessen bewusst zu werden, dafür wirklich bis in dieses abgelegene Dorf laufen?

Gerade als sie diesen Moment in sich aufnahm, merkte sie, dass plötzlich ein Schatten auf ihr Gesicht fiel. Jemand stand vor ihr. 'Bitte nicht Johannes', dachte sie mit einem Seufzen. Mit einem schüchternen Blick blinzelte sie in die Sonne und versuchte, die Person zu erkennen. Und dann, auch wenn die Sonne ihre Augen blendete, wusste sie es. Es war Johannes.

„Hallo Clara. Ist noch ein Platz auf dieser Bank?", fragte er freundlich.

„Ja, ich wollte ohnehin gleich weitergehen." Sie machte eine kurze Pause, als Johannes das Missverständnis aufklären wollte. „Nein, der Platz neben dir", erklärte er.

„Alles okay, Johannes. Setz dich. Wie gesagt, ich gehe gleich weiter", antwortete sie kühl und stand auf. „Es ist ohnehin deine Kirche. Ich möchte die beiden Johannesse beim Beten nicht stören."

Johannes war verwirrt. Was sollte das bedeuten? Doch bevor er etwas erwidern konnte, war Clara schon aufgebrochen. Mit ihrem ganz eigenen

Gangbild verschwand sie Schritt für Schritt in der Ferne. Er setzte sich auf die Bank, ließ seinen Blick über die Landschaft schweifen und dachte daran, wie er sich im Studium intensiv mit Johannes, dem Täufer, auseinandergesetzt hatte. War das ein Zufall, jetzt genau hier zu sein?

Im Studium sah er in Johannes dem Täufer einen Asketen, der in der Wüste lebte. Er galt als ein Inbegriff der Selbstgenügsamkeit und der Rückkehr zu den Ursprüngen des Glaubens. Für diesen Johannes war die Wüste mehr als nur ein geographischer Ort – sie stand symbolisch für die Reinheit und die Entbehrung, die nötig waren, um sich vom materiellen und weltlichen Einfluss zu befreien.

Johannes der Täufer war kein Mann, der sich dem Strom der Zeit anpasste. Mutig und unbeugsam stellte er die Machtstrukturen seiner Zeit infrage, vor allem die Herrschaft des jüdischen Königs Herodes Antipas, den er scharf kritisierte. Er hatte keine Angst, sich mit den Mächtigen anzulegen, auch wenn dies letztlich sein Leben forderte. Diese unerschrockene Haltung und die Weigerung, sich der Autorität zu beugen, hatten Johannes im Studium tief beeindruckt. Der Täufer war eine Figur von moralischer Unabhängigkeit und unerschütterlichem Charakter, jemand, der seine Überzeugungen lebte, ohne Rücksicht auf die Konsequenzen. Seine Fähigkeit, der gesellschaftlichen und religiösen Ordnung die Stirn zu bieten, machte ihn zu einem Symbol für Eigenständigkeit und Widerstandskraft.

In den letzten Wochen jedoch, seitdem er wieder häufiger an diese Ideale dachte, fühlte sich Johannes zunehmend von einer inneren Unruhe erfasst. Er fragte sich, ob er in seinem eigenen Leben nicht auch zu sehr nach den Regeln anderer gehandelt hatte – nach den Vorstellungen der Kirche und der Landesregierung, die ihm vorgeschrieben hatten, wie das Gemeindeleben zu funktionieren habe. Hatte er sich zu sehr angepasst, zu wenig Widerstand geleistet? War er zu feige gewesen, Autoritäten zu hinterfragen oder sogar offen abzulehnen?

Wenn er auf das Leben des Täufers zurückblickte, zog er immer wieder den Schluss, dass er in einigen Situationen anders hätte handeln können, oder sogar müssen. Ein mutigerer Johannes hätte sich nicht mit dem zufrieden gegeben, was ihm von außen auferlegt wurde. Diese Gedanken quälten ihn. Der Täufer, so dachte er, hätte sich nicht beugen lassen. Hätte er, Johannes, mehr für seine eigenen Überzeugungen einstehen sollen?

Mit einer gewissen Zerrissenheit gingen ihm diese Gedanken durch den Kopf. Doch was konnte er schon ändern? Was er damals für richtig gehalten hatte, war nun nicht mehr rückgängig zu machen. Sollte er einfach einen Haken hinter die Vergangenheit setzen und weitermachen? Nein, so einfach war es nicht. Es gab immer noch Dinge, die ihn beschäftigten.

Langsam beschloss er, sich nicht weiter in Gedanken zu verlieren. Die Landschaft zog sich vor ihm dahin, und der Rio Bernesga floss ruhig in seinem Bett. Johannes folgte dem Flusslauf, vorbei an blütenprächtigen Wiesen, und dann durch den Wald mit Nadelbäumen. Einmal musste er die Gleise queren, und dann, nach einer halben Stunde, sah er in der Ferne eine Gestalt. Allein schon das Gangbild verriet ihm, wer da unterwegs war. Es war Clara. Er drosselte sein Tempo und blieb vorsichtshalber auf Abstand. Es war klar, dass sie lieber allein unterwegs war. Und vielleicht war es auch besser so. Er hatte den Eindruck, dass sie nicht besonders gut auf ihn zu sprechen war.

Er schaute sich um, versuchte die Umgebung in sich aufzunehmen – die sanften Hügel, die Wiesen, die im Herbstlicht glänzten, die Blüten und die summenden Insekten. Immer wieder kamen Pilger an ihm vorbei, jeder mit seinem eigenen Tempo. 'Buen Camino' hörte er fast ständig – ein Gruß, den er nun schon gut kannte. Fast machte er sich ein Spiel daraus, zu erraten, woher die Pilger kamen, nur an ihrem Akzent.

Doch dann, mitten in diesen Gedanken, hörte er etwas anderes. „Buen Camino, einsamer Pilger", rief eine Stimme. Es war Felix.

Johannes schaute auf und erkannte ihn sofort. „Na, mit dir habe ich nicht mehr gerechnet", sagte er und trat einen Schritt auf Felix zu. „Du bist also weiter unterwegs?"

„Ja", antwortete Felix mit einem Lächeln. „Ich wollte auf jeden Fall nach La Pola de Gordón. Da gibt es einen Bahnhof, und wenn's zu viel wird, kann ich dort abbrechen. Der Ort schien mir erreichbar, und dann werde ich sehen, wie es mir geht und ob ich weiterlaufe."

Felix setzte sich auf einen Baumstamm und nahm einen kräftigen Schluck aus seiner Wasserflasche. Johannes bemerkte, dass Felix etwas frischer aussah als noch vor ein paar Stunden. Ein wenig Farbe war in sein Gesicht zurückgekehrt, was ihm gleich gesünder und vitaler erscheinen ließ.

„Das ist aber noch ein ordentliches Stück bis dahin", sagte Johannes und sah ihn an.

„Ja, das weiß ich. Aber ich habe den ganzen Tag Zeit. Du allerdings... Warum bist du noch hier? Du könntest doch längst viel weiter sein."

Johannes zögerte, bevor er antwortete. Er wollte Felix nicht erzählen, dass er absichtlich langsamer gegangen war, um Clara nicht einzuholen. „Ich habe auch viel Zeit", sagte er schließlich und versuchte, es beiläufig klingen zu lassen. In Wahrheit, dachte er, war das Schicksal eigentlich gar nicht so schlecht zu ihm. Vielleicht konnte er mit Felix noch eine Weile gemeinsam weitergehen, dann hatte er einen guten Grund, langsamer zu pilgern, und Clara würde er wohl bis La Pola nicht mehr einholen. Ein Plan, der für ihn durchaus in Ordnung war.

Nach einer ausgiebigen Rast machten sich beide wieder auf den Weg. Der Weg führte sie über Wiesen und Felder, dann durch einen Wald, immer noch entlang des Rio Bernesga.

„Was machst du eigentlich sonst so im Leben?",
fragte Johannes, während sie langsam den Weg
entlang gingen.

„Ich war so eine Art Bergretter", antwortete Felix,
ohne seinen Blick von der Strecke zu nehmen.

„Aha, und wie wird man das?"

„Ach, ich war schon immer gern in den Bergen.
Irgendwann wurde ich Bufdi im Schwarzwald, bei
der Bergrettung. War eine gute Zeit. Auch wenn die
da irgendwie komisch sprechen."

Johannes schmunzelte. Er kannte die schwäbi-
sche Mundart nur zu gut. „Und, bist du da immer
noch?"

Felix stockte. Ein Hauch von Unsicherheit
schlich sich in seine Stimme. Er starrte auf den
Weg vor ihnen, als könnte er dort eine Antwort finden. Es dauerte einen Moment, bis er weitersprach.
„Nein, den Bufdi musste ich vorzeitig abbrechen.
Mein Körper war für diese Art der Belastung einfach
zu schwach. Und die Psycho-Heinis haben mir
auch davon abgeraten, weiterzumachen. Sie mein-
ten, ich sei emotional labil. In der Bergrettung
könne man solche wie mich nicht gebrauchen."
Eine Spur Traurigkeit war in seine Stimme gekro-
chen, die vorher so unbeschwert geklungen hatte.

„Warst du damals denn labil?", fragte Johannes
vorsichtig.

Felix zuckte mit den Schultern, als würde er die
Frage abwenden wollen. „Ach, es spielt doch keine
Rolle mehr. Der Job ist weg. Vielleicht wollten die
mich auch einfach als Kranken loswerden. Die

Bergrettung war damals ziemlich beliebt bei Bufdis. Du weißt schon, Markus Kofler und Co. Einige Schulabgänger haben in dieser Gruppe von Bergrettern irgendwie Helden gesehen."

Sie gingen weiter, der Weg zog sich still vor ihnen dahin. Johannes schaute mehr auf die Landschaft, auf die Wiesen mit den bunten Blumen und die Wolken, die über den Gipfeln hingen.

„Und was hast du vor?", fragte Johannes nach einer Weile.

„Wenn ich das wüsste...", sagte Felix mit einem bitteren Lächeln. „Ich hatte mal einen Traum: Rettungssanitäter. Lang, lang ist's her. Aber ich befürchte, den kann ich mittlerweile abschreiben. Hey, ich war noch vor wenigen Jahren Leistungssportler, und jetzt fühle ich mich wie ein Krüppel." Die Worte fielen schwer, als wären sie schon lange in ihm gefangen gewesen.

Wieder wurde es still, nur das Knirschen ihrer Schritte auf dem Schotterweg war zu hören. „Hast du denn andere Ideen für deine Zukunft?", fragte er schließlich, vorsichtig, aber interessiert.

„Nein. Was soll ich planen?", antwortete Felix. „Alle paar Wochen renne ich zum Kardiologen. Herzinsuffizienz steht auf meiner Krankenakte. Der Schaden an meinem Herz ist an einigen Stellen unumkehrbar. Sie nennen das Narbengewebe. Da zuckt nichts mehr. Der Rest des Herzens muss jetzt dafür sorgen, dass genug Blut durch den Körper gepumpt wird. Mein Frühstück besteht aus zig Tabletten, und die wurden in den ersten Monaten immer mehr. Jetzt bin ich halbwegs stabil, kann mein Herz wenigstens etwas belasten. Aber in einem Jahr kann das schon wieder ganz anders sein. Wie soll ich da Pläne machen? Wie soll ich wissen, wie meine Gesundheit in drei Jahren aussieht? Kann ich überhaupt eine Ausbildung oder ein Studium abschließen?"

Die Frage hing in der Luft, schwer wie Blei. Es gab keine Antwort. Nur die Ungewissheit, die sie beide fühlten.

Nach einer längeren Pause erreichten sie schließlich La Pola de Gordón, ein kleines, aber charmantes Dorf mit fast dreitausend Einwohnern. Der Ort war von einer ehrwürdigen Kirche geprägt, deren imposanter Glockenturm schon von weitem sichtbar war. Felix und Johannes machten sich direkt auf den Weg dorthin.

Die *Iglesia de Nuestra Señora de la Asunción*, die Kirche der Jungfrau Maria der Himmelfahrt, lag vor ihnen, majestätisch und beinahe ehrfürchtig in ihrer Präsenz. Der Bau war eine Mischung aus romanischen und gotischen Stilelementen, die später mit barocken Akzenten ergänzt worden waren. Der Eingangsbereich wurde von einem markanten Steinbogen eingefasst, der den Weg in den etwas düsteren, ehrwürdigen Kirchenraum führte. Der hohe Glockenturm ragte über den Ort, mit mehreren Öffnungen, die wie Augen in die Welt blickten, während das schlicht-robuste Design einen scharfen Kontrast zu den verzierten Details des Kirchengebäudes bildete.

Drinnen war es still, fast heilig. Der Raum war nur von schwachem Licht durchflutet, das sanft von den Buntglasfenstern fiel und an den Wänden des Raumes schimmerte. Felix und Johannes gingen leise, fast andächtig hinein und nahmen auf einer der hinteren Bänke Platz. Nur vereinzelt waren weitere Besucher zu sehen, ihre Bewegungen ebenso leise und respektvoll wie die der beiden Männer. Die Atmosphäre war friedlich und geheimnisvoll zugleich.

Johannes ließ seinen Blick über die Kirche schweifen. Der Altarraum war in sanftes Licht getaucht, das die Statue der Jungfrau Maria in der Mitte des Raumes umhüllte, als ob sie über den Raum wachte. Es war ein Moment der Ruhe, ein Moment der Abwesenheit von der Welt draußen. Die Geräusche des Weges, die Müdigkeit des Pilgerns – alles schien in diesem Augenblick vergessen.

Sie saßen dort eine Weile, ohne viel zu sprechen, einfach nur in der Stille, die den Raum erfüllte. Sie atmeten tief, als wollten sie das Hier und Jetzt in sich aufnehmen, ohne an die nächste Etappe zu denken, bevor sie schließlich die Kirche verließen.

Später fanden sie eine einfache Herberge im Ort, wo es noch freie Einzelzimmer gab. Johannes, der die Strecke von etwa elf Kilometern heute als nicht allzu anstrengend empfunden hatte, schlenderte noch ein wenig durch das Dorf, das von einer gemütlichen Atmosphäre erfüllt war. Es war ein angenehmes Gefühl, endlich in einem Ort zu sein, der mehr zu bieten hatte als nur eine kleine Herberge.

Um zwanzig Uhr trafen er sich mit Felix im *El Mesón de Miguel* zum Abendessen. Zum ersten Mal auf dieser Tour gab es warmes Essen in einem Restaurant – ein kleiner Luxus, den sie sich gönnten. Der Raum war voll von Pilgern, die das Dorf auf ihrem Weg passiert hatten, und auch von Einheimischen, deren Stimmen in verschiedenen Sprachen miteinander verschmolzen. Das bunte Durcheinander der Stimmen war ein weiteres Zeichen dafür, dass sie in einem Ort angekommen waren, in dem das Leben wieder mehr pulsierte.

7 – La Pola de Gordón – Buiza

Clara war am Vortag auch noch in La Pola de Gordón angekommen und hatte sich ein Hotelzimmer genommen. Sie hatte sich nach etwas mehr Komfort gesehnt – eine eigene Dusche, eine Toilette im Zimmer, all das, was in den Pilgerherbergen oft nicht selbstverständlich war. Es sollte ihre wohlverdiente Pause sein, wenigstens für eine Nacht. Zudem nutzte sie die Gelegenheit, einen Teil ihrer Funktionskleidung zu waschen. Als sie am Morgen von dem sanften Singen der Vögel geweckt wurde, war es ein Moment der Ruhe, den sie in vollen Zügen genoss. Der kleine Luxus des stillen Zimmers, das warme Wasser und der Duft frischer Bettwäsche machten den Morgen fast zu einem kleinen Fest.

Heute war keine Eile geboten. Sie wollte nur die sechs Kilometer bis Buiza zurücklegen, genug, um ihren Körper nicht zu überlasten. Der Tag war noch jung, als sie gegen acht Uhr den Frühstücksraum betrat. Sie war eine der Ersten, die sich an den gedeckten Tisch setzte. Das Frühstück war sehr einfach, aber ausreichend – frisches Brot, Käse, Schinken und ein paar Obststücke. Für Clara war es genug, um den Tag zu beginnen. Einige andere Pilger waren auch da, aber Johannes war nicht unter ihnen. Das war ihr ganz recht. Sie hatte ihn hier nicht erwartet, und ehrlich gesagt, wollte sie ihn auch nicht sehen. Es war gut so, wie es war.

Erst nach neun Uhr packte sie ihren Rucksack und machte sich auf den Weg. Der Pfad führte sie in Richtung Norden, zunächst entlang der Landstraße auf der rechten und dem Rio Bernesga auf der linken Seite. Der Verkehr auf der Straße war nicht zu stark, und die gelegentlich vorbeifahrenden Autos störten nur wenig. Immer wieder wurde Clara von anderen Pilgern überholt, die ihr Ziel scheinbar schneller erreichen wollten. Keiner ging so langsam wie sie. Doch das war ihr egal. Ihre eigenen Gedanken begleiteten sie, und der Weg selbst, so unspektakulär er auch war, bot ihr immer wieder kleine Momente der Besinnung.

Als sie Beberino erreichte, sah sie auf der rechten Seite die *Iglesia de San Pedro*. Sie stand da, unscheinbar und ruhig, eingebettet in die Landschaft, als wolle sie einladen, innezuhalten. Clara nahm die Einladung an. Sie betrat die Kirche und ließ sich auf einer der Bänke nieder. Der unscheinbare, kühle Innenraum bot ihr die ersehnte Ruhe, die sie in den letzten Tagen immer wieder gesucht hatte. Ihre Unterschenkel und Kniegelenke begannen, sich bemerkbar zu machen, ein vertrautes Ziehen, das sie schon aus der Reha vor drei Jahren kannte. Damals war der Schmerz konstant gewesen, hatte sie begleitet, während sie versuchte, ihren Körper wieder aufzubauen. Die Erinnerung daran kam jetzt wieder hoch, als sie dort in der Stille der Kirche saß.

Erst im Juni 2020, nach Monaten der Isolation wegen massiver Kontaktbeschränkungen und der schleppenden Genesung ihrer eigenen COVID-Erkrankung, konnte Clara endlich professionelle Hilfe in Anspruch nehmen. Als Fitnesstrainerin und Ernährungsberaterin hatte sie sich schon vor COVID-19 immer gut um ihre Gesundheit gekümmert, doch das reichte nicht aus, um die tiefgreifenden Folgen der Virusinfektion zu überwinden. Ihr Körper war gezeichnet: Schwäche, die sie nicht kannte, und eine Erschöpfung, die alles, was sie an Energie und Lebensfreude hatte, langsam aufzehrte. Sie hatte sich oft gefragt, wie es überhaupt möglich war, dass eine Krankheit den Körper so umfassend und auf so viele Weisen lähmen konnte.

Die körperliche Veränderung war nicht nur spürbar, sondern sie war sichtbar: Ihre Muskeln, sonst fest und durchtrainiert, fühlten sich wie die einer alten Dame an, ihre Haut wirkte blass, und selbst das Atmen fiel ihr manchmal schwer. Doch das war nur die Oberfläche. Viel schlimmer war die tiefe Erschöpfung, die ihre gesamte Existenz durchzog – ein Gefühl, als würde der Boden unter ihr immer wieder nachgeben. Es war eine Erschöpfung, die nicht nur den Körper, sondern auch den Geist lähmte, und sie hatte nie gedacht, dass sie so etwas erleben würde. Sie hatte sich immer selbst als stark empfunden, als jemand, der nie aufgab. Doch nun stand sie vor der Erkenntnis, dass ihre Stärke in diesem Kampf nicht ausreichte.

Es war ein Montag, der 22. Juni 2020, als Andreas sie in das nahegelegene Grömitz fuhr, wo sie ihre Reha beginnen sollte. Er hatte sie die letzten Monate aufopferungsvoll unterstützt, hatte ihr bei den kleinsten Dingen geholfen, selbst wenn es ihm immer schwerer fiel, ihr die Last abzunehmen. Doch trotz seiner Bemühungen war es, als würde sich zwischen ihnen eine unsichtbare Mauer bilden. Das Vertrauen, das sie früher verbunden hatte, war erodiert, und die Stille zwischen ihnen war schwerer als jedes Wort, das sie hätten sprechen können.

„Drei Wochen", sagte der Arzt, als sie ihren ersten Schritt in die Klinik setzte. „Aber rechnen Sie mit mehr. Ihre Genesung wird Zeit brauchen." Clara nickte, ohne ein Wort zu sagen, während Andreas sich von ihr verabschiedete. Er durfte nicht mit hinein und nur im Klinikpark zu Besuch kommen. Die Gefahr eines unentdeckten Viruseintrags war der Klinikleitung zu hoch. So stand sie da vor diesem Gebäude, mit zwei großen Koffern und einer OP-Maske. Alles fühlte sich fremd an – der Weg dorthin, der Moment des Abschieds, die sterile Atmosphäre der Klinik.

Die letzten Wochen vor der Reha waren für Clara wie ein Nebel aus ständigen Schmerzen und unaufhörlicher Müdigkeit. Sie hatte Andreas immer wieder ihre Wut entgegengebracht, ohne wirklich zu verstehen, warum. Sie wusste, dass er versuchte, ihr zu helfen, doch er konnte die Leere in ihr nicht füllen. Und seine Geduld, die am Anfang grenzenlos schien, hatte mittlerweile Risse bekommen. In den seltenen Momenten, in denen sich ihre Blicke trafen, spürte Clara das Schweigen zwischen ihnen, das schwerer war als alles, was sie je ausgesprochen hatten. Es war ein schleichender Bruch, der ihre Beziehung auf eine neue, bislang unbekannte Ebene zog.

Andreas hatte sich oft gefragt, ob es überhaupt noch ein 'Wir' gab oder ob sie nicht schon längst in zwei verschiedene Richtungen auseinanderdrifteten. Dennoch hatte er ihr versprochen, sie so oft wie möglich in Grömitz zu besuchen, was er auch tat – nicht nur aus Pflichtgefühl, sondern aus dem verzweifelten Wunsch, etwas zu tun, das ihr half, wieder zu sich zu finden. Aber auch ihm blieb nun mehr Zeit für sich selbst, für den Versuch, mit der Belastung der letzten Monate umzugehen.

Als Clara nach zehn Wochen schließlich entlassen wurde, war es ein gemischtes Gefühl, das sie begleitete. Ihre körperliche Verfassung hatte sich zwar etwas verbessert, doch die Belastbarkeit war immer noch weit von dem entfernt, was sie sich erhofft hatte. An guten Tagen war es ihr immerhin möglich, längere Spaziergänge zu machen – oft ging sie an die Ostsee, wo die frische Luft ihr eine gewisse Ruhe brachte, die sie so dringend brauchte. Ihre Emotionen waren jedoch ein anderes Kapitel. Sie hatte gelernt, die Krankheit nicht mehr als Feind zu sehen, gegen den sie kämpfen musste. Stattdessen hatte sie begonnen, ihre gegenwärtige Situation etwas mehr anzunehmen. Es war eine schmerzhafte Erkenntnis: Das Leben, das sie gekannt hatte – ihr Körper, der sie durch alle Herausforderungen getragen hatte – war nicht mehr der gleiche. Doch anstatt sich in ihrer Vergangenheit zu verlieren, hatte sie in kleinen Schritten versucht, das Beste aus dem zu machen, was jetzt war. Mit zahlreichen emotionalen Rückschlägen.

Diese Akzeptanz war ein schwerer Prozess, aber sie bot ihr die Chance, weniger mit dem Schicksal zu hadern und mehr im Moment zu leben. Der Schmerz darüber, was verloren war, würde sie begleiten. Vielleicht war es das, was sie aus dieser dunklen Zeit retten konnte: die Fähigkeit, sich zu befreien – von der Wut, von der Trauer, von der ständigen Frage, warum ausgerechnet sie so viel verloren hatte.

Und während sie langsam in ihren Alltag zurückfand, wusste sie, dass der Weg noch lange nicht zu Ende war. Aber sie war immer noch bereit, weiterzugehen – langsamer, ja, aber mit einer neuen Art von Gelassenheit, die sie sich nicht mehr von der Vergangenheit diktieren ließ.

In diesem Moment umhüllte Clara die Kühle der Kirche, ein unangenehmes Frösteln zog über ihren Rücken. Es war Zeit, sich wieder auf den Weg zu machen. Als sie die Kirchenpforte öffnete, prallte das Sonnenlicht auf sie, und sie musste kurz innehalten, um ihre Augen an die Helligkeit zu gewöhnen. Der Tag war noch jung, aber die Sonne zeigte bereits etwas von ihrer Stärke.

Sie setzte sich noch einen Moment auf die Bank vor der Kirche. In diesem Moment entdeckte sie ein ungewöhnliches Paar, das sich auf sie zu bewegte. Sie sahen aus wie eine alte spanische Witwe und ihre Enkeltochter, die langsam über den staubigen Pilgerweg schritten. Die ältere Dame war eine kleine, gebückte Gestalt, ihr Rücken vom Gewicht der Jahre gebeugt, doch ihre Haltung war immer noch stolz. Ihr Gesicht, von tiefen Falten durchzogen, strahlte eine Ruhe aus, als habe sie schon viele Stürme des Lebens überstanden. Ihre Haut war gebräunt und wettergegerbt. Sie trug ein einfaches, aber elegantes schwarzes Kleid, das an den Rändern von der Sonne verblasst war, und einen breiten, weiten Umhang, der sie gegen die kühle Brise schützte. Ihre Füße steckten in abgenutzten, aber fest geschnürten Lederschuhen, die bereits viele Wege gesehen hatten. An ihrem Gürtel hing ein kleines Holzmedaillon, in dem ein winziges, vergilbtes Bild eines Mannes eingeschlossen war – vermutlich ihr verstorbener Mann.

Die Enkeltochter, eine junge Frau von vielleicht zwanzig Jahren, ging in engem Abstand hinter ihr. Sie war groß und schlank, mit dunklen, fließenden Haaren, die im Wind wehten. Sie trug eine robuste Allwetterjacke und einen Rucksack, der das notwendige für den Weg beinhaltete – eine Mischung aus praktischen, abgenutzten Stoffen und modernem Reisematerial.

Clara grüßte die beiden mit dem bekannten 'Buen Camino'. Das ungleiche Paar setzte sich auf dieselbe Bank und schwieg. Plötzlich begann die alte Witwe einige Worte zu sagen, einfach so. „Der Verlust ist ein Teil von uns", sagte sie, während sie vor der Kirche unter dem schattigen Baum rasteten. „Wir können ihn nicht abschütteln, so wie der Wind die Blätter nicht davon abhalten kann, irgendwann zu fallen. Aber wir sollten lernen, mit diesen Wunden zu leben. Sie sind nicht unsere Feinde. Sie sind Teil unseres Weges."

„Wir tragen, was wir tragen müssen", fuhr die Witwe fort und schloss für einen Moment die Augen, als wolle sie den Geräuschen der Natur lauschen, die den Weg begleiteten. „Und wenn wir bereit sind, können wir weitergehen, ein Schritt nach dem anderen. Es ist nie das Ziel, das uns heilt, sondern der Weg."

Clara hörte diese wenigen Sätze mit einem Gemisch aus Staunen und Ehrfurcht. Die alte Witwe roch nach alten Kräutern und heiler Erde, ein Duft, der ihre Weisheit und ihre Verbindung zu den Kräften der Natur widerspiegelte. In ihrem Blick lag der Ausdruck eines tiefen Friedens, der nur durch das Akzeptieren der eigenen Verletzlichkeit und der unaufhaltsamen Zeit kommen konnte.

Berührt von diesem Moment stand Clara auf, um den Weg fortzusetzen, der Straße folgend, die sich entlang des Rio Casares schlängelte. Der kleine Fluss war von zahlreichen Weiden gesäumt, deren Schatten das glitzernde Wasser in ein sanftes, dunkles Blau tauchten. Nach einer halben Stunde bog sie nach rechts ab, dem Arroyo de Folledo folgend. Die Landschaft öffnete sich vor ihr: sanfte Hügel, die in den weiten Himmel übergingen. Links von ihr erhob sich ein bewaldeter Hügel, grün und unberührt.

Als sie den Hügel hinter sich gelassen hatte, blickte sie auf die kleine *Ermita Nuestra Señora del Valle*, eine unscheinbare Wallfahrtskapelle, die sich inmitten der Natur einfügte. Der Weg führte sie weiter, immer dem Arroyo de Folledo entlang, bis sie schließlich Buiza erreichte, ein winziger Ort, der kaum mehr als sechzig Seelen zählte. Für die meisten Pilger war er nur ein Ort, den man hinter sich ließ, zu unbedeutend für eine Übernachtung. Genau der richtige Ort für mich, dachte Clara. Kein Trubel, keine Menschenmengen, nur Stille und Natur.

Die einzige Sehenswürdigkeit im Ort war die *Eglesia de los Santos Justo y Pastor*, die in ihrer Abgeschiedenheit ebenfalls eher bescheiden wirkte. Aber gerade das hatte ihren Reiz. Clara spürte, dass sie hier Ruhe finden konnte.

Die Pilgerherberge lag direkt neben der Kirche. Es war ein einfaches Gebäude, mit nur acht Zimmern, und – wie sie feststellte – alle Zimmer waren noch frei. „So kann es bleiben", dachte sie zufrieden und legte ihren Rucksack ab. Doch sie wollte noch nicht hierbleiben. Es war noch zu früh, der Tag noch zu lang. Sie ging hinaus, in die Weite der Wiesen um Buiza, umgeben von den sanften Gipfeln des Peña de Prieta und des Lámpara, die den Horizont rahmten.

Als die Sonne begann, die westliche Bergsilhouette zu berühren, machte sie sich wieder auf den Rückweg zur Herberge. Die goldenen Strahlen des Abends hüllten die Landschaft in ein warmes, fast magisches Licht. Clara öffnete die Tür und betrat das Gebäude, als sie plötzlich Stimmen vernahm. „Verflucht", dachte sie und seufzte innerlich. Da waren also doch noch andere Pilger hier.

Im Aufenthaltsraum mit der kleinen Küche saßen zwei Männer, einer, der wie ein Student aussah und ihr neugierig entgegenblickte, und der andere, der mit dem Rücken zu ihr am Tisch saß. Als sie den zweiten Mann sogar von hinten erkannte, zog sich ihr Magen zusammen. Ihre Stimmung verdüsterte sich schlagartig.

„Hallo Johannes", sagte sie, bemüht, ihre Überraschung und die aufkommende Abneigung zu verbergen.

Er drehte sich langsam um, und als er sie erkannte, veränderte sich sein Gesichtsausdruck. „Hey Clara. Mit dir habe ich hier nicht gerechnet", sagte er, seine Stimme war ungläubig, aber auch ein bisschen überrascht.

„Na, da geht es dir wohl genauso wie mir", antwortete Clara, während sie insgeheim dachte: 'Und ich hatte auch gehofft, dich hier nicht zu treffen'.

Felix, der zweite Mann, sah zwischen den beiden hin und her und fragte dann vorsichtig: „Ihr kennt euch also?"

„Ja", sagte Clara knapp, „wir saßen schon einmal für zehn lange Sekunden auf derselben Bank."

Felix warf Johannes einen Blick zu, der eindeutig fragte: 'Was war das denn für ein Auftritt?' Doch dann reichte er Clara die Hand. „Ich bin Felix", sagte er freundlich. Doch als er sah, dass Clara nicht sofort reagierte, ließ er seine Hand wieder sinken.

„Clara", erwiderte sie kurz und unfreundlich, und ging ohne ein weiteres Wort zum Wasserkocher. „Keine Sorge, ich störe nicht länger. Ich mache mir nur noch einen Tee", erklärte sie.

„Setz dich doch zu uns", rief Johannes ihr zu, doch Clara schüttelte nur den Kopf. „Lass gut sein, ich gehe lieber auf mein Zimmer."

Wenig später verließ Clara mit ihrem Teebecher den Raum, ohne ein weiteres Wort zu verlieren. Man hörte, wie eine Zimmertür hinter ihr ins Schloss fiel. Die beiden Männer blieben alleine zurück.

Felix sah Johannes fragend an. „Kennst du Clara näher?"

„Nein, nur eine flüchtige Pilgerbekanntschaft", antwortete Johannes. Auch er stand auf, streckte sich und sagte dann: „Ich ziehe mich auch zurück. Gute Nacht."

Felix nickte nur, dann war auch Johannes verschwunden.

Der Raum war wieder still.

Währenddessen lag Clara auf ihrem Bett. Hier fand sie den Raum, an diese schwere Phase ihres Lebens zu denken. Es war nicht nur der physische Schmerz gewesen, der sie damals so herausgefordert hatte, sondern auch die Frage, wie sie wieder zu sich selbst finden konnte. Hier, in diesem Moment, schien der Schmerz überraschenderweise nur ein Schatten zu sein, der sie nicht mehr ganz so stark traf. Es war, als ob die Reise sie nicht nur durch diese Landschaft führte, sondern auch durch ihre eigenen Erinnerungen und Gefühle.

Clara schloss die Augen für einen Moment und ließ den Gedanken freien Lauf. Sie hatte nie geglaubt, dass sie den Weg des Pilgerns so tief in sich aufnehmen würde. Doch hier, in diesem kleinen Buiza, fühlte sie sich zum ersten Mal seit langem wieder mehr mit sich selbst verbunden.

8 – Buiza – Poladura de la Tercia

Heute sollte es ein anstrengender Pilgertag werden, das wussten die drei Pilger. Schon am Morgen war der Himmel bedeckt, und die kühle Luft ließ erahnen, dass der Tag auf den Höhen der Berge körperlich herausfordernd werden würde. 'Doch vielleicht ist das sogar ein Vorteil', dachte Felix. Die Kühle könnte den Weg erträglicher machen. Schließlich standen mehr als neun Kilometer auf dem Plan, und Felix wusste nicht, ob er diese Strecke überhaupt schaffen würde.

Johannes traf sich mit Felix im Aufenthaltsraum der Herberge zum Frühstück. Der Duft von frisch gekochtem Kaffee lag in der Luft und sorgte für eine angenehme Stimmung. Kurz darauf standen sie vor der Herberge, ihre Rucksäcke geschultert, und begannen ihren Marsch. Von Clara war keine Spur zu sehen.

Der Weg begann gleich anstrengend. Zwar war die Strecke schön, aber sie führte kontinuierlich über 3,5 Kilometer leicht bergauf, entlang des Osthanges des Peña Prieta. Die Landschaft war karg, und der Boden unter ihren Füßen war oft uneben. Felix spürte den Anstieg in den Beinen, der sich bereits nach wenigen Minuten bemerkbar machte. Immer wieder blieb er stehen, um Luft zu holen. Der Weg brachte ihn sichtbar an seine körperlichen Grenzen.

Keine Kirchen, keine Bänke am Wegesrand, keine Baumstümpfe, auf die man sich setzen konnte – dieser Abschnitt des Pilgerwegs war kein Luxus-Wanderweg, sondern forderte den Pilger in seiner reinsten Form heraus. Felix und Johannes setzten sich deshalb immer wieder auf den Boden, um eine kurze Pause einzulegen. Sie ließen den Blick über die weite, unberührte Landschaft schweifen, genossen den Moment der Ruhe und die frische Luft, die an diesem kühlen Vormittag die Sinne weckte. Als sie schließlich den Scheitelpunkt des Anstiegs erreichten, hielten sie erneut an. Der höchste Punkt von 1460 Metern war erreicht, und höher würden sie an diesem Tag nicht mehr kommen. Die Gespräche waren in diesen Momenten fast vollständig verstummt. Die Konzentration lag ganz auf dem Weg, dem sicheren Auftreten, der eigenen Atemtechnik und der optimalen Einteilung der Kräfte.

Auf der linken Seite der Strecke tauchten wieder bewaldete Hügel auf, und der Weg führte nun leicht bergab. Felix spürte eine Erleichterung. Dieses Teilstück hatte er nun geschafft. Bald darauf erreichten sie den Bach Arroyo Barranquillo, und der Weg verlagerte sich etwas. Sie liefen nun auf einer beinahe ebenen Strecke weiter in Richtung Norden. Langsam kehrten die Lebensgeister zurück, und mit jedem Schritt wurde es leichter. Schließlich begannen sie, sich wieder mehr zu unterhalten.

„Vielleicht werde ich ja Pastor", sagte Felix plötzlich, die Worte schienen ihm aus dem Mund zu kommen, ohne dass er sie vorher groß überlegt hatte. „Da brauche ich mich nicht so körperlich anstrengen. Jeden Sonntag eine Predigt, ein paar Trauungen und Beerdigungen, zwischendurch mit Bedürftigen sprechen – oder besser gesagt, schweigen, wenn ich mal keine Lust habe zu reden. Irgendwie auch ein cooler Job, oder? Wenn da nur nicht diese Hürden mit dem Glauben und Gott wären. Ohne die geht es nicht, oder?"

Johannes musste schmunzeln über die Direktheit von Felix. „Nein, ohne die geht es nicht. Wenn du als Atheist auf der Kanzel stehst, wirst du weder glücklich noch wirst du der Gemeinde etwas vermitteln können. Die merken das sofort", antwortete er, und Felix spürte, wie sich sein Stirnrunzeln vertiefte.

„Aber mal im Ernst", sagte Felix nach einer kurzen Pause, „warum bist du eigentlich Pastor geworden? Hast du dir einfach nur einen ruhigen Beruf ausgesucht, weil du auch mal krank warst?"

Johannes lachte erneut, doch Felix konnte in seinen Augen ein tieferes Nachdenken erkennen. „Nein", sagte er nach einer Weile, „ganz sicher nicht. Der Job ist alles andere als ruhig, das kann ich dir versichern. Aber meine Beweggründe waren andere."

Johannes spürte, wie die Erinnerung an die eigene Vergangenheit ihn wieder einholte. Gedanken an den Anfang seiner eigenen Reise als Pastor. Doch bevor er weitersprechen konnte, richtete er seine Aufmerksamkeit wieder auf Felix, der inzwischen auf den Weg schaute und wartete, dass er fortfuhr. Johannes holte tief Luft, bereit, mehr von sich zu erzählen.

Er war damals gerade einmal neun Jahre alt, als das Leben seiner Familie auf eine Weise erschüttert wurde, die er kaum verstehen konnte. Sein Vater war Heizungsinstallateur, seine Mutter arbeitete in Teilzeit in einer Drogerie. Gemeinsam mit seinem zwei Jahre jüngeren Bruder Zacharias verbrachte Johannes viel Zeit bei seiner Oma, die mittlerweile 67 Jahre alt und seit drei Jahren Witwe war. Ihr Mann war nach einem plötzlichen Herzinfarkt gestorben, und die tiefe Trauer hatte ihre Spuren hinterlassen.

Die beiden Brüder waren fast jedes Jahr in den Sommerferien bei ihrer Großmutter auf dem Land. Es war ein besonderer Ort für sie: weit weg von der großen Stadt Kiel, umgeben von Feldern und Wäldern. Ihre Oma, eine ruhige, wissbegierige Frau, führte sie immer wieder in die Natur, um ihnen zu zeigen, welche Pflanzen essbar waren, welche von ihnen heilende Kräfte besaßen, welche Tiere man in der Umgebung fand und wie das Wetter sich verändern konnte. Es war eine kindliche Entdeckungsreise, und die Sommer mit der Großmutter gehörten zu den schönsten Erinnerungen von Johannes. Nach jedem Urlaub kamen sie zurück in die Schule und erzählten ihren Mitschülern von den Erlebnissen, von den Tieren, den Spaziergängen und den immer wieder überraschenden Naturphänomenen. Oft hörten sie dann von den

Reisen ihrer Klassenkameraden in ferne Länder, doch Johannes war stolz auf seine eigenen Erlebnisse, auch wenn sie weniger exotisch waren.

Dann, eines Nachmittags, änderte sich alles, als Johannes mit seinem Bruder im Garten spielte. Das Telefon klingelte, seine Mutter ging ans Telefon, und als sie wieder auflegte, sah sie ganz anders aus als sonst. Sie war blass, ihre Augen wirkten leer, und auf einmal standen tiefe Sorgenfalten auf ihrem Gesicht. Johannes spürte sofort, dass etwas nicht stimmte. „Was ist passiert, Mama?" fragte er mit seiner kindlichen Neugier. Doch seine Mutter antwortete nicht sofort. Ihre Augen füllten sich mit Tränen, und sie nickte nur mit dem Kopf. Als sie sich endlich etwas gefasst hatte, sagte sie mit brüchiger Stimme, dass seine Oma einen Schlaganfall erlitten hatte. Johannes wusste nicht einmal, was ein Schlaganfall war. Doch es klang schlimm. Sie lag nun im Krankenhaus in Kiel. Die Ärzte taten ihr Bestes, aber die Lage war ernst.

Johannes' Vater kam kurze Zeit später von einer Montage nach Hause, und sie beschlossen, noch am selben Tag ins Krankenhaus zu fahren. Die Ungewissheit nagte an Johannes, als sie sich auf den Weg machten. Das war der erste Moment, in dem er verstand, dass etwas Großes und Unwiederbringliches auf sie zukam.

Im Krankenhaus angekommen, wurden sie sofort zur 'Stroke Unit' geführt, einer speziellen Station für Schlaganfallpatienten. Die Atmosphäre dort war kühl, fast steril. Die Kinder mussten im

Flur warten, während die Erwachsenen sich mit einem Arzt unterhielten. Etwa zwanzig Minuten später kam ein Mann auf die beiden Jungs zu. Er war um die 40 Jahre alt, trug keinen Talar, aber ein freundliches, beruhigendes Lächeln. Er stellte sich als Krankenhausseelsorger vor und setzte sich mit ihnen auf die Bank im Flur. Er fragte, wie es ihnen ginge und ob er etwas für sie tun könne. Aber Johannes fühlte sich in diesem Moment fremd und verloren. Was konnte dieser Mann tun, um die unheimliche Angst, die in der Luft lag, zu vertreiben?

Bald darauf kehrten seine Eltern zurück. Der Blick seiner Mutter sprach Bände. Die Nachricht war noch schlimmer, als sie befürchtet hatten: Der Schlaganfall hatte einen großen Teil von Omas Gehirn beschädigt. Sie war kaum ansprechbar, und es war ungewiss, ob sie jemals wieder vollständig zu sich kommen würde.

In den darauffolgenden dreizehn Tagen besuchte Johannes seine Oma fast jeden Tag im Krankenhaus, wenn die Schule vorbei war. Meistens waren seine Eltern dabei, manchmal auch Zacharias. Doch an einem dieser Tage war Johannes allein bei ihr. Es war ein Moment der Stille, den er sich bewusst ausgesucht hatte. Er wollte einfach an ihrem Bett sitzen, ihre Hand halten und mit ihr reden, auch wenn sie kaum noch reagieren konnte. Ihre Augen waren halb geschlossen, der Atem flach und manchmal unregelmäßig. Doch in diesem Raum, in diesem Moment, war die

Nähe zu seiner Oma greifbar, so unbeschreiblich wie die Erinnerungen an all die Sommer, die sie zusammen verbracht hatten.

Plötzlich öffnete sich die Tür, und der Pastor von der 'Stroke Unit' trat ein. Johannes erkannte ihn gleich wieder, doch an diesem Tag war es anders. Der Mann setzte sich auf die andere Seite des Bettes, nahm Omas andere Hand in seine und sprach leise zu ihr. Johannes konnte die Worte kaum hören, aber die Geste war für ihn überwältigend. Der Pastor sprach davon, dass sie in Gott geborgen sei, dass sie dem Tod gelassen entgegensehen könne, auch weil ihre Familie an ihrer Seite war. Besonders er, Johannes, war immer treu an ihrer Seite geblieben. Die Worte trafen Johannes tief. Etwas in ihm rührte sich. Diese Form der Nähe, das stille Verständnis und die Zuwendung des Mannes beeindruckten ihn. In dieser kurzen, stillen Begegnung schien der Pastor mehr zu tun, als Worte ausdrücken konnten. Johannes sah in ihm eine Form von Menschlichkeit, die er bewunderte – eine Art, anderen in ihren schwersten Momenten beizustehen.

Es war an diesem Tag, dass Johannes zum ersten Mal ernsthaft darüber nachdachte, was es bedeuten würde, Menschen in schwierigen Zeiten zu helfen. Vielleicht, dachte er, wollte auch er einmal in der Lage sein, so zu handeln – so präsent und einfühlsam wie der Pastor. In diesem Moment wuchs in ihm der Wunsch, selbst Pastor zu werden, um Menschen in Not beizustehen, ihnen Halt zu geben und ihre Sorgen zu teilen.

Während Johannes seine Geschichte erzählte, wurden ihre Schritte immer langsamer, bis sie schließlich ganz anhielten. Felix schien von dieser Erzählung tief beeindruckt und berührt zu sein. Obwohl er selbst wenig mit Religion und Glauben zu tun hatte, konnte er die menschliche Wärme dieser Erfahrung fast körperlich spüren.

„Krasse Geschichte", sagte er schließlich, „die geht einem richtig unter die Haut. Wenn das wirklich eine gute Motivation ist, Theologie zu studieren, dann sollte ich es vielleicht doch lieber lassen."

Schweigend setzten sie ihren Weg fort, immer noch in etwa auf gleicher Höhe. Der Weg führte nun mehr oder weniger in Richtung Nordwesten.

Am frühen Nachmittag erreichten sie Poladura de la Trecia, ein verschlafenes kleines Dorf. Die wenigen Häuser gruppierten sich rund um die *Iglesia de San Cipriano*, eine schlichte steinerne Kirche, die kaum höher war als die umliegenden Gebäude. Es gab hier weder Läden noch Restaurants, nur die Kirche und eine bescheidene Pilgerherberge direkt daneben. Die Straßen waren leer, kein Mensch war zu sehen.

Johannes ging wie immer als erstes in die Kirche des Ortes. Drinnen war es dunkel, es roch feucht und modrig, und der Boden war kalt unter seinen Füßen. Er setzte sich auf eine der Bänke und ließ die Eindrücke auf sich wirken. Es war still, nur das gelegentliche Singen der Vögel auf dem Dach der

Kirche war zu hören. Nach einer Weile vernahm er ein leises Rutschen und ein kaum hörbares Stöhnen – aber als er sich umsah, war niemand in seiner Nähe. Er stand auf und schlich in die Richtung, aus der das Geräusch gekommen war. Bank für Bank ging er entlang und spähte vorsichtig durch die Reihen. Schließlich entdeckte er Clara, die sich längs auf eine Kirchenbank gelegt hatte. Sie schien zu ruhen – oder ging es ihr schlecht? Langsam trat er näher. Sie atmete schwer, ihr Gesicht war blass, und ihre Augen waren geschlossen.

„Clara, was ist los? Hast du dich verletzt?" fragte er besorgt.

Sie hob langsam den Kopf, schaute ihm kurz in die Augen und seufzte dann. „Ach, du bist es. Hätte ich ja ahnen können." Dann legte sie den Kopf zurück und schloss wieder die Augen. „Ich bin einfach unendlich erschöpft, mehr nicht."

„Kann ich etwas für dich tun?" fragte Johannes.

Clara schüttelte sofort den Kopf. „Nein, ich brauche keine letzte Ölung. Geh ruhig weiter."

Was war nur mit dieser Frau los, fragte sich Johannes. Sie war so unglaublich abweisend, fast unnahbar. Vielleicht wollte sie wirklich nur alleine pilgern, ohne jemanden an sich heranzulassen. Doch der Eindruck verstärkte sich, dass sie mit einer tiefen, schmerzhaften Wunde kämpfte, die sich in dieser Abweisung zeigte.

Johannes drehte sich um und verließ die Kirche, ohne ein weiteres Wort zu sagen. Draußen saß Felix auf einer Bank.

„Wir haben Glück, Johannes. Es gab noch zwei freie Zimmer in der Herberge. Ich habe beide reserviert und schon die Schlüssel bekommen."

„Sehr schön", antwortete Johannes. Doch im gleichen Moment dachte er nach. Wo würde Clara wohl übernachten? So erschöpft, wie sie wirkte, würde sie kaum weiterlaufen können oder wollen. Ach, letztlich war es ihr Problem. Aber wenn sie ebenfalls in der Herberge übernachtete, würde es unangenehm werden, sich die Küche mit ihr zu teilen. Diese Abneigung, die er gegen sie hegte, war in den letzten Tagen nur gewachsen. Und das war etwas, das Johannes bei den wenigsten Menschen empfand.

Als sie die Herberge erreichten, gingen sie in ihre Zimmer und verabredeten sich, später gemeinsam in der Küche einen Tee zu trinken. Knapp zwanzig Minuten später saßen sie an einem einfachen Holztisch, der vom Gebrauch der letzten Jahrzehnte zahlreiche Dellen und Riefen aufwies, doch irgendwie wirkte er auch gemütlich.

„Ich habe Clara in der Kirche gesehen", begann Johannes, „es ging ihr nicht so gut."

„Was war denn mit ihr?"

„Sie lag auf der Kirchenbank, wirkte blass und erschöpft."

„Sie lag da einfach so?"

„Ja, einfach so, auf der Bank."

„Hast du mit ihr gesprochen?"

„Ja, sie wollte allein gelassen werden, hat mir gesagt, dass sie ihre Ruhe braucht."

„Naja, wenn sie das so will..."

Gerade in diesem Moment öffnete sich die Tür der Herberge, und laute Stimmen waren zu hören. „Ich brauche habitación", rief eine Frau mit drängender Stimme. „No habitación", antwortete der ältere Mann ruhig. „Nix da, no habitación!", schrie die Frau nun erbost. „Ich brauche unbedingt habitación!"

Johannes ahnte sofort, wer das war. Die Herberge hatte bis vor kurzem noch zwei Zimmer – ein Einzelzimmer und ein Zweibettzimmer, und beide waren jetzt belegt. Der Streit zwischen der Frau und dem Herbergsvater eskalierte zunehmend. Schließlich hörten sie den Mann sagen: „Hablo con Felix."

Kurze Zeit später stand er in der Küchentür und wandte sich an Felix, dem er das Zweibettzimmer zugewiesen hatte. Es brauchte keine langen Erklärungen, jeder wusste, was der Herbergsvater vorschlagen würde: Ob Felix und Johannes sich das Zimmer mit den zwei Betten teilen könnten.

Johannes war unsicher. Warum sollte er wegen dieser Frau auf sein Zimmer verzichten? Andererseits dachte er daran, wie Clara in der Kirche in Carbajal de la Legua geweint hatte, und daran, wie sie vorhin auf der Kirchenbank in Poladura de la Trecia gelegen hatte.

In den letzten beiden Tagen hatte er die Gesellschaft von Felix durchaus geschätzt. Felix schien keine Einwände zu haben, und so sagte Johannes schließlich: „Von mir aus, aber nur, wenn Clara uns wenigstens einmal freundlich begegnet."

Der Herbergsvater ging wieder hinaus, um mit Clara zu sprechen. In der Zwischenzeit holte Johannes seinen Rucksack aus seinem Zimmer und brachte ihn in Felix' Raum. Es war nun deutlich enger, und Johannes fühlte sich unwohl. Nie zuvor hatte er ein so kleines Zimmer mit einem Fremden teilen müssen.

Kaum war er fertig, trat Clara aus ihrem Zimmer. „Danke, und tschüss", sagte sie kurz und ohne jegliche Wärme, ehe sie die Tür hinter sich zuschlug.

'Was für ein seltsamer Mensch', dachte Johannes erneut.

Am Abend saßen Johannes und Felix noch eine Weile in der Küche. Jeder in seinen eigenen Gedanken, Johannes mit seinem Buch 'Ich bin dann mal weg'. Auch wenn Hape Kerkeling eine andere Pilgerroute genommen hatte, so war die Lektüre für Johannes doch eine Offenbarung. Gerade jetzt, wo er selbst auf einem Pilgerweg unterwegs war.

„Schnarchst du eigentlich?", fragte Felix irgendwann.

„Ich glaube nicht", antwortete Johannes, und dann verließen sie die Küche und gingen in ihr Zimmer.

9 – Poladura de la Tercia – Payares

Felix stand bereits am frühen Morgen auf. Heute stand die längste Etappe bevor. Bis zu seinem Tagesziel Payares waren es etwa fünfzehn Kilometer, und Felix wollte spätestens um sieben Uhr auf dem Weg sein. Johannes wälzte sich noch in seinem Bett hin und her, als Felix leise die Tür schloss und hinaustrat. Kühle, spätsommerliche Morgenluft umgab ihn, ein frischer Hauch, der ihn mit einer angenehmen Klarheit erfüllte. Clara war wohl schon aufgebrochen, ihre Zimmertür stand offen, als Felix auf dem Korridor an dem Raum vorbeiging.

Der Weg von Poladura de la Tercia führte zunächst ein kurzes Stück an der Landstraße entlang, dann bog er nach rechts ab und führte in Richtung Nordwesten, vorbei am Peña Cháncara. Der Anstieg war gleich spürbar, und Felix merkte schnell, wie sich die Steigung in seinen Beinen anfühlte. Heute wollte er besonders darauf achten, seine Kräfte gut einzuteilen. Meter für Meter ging es weiter. Schon jetzt spürte er, wie der Anstieg ihn anstrengte. Immer wieder überholten ihn Pilger, die offenbar mehr Energie hatten und schneller unterwegs waren. Seine Multifunktionsuhr zeigte inzwischen 1400 Höhenmeter an. Doch vor ihm führte der Weg weiter bergauf.

Nach einer halben Stunde hatte Johannes ihn eingeholt. Beim Aufstieg war es kaum möglich, miteinander zu reden, deshalb zog Johannes an ihm vorbei. „Wir sehen uns", sagte er mit einem angestrengten Lächeln. Felix nickte nur.

Bald hatte Johannes die Höhe von 1500 Meter erreicht, doch auch für ihn ging es weiter bergauf. Weiter vorne entdeckte er Clara. Sie stand neben dem Weg, abgestützt auf ihre Wanderstöcke, atmete schwer und kämpfte sichtbar mit der Höhe. Johannes näherte sich langsam, ohne sie zu grüßen. Es war klar, dass sie in den letzten Tagen eher abweisend zu ihm gewesen war. Und heute schien sie das gleiche Verhalten zu zeigen.

Schließlich erreichte Johannes den höchsten Punkt der Etappe, auf etwa 1580 Meter. Der Wind war hier oben kühl und böig, die Luft roch frisch. Johannes hatte sich schon weiter unten die Kapuze über den Kopf gezogen und schaute in die Ferne. Die Landschaft war karg, doch sie strahlte eine Ruhe aus, die ihn für einen Moment innehalten ließ. Es war ein atemberaubender Anblick, aber zu kalt, um eine Pause zu machen. Der Wind hätte ihm zu schnell den Körper ausgekühlt. Stattdessen schaute er ein letztes Mal zurück, konnte aber weder Felix noch Clara erkennen, da der Weg zu kurvig und hügelig war, um sie noch zu sehen.

Jetzt folgte eine halbe Stunde gemächliches Bergabwandern, bevor der Weg wieder kurz bergauf führte, auf etwa 1560 Meter. Johannes beschloss, eine längere Rast erst weiter unten zu machen, um dem Wind auszuweichen. Auf der rechten Seite sah er einen kleinen Wald, als der Weg plötzlich scharf nach links abbog und er den Arroyo Valle Madera erreichte – einen kleinen Bach, der leise plätscherte. Hier hielt er an und gönnte seinen müden Beinen eine Pause, trank Wasser und atmete die frische Luft ein.

Auf einmal entdeckte Johannes einen Mann seines Alters, der hinter ihm auftauchte. Er bewegte sich mit langsamen und gleichmäßigen Schritten über den Camino, seine Bewegungen schienen im Einklang mit der Natur, als ob sie mit jedem Schritt die Erde ein Stück mehr spüren würde. Seine Augen waren weit geöffnet, die Blicke schweiften immer wieder über die umliegende Landschaft – die sanften Hügel, das weite Grün und die weiten Horizonte. Er schien sich in der Schönheit der Natur zu verlieren, als ob er einen Dialog mit ihr führte, den nur er hören konnte.

Er trug ein schlichtes, aber funktionales Outfit, das ganz bestimmt seine Prinzipien widerspiegelte: Nachhaltigkeit, Einfachheit und Zweckmäßigkeit. Sein Oberkörper war in einen grob gestrickten Pullover gehüllt, der in einem gedeckten Grau gehalten war und an den dichten Schnee Norwegens erinnerte. Der Pullover hatte kleine, fast unsichtbare Risse an den Ärmelenden, die von jahrelangem Gebrauch zeugten, als würde er jede Erfahrung und jedes Abenteuer, das er je unternommen hatte, in sich aufnehmen. Darüber trug er eine schlichte, wetterfeste Jacke, die in dunklen Grüntönen gehalten war, passend zur Natur, durch die er sich bewegte.

Sein Rucksack war aus robuster, wahrscheinlich recycelter Baumwolle, mit einem natürlichen, fast rauen Aussehen. Er war etwas größer als gewöhnlich, aber nicht zu schwer, und in den Fächern konnte er bestimmt alles verstauen, was er auf diesem Weg benötigte: eine Wasserflasche, ein paar Energieriegel aus getrocknetem Obst, seine Notizen und ein kleiner, handlicher Solar-Organizer, mit dem er seine täglichen Routen plante und gewiss die Klima- und Umweltnachrichten verfolgte. In einem kleinen Fach an der Seite steckten einige Zettel mit Notizen, auf denen er wahrscheinlich seine Gedanken zur Nachhaltigkeit und zum Klimawandel notiert hatte.

Seine Wanderschuhe waren aus festem Leder, aber sie waren nicht neu – sie hatten schon viele Reisen hinter sich, so wie er selbst. 'Er geht nicht nur den Weg des Pilgers, sondern auch den eines Menschen, der Verantwortung für den Planeten übernehmen möchte', dachte Johannes. Ein 'Save the Earth'-Patch war an seinem Rucksack befestigt, direkt neben der norwegischen Flagge. Und schon war dieser Pilger mit einem 'Buen Camino' an Johannes vorbei gegangen.

Der nächste Anstieg war zwar weniger steil, doch immer noch eine Herausforderung. Nachdem er auch diesen überwunden hatte, ging es wieder langsam bergab, bis er schließlich auf eine Landstraße und den Rio Bernesga stieß. Der Weg führte ein kurzes Stück entlang der Straße, dann bog er nach rechts ab und zog sich über Wiesen mit vielen

Schwedenstrohblumen und durch Mischwälder weiter bergab, bis er am frühen Nachmittag in Payares auf 990 Meter Höhe ankam.

Der Ort war winzig, mit nicht mehr als einhundert Einwohnern. Doch auch hier gab es eine kleine Kirche und eine Pilgerherberge, die Johannes sofort ansteuerte. Sie lag direkt hinter der Kirche an der Dorfstraße. Eine Dame um die 50 Jahre, freundlich, aber etwas verschlossen, verwaltete die Herberge, die sogar zehn Zimmer hatte. Johannes reservierte sich ein Zimmer und entschloss sich, für die anderen beiden kein Zimmer zu reservieren – Felix und Clara sollten sich selbst darum kümmern. Heute wollte er für sich sein und nicht auf sein Zimmer verzichten, egal, wie voll es in der Herberge werden würde.

Er legte seinen Rucksack ab, schnappte sich die Gürteltasche und machte sich auf den Weg zur *Iglesia de San Miguel*. Es war eine unscheinbare Steinkirche mit einer Doppeltür aus Holz. Die Ecken der Fassade schimmerten in einem zarten Rosa. Als er den Innenraum betrat, war es wie immer ruhig und besinnlich. Er setzte sich in die hinterste Reihe der Bänke. Nur zwei andere Pilger waren anwesend, schien es. Sie würden vermutlich bald weiterziehen, denn fünfzehn Kilometer war für einen gesunden Pilger keine lange Strecke.

Für Johannes war es inzwischen ein Ritual geworden, sich am Ende eines Wandertages in die Kirche zu setzen, um in der Stille des Raums zu versinken. Hier konnte er seine Gedanken einfach treiben lassen, ohne Störung und ohne die Last des Wanderns.

Während Johannes sich in der Kirche eine Auszeit gönnte, kämpfte Felix mit den steilen Anstiegen. Er spürte, wie sein Herz raste und sich die Erschöpfung immer tiefer in seinen Körper bohrte. In einer kurzen Pause hatte er das Gefühl, dass sein Puls nur sehr langsam wieder in den normalen Bereich zurückkehrte, bestimmt auch wegen der belastenden Höhe. In der Einöde der Berge konnte er keine Hilfe erwarten. Also nahm er sich immer wieder viel Zeit, um sich auszuruhen.

Schließlich, nach einer Kurve, entdeckte Felix Clara. Sie lag mit dem Kopf auf ihrem Rucksack und hatte sich hingelegt, um sich etwas zu erholen. Felix hockte sich neben sie und fragte leise: „Alles okay, Clara?" Doch sie reagierte nicht. Er wiederholte die Frage, doch sie blieb regungslos. Felix wurde nervös und fasste an ihr Handgelenk, um ihren Puls zu messen. Er war noch da, aber schwach. Möglicherweise hatte sie nur Kreislaufprobleme oder tat sich mit der Höhe schwer. Besorgt klatschte Felix mit seiner rechten Hand auf ihre linke Wange. „Clara, hey, was ist hier los?"

Plötzlich öffnete Clara die Augen, starrte ihn an und murmelte: „Was machst du hier?"

„Ich habe dich auf dem Weg gefunden. Du warst für einen Moment nicht ansprechbar. Ist dir etwas passiert?"

„Ich weiß nicht. Mir wurde schwindelig, also habe ich mich hingesetzt. Dann wurde mir schwarz vor

Augen, und plötzlich gibt mir jemand eine Ohrfeige. Warst du das?"

„Ja, das war ich." Felix tastete erneut nach ihrem Puls, der inzwischen stärker wurde. „Du hast nicht reagiert, also wollte ich wissen, ob du bewusstlos bist."

„Das war ich wohl..."

„Ja, so sieht es für mich auch aus. Du solltest noch ein bisschen ruhen, bevor du weitergehst. Hast du deine Trinkflasche dabei?"

„Im Rucksack, rechte Seitentasche."

Felix gab ihr die Flasche, und sie trank, um ihren Kreislauf zu stabilisieren.

„Du kannst ruhig weitergehen, ich komme hier klar", sagte Clara.

„Ja, das sehe ich, wie gut du hier klarkommst. Vergiss es, ich gehe mit dir. Zumindest ein Stück. Auch wenn du es nicht willst."

„Ich schaffe das schon allein."

„Ja, mag sein, aber vielleicht auch nicht. Wie wäre es, wenn du einfach vorgehst, und ich folge dir? Wenn du mehr Abstand zu mir willst, geh einfach schneller und häng mich ab."

Clara wusste, dass sie sich dieser Lösung wohl nicht entziehen konnte. Was sollte sie tun? Schneller als Felix war sie ohnehin nicht.

„Na gut, aber quatsch mich nicht voll."

„Ich werde mich hüten."

„Übrigens, woher kennst du dich so gut mit Notfällen aus?"

„Ich war ein paar Monate bei der Bergrettung im Schwarzwald."

„Verstehe."

Langsam erhob sich Clara und merkte, dass ihr Kreislauf sich immer mehr stabilisierte, obwohl sie gleichzeitig fror. Der kalte Wind hatte weiter an ihren Kräften gezehrt. Bevor sie losging, zog sie sich einen Fleece-Pulli unter die Jacke, um sich wieder etwas Wärme zu verschaffen.

Dann ging sie langsam weiter, Felix ein paar Meter hinter ihr. Immer wieder gab es Pausen, wenn Clara stehen blieb und Felix kurz hinter ihr anhielt. Doch Felix sagte kein Wort. 'Ich will mich nicht aufdrängen', dachte er nur.

Es war schon früher Nachmittag, als sie den höchsten Punkt des heutigen Weges erreichten. Felix war froh, dass Clara weiterhin stabil blieb. Nachdem sie ein kurzes Stück bergab gewandert waren, blieb Clara stehen und drehte sich zu ihm um. Sie schien endlich ein wenig Interesse zu zeigen.

„Felix, gibt es einen Grund, warum du so langsam gehst wie ich? Du könntest doch längst über alle Berge sein."

Felix war überrascht, dass Clara plötzlich so offen war. Ganz anders als in den letzten Tagen. „Mein Herz ist nicht gesund. Deshalb gehe ich langsamer als ich möchte."

Clara dachte nach. Ein Herzproblem? War das angeboren? „Hast du das schon immer?"

„Nein, es kam vor zwei Jahren. Vorher war ich fit, topfit." Felix musste an die guten Zeiten in seinem Leben denken, als alles noch in Ordnung war.

Felix war schon als Kind ein leidenschaftlicher Sportler. Er liebte es, zu laufen, und konnte sich stundenlang mit allen Ballsportarten beschäftigen. Doch mit acht Jahren entdeckte er eine neue Leidenschaft: Ausdauersport. Der Wendepunkt war ein Fernsehbericht über den achten Platz von Thomas Hellriegel beim Ironman, der ihn nachhaltig beeindruckte. Hellriegel wurde für ihn zu einem Idol – jemand, der durch Ausdauer und unermüdlichen Einsatz unglaubliche Leistungen vollbrachte. Inspiriert von diesem Beispiel, begann Felix, regelmäßig zu trainieren, mit einem klaren Fokus auf Ausdauer und Muskelaufbau. Die Berge, das Klettern, und die körperlichen Herausforderungen, die sie mit sich brachten, zogen ihn immer mehr an.

Felix trat dem Deutschen Alpenverein bei und nahm an Kursen im Bergklettern teil. Die Faszination für diese neue Welt war sofort da – die steilen, kaum erreichbaren Gipfel und die unerschütterliche Kameradschaft, die sich beim Klettern bildete. Das Vertrauen, das zwischen den Kletterern entstehen musste, um die Herausforderungen gemeinsam zu meistern, beeindruckte ihn zutiefst. In den Bergen lernte er, was es hieß, sich auf andere zu verlassen und Verantwortung zu übernehmen.

Bald schon hatte Felix kein Interesse mehr, mit seinen Eltern zu verreisen. Stattdessen jobbte er in den Ferien, um sich seine Bergtouren leisten zu können – vor allem jene, die von erfahrenen Bergsteigern privat organisiert wurden. Felix' Eltern mussten sich keine großen Sorgen machen, wenn ihr Sohn wieder einmal die Gipfel der Alpen erklomm; er war in besten Händen. Jedes Mal, wenn er nach Hause kam, strahlte er über das ganze Gesicht. Die Fotos, die er von seinen Touren mitbrachte, waren oft spektakulär, der Blick auf die weiten, unberührten Berglandschaften zog alle in den Bann. Die Berge waren seine Welt, und er wusste, dass er eines Tages auch die höchsten Gipfel Europas erklimmen würde.

Im Mai 2019 machte Felix schließlich Abitur, mit Sport als Leistungsfach – keine Überraschung für die, die ihn kannten. Mit einem Notendurchschnitt von 1,6 standen ihm viele Türen offen. Doch die genaue Richtung, die er einschlagen wollte, war noch nicht klar. Felix war entschlossen, mehr von der Welt zu sehen, Erfahrungen zu sammeln, und vor allem diese Erlebnisse mit seiner Leidenschaft für das Bergklettern zu verbinden. Was auch immer er tat, die Berge würden immer ein Teil seines Lebens bleiben.

Während sich Clara Felix' Lebensgeschichte anhörte, dachte sie nur: 'Verdammt, auch so ein Schicksal'. Doch wirkliches Interesse hatte sie nicht, warum Felix einen Herzschaden hatte. Sie hatte mit ihrer eigenen Krankheit und den Folgen schon mehr als genug zu kämpfen.

„Sag mal, warum bist du eigentlich so grob zu Johannes?", fragte Felix schließlich.

„Bin ich das?"

„Ja, finde ich schon."

„Vielleicht ist er einfach besonders empfindlich, kann doch auch sein. Ich bin halt ein direkter Typ."

„Das bin ich auch", erwiderte Felix. „Aber gibt es nicht doch einen Unterschied zwischen direkt und grob?"

„Dieser Pastor geht mir einfach auf den Sack, um es mal ganz offen zu sagen. Mit der Kirche und diesem ganzen Kram kann ich nichts anfangen."

„Ich auch nicht", gab Felix zu. „Aber hier geht es nicht um die Kirche. Er ist ein Mensch mit einem bestimmten Beruf, der vielleicht auch auf diesem Weg etwas sucht – genauso wie du und ich."

'Ein kluger junger Mann', dachte Clara. Vielleicht hatte er ja recht. Vielleicht war da mehr dran, als sie zunächst gedacht hatte.

Gegen siebzehn Uhr erreichten sie schließlich Payares. Clara hatte sich inzwischen etwas stabilisiert, doch die Erschöpfung war ihr deutlich anzusehen. Ihr Körper war am Ende seiner Kräfte, und der Blick auf das kleine, abgelegene Dorf schien etwas Trost zu bieten. Als sie in der Pilgerherberge ankamen, bestätigte sich, was sie schon vermutet hatte: Es gab für beide noch ein Zimmer. Bestimmt war auch Johannes bereits dort angekommen.

Doch sie waren beide zu müde, um nach ihm Aus-
schau zu halten.

10 – Payares – Llanos de Somerón

Wer war das nur? War das nicht Frau Mayer aus dem Chor der Gemeinde? Ja, das musste sie sein – diese markanten, lockigen Haare. Sie stand neben Herrn Burr, dem Tenor. Johannes drehte den Kopf leicht nach links. Vor ihm stand der ganze Chor, still und unnachgiebig. In der Mitte der Dirigent, an der Seite der Organist. Sie alle blickten ihn an. Ihre Augen waren starr, ihre Gesichter leblos, aschfahl wie bei einer Karikatur der Menschlichkeit. Der Dirigent hob schließlich die Stimme, die sich fast wie ein Wispern anfühlte.

„Wo warst du, wo warst du, wo warst du?" Die Worte waren kaum hörbar, aber dennoch schienen sie in der kalten Stille des Raumes zu hallen. Eine kurze Pause, dann wiederholte der Dirigent die Frage, diesmal von einigen Chormitgliedern begleitet, die ihre Stimmen wie einen unheilvollen Chor erhoben.

Wieder Stille. Johannes fühlte, wie ihm das Herz bis zum Hals schlug. Dann – ein drittes Mal – hörte er die gleiche Frage, diesmal von allen Chormitgliedern. „Wo warst du, wo warst du, wo warst du?" Ihre Stimmen waren leise, doch sie klangen wie eine Anklage, die sich in seine Brust gruben. Es war keine Frage mehr, es war ein Urteil.

Plötzlich verstummte der Chor. Wortlos drehten sich alle um und gingen, Schritt für Schritt, als ob sie nie da gewesen wären. Nur die Stille blieb zurück.

Johannes riss die Augen auf. Wo war er? Die Dunkelheit um ihn war undurchdringlich. Ein kurzer Blick auf die Uhr – es war mitten in der Nacht. Wieder hatte er diesen Albtraum durchlebt. Schon wieder diese Fragen, diese anklagenden Worte. Er konnte sie nicht abschütteln.

Er wusste es nicht, ob dieser Traum das Ergebnis seiner Selbstvorwürfe war oder ob diese Mitglieder seiner Gemeinde ihm heute tatsächlich immer noch Vorwürfe machten. Er wusste nur, dass die Träume ihn quälten, dass sie immer wieder kamen und ihm keine Ruhe ließen. Die Frage, die sie ihm stellten, hallte in seinem Inneren nach, egal wie sehr er versuchte, sie zu ignorieren. Und am Ende blieb nur diese Botschaft – unaufhörlich, wie ein Echo, das niemals verhallte.

Johannes drehte sich im Bett und versuchte, wieder zur Ruhe zu kommen. Er zog die Decke enger um sich, schloss die Augen, doch der innere Frieden kam nicht. Nach einer Weile, als die Stille sich wieder über ihn legte, schlief er erneut ein. Aber der Schatten des Traums, diese Frage, sie blieb, und er konnte sie nicht beantworten.

Die Regentropfen prallten gegen das Glasfenster der Pilgerherberge, als Johannes morgens erwachte. Er brauchte einen Moment, um sich zu orientieren, bevor seine Gedanken wieder vollständig auf dem Camino waren. Langsam kehrten die Lebensgeister zurück, und in diesem Moment erinnerte er sich an den Traum, der ihn in der Nacht quälte. 'Ob die wohl jemals aufhören werden', dachte er, als er die trüben Bilder aus seinem Kopf zu vertreiben versuchte.

Er schälte sich aus der Decke und ging auf den Flur, um die Toilette aufzusuchen. Als er zurückkehrte, sah er, dass Felix schon in der Küche saß und mit einem Kaffeebecher in der Hand in die regnerische Landschaft starrte.

„Guten Morgen. Gut geschlafen?", fragte Felix und schaute durch die halboffene Tür.

„Naja, ich hatte so einen komischen Traum, aber insgesamt war die Nacht ganz gut", antwortete Johannes. „Und selbst?"

Felix zuckte mit den Schultern. „Die üblichen Träume..." Johannes fragte weiter. „Und wie geht's dir?"

„Ich habe geschlafen wie ein Stein", sagte Felix und nahm einen Schluck Kaffee. „War komplett durch gestern, da ging nix mehr. Jetzt fühl ich mich wieder besser." Er grinste, als er Johannes ansah. „Wie weit willst du heute?", fragte Johannes.

Felix zuckte mit den Schultern. „Scheißwetter heute. Angeblich soll's mittags aufklaren. Ich überlege, nur das kurze Stück bis Llanos de Somerón zu gehen. Nach der Etappe gestern wird mir das sicher reichen."

„Klingt vernünftig", meinte Johannes nachdenklich. „Und Clara?"

„Keine Ahnung, die Tür ist zu. Sie scheint noch nicht aufgestanden zu sein. Dabei war sie sonst immer die Erste, die aus der Herberge verschwunden ist", antwortete Felix und schüttelte den Kopf.

„Ich mach mich erstmal frisch", sagte Johannes und verließ die Küche. In seinem Zimmer angekommen, ging er an das Waschbecken. Eine Dusche gab es hier nicht, aber das war für ihn als Pilger kein Problem. Das simple Leben auf dem Camino hatte seine Reize.

Als Johannes wieder in die Küche kam, saß Felix immer noch da und frühstückte gemütlich. Johannes setzte sich zu ihm und bereitete sein minimalistisches Pilgerfrühstück vor: Instant-Kaffee, Brot vom Vortag und ein Stück Käse. Es war nicht viel, aber es schmeckte ihm noch immer.

Plötzlich öffnete sich eine Zimmertür, und Clara trat kurz in den Türrahmen der Küche. „Hallo Jungs", murmelte sie verschlafen und verschwand dann wieder, ohne ein weiteres Wort.

„Das war ja fast schon freundlich", stellte Johannes fest, halb lachend, halb verwundert.

Etwas später kam Clara zurück, um sich einen Tee zu machen. Niemand wagte es, sie nach ihrer Nachtruhe zu fragen. Es war klar, dass sie darauf nur mit einem schroffen Kommentar reagieren würde.

„Johannes, hast du nicht einen guten Draht zu Petrus und kannst was gegen den Regen tun?", fragte sie dann, als sie die Teekanne aufsetzte.

Wieder diese Sticheleien. Aber Johannes blieb ruhig. „Mittags soll's aufhören", sagte Felix, ohne sich von ihrer Schärfe beeindrucken zu lassen.

Es folgte ein unangenehm langes Schweigen. Alle drei kauten in Gedanken versunken, jeder mit seinen eigenen Sorgen und Gedanken. Doch plötzlich brach Johannes die Stille.

„Clara, immer wieder bist du abweisend und schroff mir gegenüber. Das wundert mich. Wir kennen uns nicht wirklich, ich habe dir nichts getan. Warum verhältst du dich so?"

Es war, als hätte der Raum den Atem angehalten. Felix sah überrascht auf, als er die Frage hörte. Johannes hätte Clara auch einfach ignorieren können, doch er hatte das Gefühl, dass es an der Zeit war, Klarheit zu schaffen.

Clara blickte ihn herausfordernd an, als stünde sie vor einem Duell. „Du willst es wirklich wissen?", fragte sie, ihre Stimme hart.

„Ja, sonst hätte ich nicht gefragt", antwortete Johannes ruhig, aber bestimmt.

Clara atmete tief ein und begann dann zu sprechen, ohne einen Moment zu zögern. „Meine Tante Erika war seit dem Oktober 2019 in einem Pflegeheim. Schlaganfall. Ziemlich übel. Mein Onkel hat sie jeden Tag besucht, ihre Hand gehalten. Zu der Zeit konnte sie ihn noch verstehen, auch wenn sie sich anstrengen musste, zu antworten. Aber sie konnte noch sprechen, und es war ein bisschen wie früher, auch wenn alles schwerer wurde.

Meine Tante war religiös. Bis zu ihrem Schlaganfall war sie jeden Sonntag in den Gottesdienst gegangen, kannte den Pastor gut, schätzte ihn. Doch dann kam der Schlaganfall, danach die Pandemie, und später der Lockdown. Schon vor dem ersten Lockdown hatte der Pastor sich rar gemacht. Hat sie einfach nicht mehr besucht. Der feige Hund hatte wohl Angst, sich im Heim anzustecken.

Mein Onkel blieb bei ihr. Ich habe sie auch immer wieder besucht. Dann kam der zweite Schlaganfall. Es ging ihr noch schlechter. Sie konnte nicht mehr sprechen, der Händedruck fehlte, und manchmal blinzelte sie nur noch. Aber sie hat vorher immer wieder gesagt, wie wichtig es ihr wäre, dass der Pastor kommt, dass er ihr Trost spendet. Doch der Pastor, der blieb lieber in seinem Büro. Und das ist es, was ich nicht vergessen kann. Ich bin einfach nicht mehr gut auf Pastoren zu sprechen, seitdem ich das gesehen habe."

Nachdem Clara ihre Geschichte erzählt hatte, war es still in der Küche. Alle waren betroffen, und Johannes konnte ihre Wut und Enttäuschung nachvollziehen.

Felix brach schließlich das Schweigen. „Da kann Johannes aber auch nichts dafür", sagte er, als er die Spannung im Raum spürte.

„Natürlich nicht, das weiß ich", antwortete Clara erbost. „Aber haben nicht im Grunde alle Pastoren mitgemacht? Haben sie nicht alle ihre Schäfchen im Stich gelassen, als es am meisten nötig war?"

„Viele haben so gehandelt, das stimmt", entgegnete Johannes. „Doch es waren nicht alle so."

Clara sah ihn scharf an. „Und du? Was warst du für einer?"

Johannes fühlte sich für einen Moment getroffen. In Gedanken versunken erinnerte er sich an die Zeit im zweiten Lockdown.

Es war im November 2020, die Fallzahlen stiegen erneut an. Das, was Johannes schon befürchtet hatte, sollte nun Realität werden. Der Lockdown im Frühjahr war kein einmaliger Ausrutscher – nun begann der Albtraum ein zweites Mal. Wieder gab es eine neue Landesverordnung, die auch die Kirchen betraf. Dieses Mal waren Zusammenkünfte zwar nicht vollständig verboten, doch die Gottesdienste konnten nur unter strengen Auflagen stattfinden. Es durften nun maximal einhundert Personen in der Kirche sein. Für Johannes war diese Obergrenze kein Problem, denn so viele Gottesdienstbesucher kamen ohnehin nicht mehr. Die Erfahrungen des Sommers 2020 zeigten, dass fast die Hälfte der Gläubigen nicht mehr zum Gottesdienst erschienen, wahrscheinlich aus Angst vor einer Ansteckung.

Trotzdem war es eine seltsame, bedrückende Situation. Die Kirche, die er so gut kannte, musste nun ein detailliertes Hygienekonzept erstellen, das genau auf den Gottesdienstbetrieb in diesem Raum zugeschnitten war. Von jedem einzelnen Gottesdienstbesucher mussten Kontaktdaten erhoben werden, und auch der jeweils genutzte Sitzplatz musste dokumentiert werden. Im Falle eines bestätigten COVID-19-Falls unter den Besuchern musste das Gesundheitsamt in der Lage sein, sofort Kontakt zu allen aufzunehmen. Es war eine neue Realität, die Johannes nur schwer fassen konnte. Jetzt war es Pflicht, für jeden Teilnehmer den Vor- und Nachnamen, die Anschrift, eine Telefonnummer und eine E-Mail-Adresse zu erfassen, zusätzlich zum Datum und der Uhrzeit des Gottesdienstes. Wer sich weigerte, diese Informationen herauszugeben, durfte nicht am Gottesdienst teilnehmen.

Der Mindestabstand von 1,5 Metern musste zwischen den Sitzplätzen gewahrt bleiben, und die Mund-Nasen-Bedeckung war für alle verpflichtend. Gemeinsames Singen war untersagt, Musik mit Blasinstrumenten ebenfalls. Die Kirche war nun nicht mehr primär ein Ort der Andacht, sondern ein offizieller Veranstaltungsort. Johannes als Pastor wurde im Prinzip zum Veranstalter, und der Gottesdienst war nur noch eine 'Veranstaltung'.

Trotz seiner Erleichterung, dass Gottesdienste überhaupt noch erlaubt waren, konnte er das befremdliche Bild seiner Gemeinde nicht aus dem Kopf bekommen. Es fühlte sich wie eine dystopische Vision an, wie aus einem billigen Science-Fiction-Film. Vor ihm saßen maskierte Gesichter, verängstigte Augen, die über den OP-Masken hervorschauten. Kaum einer sprach. Jeder schien in ständiger Angst zu leben, durch ein Niesen oder Husten andere anzustecken. Es war eine bizarre, unheimliche Stille, die den Raum durchdrang. Es gab keinen Gesang, was den Gottesdienst noch trostloser machte. Der Klang der Stimmen, der die

Gemeinde normalerweise zusammenhielt, war nun nur noch eine Erinnerung. Die Stille füllte den Raum, und Johannes fühlte sich zunehmend wie ein Fremder in seiner eigenen Kirche.

Das Predigen fiel ihm schwerer als je zuvor. Er hatte sich diese Zeit des Gemeindedienstes ganz anders vorgestellt – als eine Zeit des Miteinanders, des Trostes, des Gebens und Nehmens. Doch nun war er zu einem Botschafter der Distanz geworden, ein Pastor ohne Nähe, der von den Gemeindegliedern wie durch eine unsichtbare Wand getrennt war. In einer Zeit, in der menschliche Nähe vielleicht wichtiger war als je zuvor, war er zum Mindestabstand verdammt worden. Die Worte, die er sprach, schienen ins Leere zu gehen, als könnten sie nicht den Trost bringen, den die Menschen so dringend brauchten.

Und je länger dieser Zustand andauerte, desto mehr wuchs in Johannes das Gefühl der Unwirklichkeit. Wie lange konnte das noch so weitergehen? Hatte er sich das wirklich so vorgestellt, als er diesen Beruf ergriff? Und konnte er heute noch einen Sinn darin finden? Zweifel nagten an ihm, ob die drakonischen Maßnahmen, die das gesamte Gemeindeleben bestimmten, wirklich erforderlich waren. War es wirklich notwendig, das Leben der Menschen so massiv einzuschränken, auch in den Momenten, in denen sie am meisten Trost und Gemeinschaft brauchten? Diese Fragen blieben ungelöst, und Johannes kämpfte mit der Widersprüchlichkeit der Situation.

„Was warst du denn nun für einer? Oder hat es dir jetzt komplett die Sprache verschlagen?" Clara war hartnäckig, ihre Stimme schneidender als zuvor.

Johannes versuchte, sich zu fassen, und antwortete ruhig: „Meine Kirche war offen, auch wenn wir die Hygieneregeln umgesetzt haben."

„Willst du dich jetzt rausreden?", unterbrach sie ihn scharf. „Ich wollte nicht wissen, ob deine Kirche offen war. Ich will wissen, ob du die Alten in den Heimen aufgesucht hast, von denen du wusstest, dass sie deinen Besuch wünschen." Ihre Stimme war bitter, wie eine Wunde, die immer wieder aufgerissen wird.

Felix, der das Gespräch aufmerksam verfolgte, sagte nichts, aber seine Augen verrieten, dass auch er gespannt auf Johannes' Antwort wartete.

Johannes senkte den Blick, atmete tief ein und sagte leise: „In die Heime bin ich nicht mehr gegangen. Es gab ein Betretungsverbot."

„Genau so habe ich dich eingeschätzt", spie Clara die Worte aus, ihre Augen funkelten vor Wut. „Und heute versteckst du dich noch immer hinter einem Betretungsverbot? Wie erbärmlich ist das denn?"

Die Worte trafen Johannes wie ein Schlag. Clara hatte seine tiefste Wunde mit chirurgischer Präzision aufgerissen. Der Schmerz, der ihn in dieser Zeit gequält hatte, kam in ihm erneut hoch. Er konnte es nicht abwehren. Noch immer brannte dieser Schmerz tief in ihm.

Clara spürte, dass sie getroffen hatte, und setzte nach. Ihr Blick war hart, und sie wusste, dass sie ihn jetzt in die Enge treiben konnte. „Kennst du diesen einen Pastor aus Bremen?", fuhr sie fort, ihre Stimme jetzt beinahe triumphierend. „War das nicht einer, der sich gegen den Staat gestellt hat? Hat der nicht die Kirche dafür kritisiert, dass sie sich zu sehr an die politischen Maßnahmen angepasst hat und viel mehr für die Wahrung der Religionsfreiheit hätte eintreten müssen? Der Typ hat sogar seinen Job verloren. Aber so einer bist du offenbar nicht."

Johannes' Miene verhärtete sich. Nie zuvor war er so direkt und auf diese Weise für seinen Umgang mit den politischen Vorgaben in der Pandemie angegriffen worden. Clara hielt ihm auf brutalste Weise einen Spiegel vor. Es war, als würde er sich in einem schmutzigen Spiegelbild erkennen, das er längst weggeschoben hatte. Und doch konnte er es ihr nicht einmal verübeln. Die Frage, die sie stellte, war ehrlich, so schmerzhaft ehrlich, dass er nicht wusste, wie er darauf antworten sollte.

Draußen brach langsam die Sonne durch die Wolken, und ein paar zarte Sonnenstrahlen fielen auf den nassen Boden. Es war, als wollte das Wetter mit den ständigen Spannungen im Raum in Einklang treten – flimmernd und unentschlossen.

Felix stand auf und sagte mit einem leicht ironischen Lächeln: „Ich mach mich mal wieder auf den Weg, auch wenn euer Gespräch ganz interessant war."

„Ja, ich will auch bald los", ergänzte Clara, ohne ihn wirklich anzusehen. Sie stand auf, griff nach ihrer Wasserflasche und ging ohne ein weiteres Wort in ihr Zimmer. Ihre Wut und Verbitterung waren unübersehbar.

Johannes blieb allein am Tisch sitzen, der Schmerz und die Scham sickerten langsam in jede Faser seines Körpers. Die Worte, die Clara ihm an den Kopf geworfen hatte, hallten noch nach. Und so blieb er noch eine Weile sitzen, den Blick in den Sonnenstrahlen verloren, die sich zaghaft ihren Weg durch das Fenster bahnten.

Die drei Pilger standen noch immer unter dem Eindruck des Gesprächs in der Küche. Jeder von ihnen wollte jetzt alleine weitergehen, ohne die Last weiterer Worte. Clara war die Erste, die ihren Rucksack schnappte und loszog. Bald folgten Felix und Johannes, jeder in seinem eigenen Tempo, jeder mit seinen eigenen Gedanken.

Der Weg führte zunächst leicht bergab durch den dichten Nadelwald in Richtung Westen. Johannes spürte die feuchte Luft und hörte das Rauschen der Blätter, die sich im Wind bewegten, während der Pfad sanft nach unten führte. Alle drei Pilger hielten gebührenden Abstand zueinander. Der Drang, allein zu pilgern, war zu groß, als dass jemand den Moment der einsamen Stille brechen wollte.

Bald endete der Wald, und der Weg ging auf einer Landstraße weiter, entlang des Rio Pajares, der friedlich durch die Landschaft plätscherte. Das Rinnsal glitzerte in der Sonne, aber auch die Schönheit der Natur konnte nicht die turbulenten Gedanken der Pilger vertreiben. Der Weg führte nach

Santa Marina, einem winzigen Ort, wo die kleine *Ermita Santa Marina la Gloriosa* stand – ein schlichtes, weißes Gebäude, das fast verlassen wirkte. Zwei Holzbänke standen vor der Kirche, die Glocke schlug zweimal – es war vierzehn Uhr nachmittags. Clara war bereits ein Stück voraus, und Felix, etwas langsamer, folgte ihr mit sicherem Abstand. Beide Pilger hielten vor der Kirche kurz inne.

Johannes blieb zurück, versunken in seine eigenen Gedanken, und machte sich auch alleine auf den Weg nach Llanos de Somerón. Der kleine Ort, kaum mehr als sechzig Einwohner, war erneut ein stiller Fleck auf der Landkarte des Camino. Hier gab es eine weitere Kirche, die *Iglesia de Santiago*, ein minimalistisches Steinbauwerk mit zwei Glocken an der Front. Vor der Kirche stand eine große Eiche, die kühlen Schatten spendete. Johannes hatte das Gefühl, dass Clara und Felix nicht die Absicht hatten, diese Kirche zu betreten. Es stimmte. Als er eintrat, war er der einzige Besucher.

Er setzte sich auf die hinterste Bank, seinen Stammplatz, den er in jeder kleinen Kirche gefunden hatte. Die Stille um ihn herum war fast wohltuend. Und doch konnte er heute keine Ruhe finden. Immer wieder kreisten seine Gedanken um die Vorwürfe von Clara, die wie ein Schatten in seinem Geist haften blieben. Warum fühlte er sich so hilflos? Warum waren diese Gedanken immer noch da, selbst nach all den Stunden des Gehens und der Stille? Und dann dieser Traum von der letzten Nacht – das ständige Wiederholen der Frage: „Wo warst du?" Es hallte in ihm nach wie ein unaufhörliches Echo.

Tränen stiegen ihm in die Augen. Seine Gedanken hatten ihn zu einem Ort der Schwäche geführt, der ihm fast fremd war. Während die Tränen über seine Wangen liefen, fühlte es sich an, als ob er den Schmerz der vergangenen Monate nicht länger verdrängen konnte. Die Zeit der Isolation, der Enttäuschung und der Entfremdung hatte ihn geprägt. Auch er hatte Menschen allein gelassen, hatte sich hinter Regeln und Vorschriften versteckt.

Doch welche Bedeutung haben Regeln, wenn die Menschen, die er hätte begleiten sollen, alleine in ihren Zimmern sitzen oder sogar sterben mussten, ohne Trost, ohne Besuch? Ja, er hatte das Gesetz befolgt, aber konnte er sich wirklich darauf ausruhen, dass er richtig gehandelt hatte? Für diese Menschen zählte nicht, ob er sich an Vorschriften gehalten hatte. Sie zählten auf ihn, und er hatte sie enttäuscht.

Die Worte von Clara wirkten in ihm nach – ihre Schilderung, wie der Pastor ihre Tante im Stich gelassen hatte, aber auch der Schmerz, den Clara bei ihm durch ihre Worte ausgelöst hatte.

Und in diesem Moment dachte er an Carmen, seine Frau. Es war während des zweiten Lockdowns, als ihr Leben eine unerwartete Wendung nahm. Sie hatte ihren Job als Hotelfachfrau verloren. Der Hotelbetrieb kämpfte mit stark sinkenden Übernachtungszahlen, und in dieser wirtschaftlich schwierigen Zeit fiel die Entscheidung, sich von zwei Mitarbeiterinnen zu trennen. Carmen war eine von ihnen. Die Nachricht traf sie wie ein Schlag. Sie fühlte sich verlassen, wertlos und am Boden zerstört.

Doch Johannes, der tief in seinen eigenen Sorgen versank, hatte wenig Raum für Empathie. Er war mit den ständig wechselnden Hygienekonzepten und den Anforderungen seiner Kirche und des Gesundheitsamts beschäftigt. Jeder Tag brachte neue Herausforderungen, die ihn mehr und mehr in Beschlag nahmen. Es schien, als würde der Kontakt zu Carmen immer weiter schwinden, als wäre sie plötzlich nur noch eine von vielen Aufgaben in einem ohnehin überfüllten Kalender.

Wie sehr ihr Johannes in dieser Zeit gefehlt hatte, wurde Carmen jedoch erst Wochen später wirklich bewusst. Sie saß eines Abends allein in der Küche, den Blick auf das halb leere Glas Wein vor sich gerichtet, und fragte sich: 'Wo war er gewesen? Wo war der Mann, der ihr früher immer zur Seite gestanden hatte, der ihre Sorgen geteilt hatte, der in schweren Momenten an ihrer Seite war?' Die emotionale Abwesenheit von Johannes fühlte sich plötzlich wie ein kaltes Loch in ihrem Leben an.

Nach einer langen Weile trat Johannes wieder aus der Kirche hinaus, die Sonne hatte sich nun hinter einer Wolke versteckt. Er ging in Richtung Pilgerherberge, die er schnell fand. Es gab noch ein Zimmer für ihn, und das war ihm genug. Heute wollte er keine Gesellschaft, keinen Austausch –

nur für sich sein. Er schaute nicht einmal in die Küche.

Mit einem Rucksack und einer Flasche Wasser machte er sich auf den Weg in den nahegelegenen Fichtenwald. Der Duft von feuchtem Holz und Erde umhüllte ihn, und er suchte sich einen stillen Platz, um dort seine abendliche Rast zu halten. Der Tag war fast vorüber. Anders als Clara und Felix, die am Tag zuvor physisch erschöpft gewesen waren, fühlte er sich heute seelisch ausgebrannt. Es war eine Erschöpfung, die nicht durch Schlaf oder Ruhe geheilt werden konnte.

Bald hörte er die Glocken von Llanos de Somerón – neun Schläge. Es war dieser warme Klang der Abendglocken, der ihn in seine Gedanken zurückrief und ihm langsam, mit der sanften Melodie, die Ruhe brachte, die er gesucht hatte. Langsam fand Johannes wieder zu sich, zu einem Moment der Stille und Akzeptanz. Aber die Fragen blieben, die in ihm brodelten.

11 – Llanos de Somerón – Campumanes

Die Nachtruhe war für Johannes erholsam. Noch am Abend hatte er befürchtet, dass die Gedanken ihn nicht zur Ruhe kommen lassen würden, dass die Vorwürfe von Clara ihn in eine schlaflose Nacht stürzen würde. Doch schließlich war er schnell eingeschlafen und erwachte nicht mit dem wiederkehrenden Albtraum. Vielleicht hatte die Klarheit in Claras Ansprache ihm sogar etwas Gutes getan.

In der Stille der Herberge war es am Morgen ruhig. Jeder schien in sich gekehrt, in Gedanken versunken. Neben einem flüchtigen 'Guten Morgen' tauschten Johannes, Felix und Clara keine Worte. Die Atmosphäre war von einer gewissen Unsicherheit durchzogen, als wüssten sie nicht so recht, wie sie mit der gestrigen Situation umgehen sollten. Besonders Johannes spürte diese Distanz, die zwischen ihnen lag. Clara schien damit jedoch auf eine merkwürdige Weise unbeeindruckt. Sie wirkte gelassen, fast heiter, als hätte sie dem Pastor endlich 'die Leviten gelesen'.

Felix hingegen, der sich in der Mitte dieser Spannungen fand, fühlte sich unwohl. Als 'neutraler Dritter', der mit Johannes schon einige Wegabschnitte gemeinsam gegangen war, verstand er beide Positionen. Die Kritik Claras an Johannes hatte er nachvollziehen können, und dennoch wollte er nicht, dass dieser Zwist sein eigenes Pilgererlebnis belastete. So entschloss er sich, den Tag

allein zu gehen, ohne sich weiter in die unangenehme Dynamik zwischen den beiden zu verstricken.

Felix trat nach neun Uhr aus der Pilgerherberge
und machte sich auf den Weg. Die Landstraße
führte nach Norden, und dieser Teil des Weges war
alles andere als idyllisch. Zwar war der Verkehr ge-
ring, aber die Straße war kein richtiger Pilgerweg,
sondern eher ein notwendiges Übel. Das Laufen neben oder auf dem Asphalt brachte ihm nicht die
Ruhe, die er beim Wandern durch die Natur spürte.
Der Gedanke, dass der Weg bald wieder in die Natur
zurückführen würde, tröstete ihn jedoch. Nach
etwa fünf Kilometern, so wusste er, würde er wieder
auf einen Naturweg abbiegen können. Dann würde
der Abschnitt entlang des kantabrischen Gebirgs-
zugs hinter ihm liegen, und er könnte sich wieder
der wilderen, offeneren Landschaft hingeben.

Als er noch einmal einen Blick nach links auf den
Curullu Braña warf, spürte er ein leises Ziehen in
seiner Brust. Ja, sein Herz war nicht mehr so belastbar wie früher, auch hier. Der Berg, mit seinen
1317 Höhenmetern, hatte ihn beeindruckt – ein
ständiger Begleiter der letzten Tage, der nun langsam aus seinem Blickfeld verschwand. Felix
schwenkte nach Westen, der Weg führte ihn nun in
den dichten Eichen- und Buchenwald. Die frische
Morgenluft roch nach feuchtem Laub und Erde.
Der Wald schien ihn mit jedem Schritt wieder mehr
zu umarmen. Hier gab es keine nennenswerten An-
stiege. Die sanften Hügel kamen ihm entgegen – der

Weg war angenehm zu gehen, die Füße berührten den Boden in einem regelmäßigen Takt, fast meditativ.

Während er im Laubwald weiterging, tauchten Erinnerungen an die Zeit im Schwarzwald auf. Eine Zeit, die geprägt war von Unsicherheit und Ängsten. Die Welt schien sich damals plötzlich verändert zu haben, als dieses Virus aus China nach Deutschland kam und das Leben auf den Kopf stellte. Doch inmitten all dieser Verwirrung hatte der Wald ihm Trost gespendet. Die Natur hatte ihn nicht im Stich gelassen, auch wenn der Rest der Welt zunehmend aus den Fugen zu geraten schien.

Felix schüttelte leicht den Kopf, als wollte er die Erinnerungen vertreiben. Doch sie hielten ihn fest. Der Wald war still und friedlich, in ihm drangen die alten Gedanken wieder an die Oberfläche.

Im August 2019 zog Felix nach Obertal im Hochschwarzwald, ein kleines, idyllisches Dorf, das von dichten Wäldern und steilen Hügeln umgeben war. Dort begann er seinen Freiwilligendienst bei der Bergwacht Schwarzwald. Er fand ein Zimmer bei einem heimischen Mitglied der Bergwacht – einfach, aber gemütlich, mit einer eigenen kleinen Küchenzeile, in der er abends oft alleine kochte, während draußen die Dunkelheit über den Wäldern lag. Natürlich waren das nicht die Alpen, aber auch hier, in den sanften Hügeln des Schwarzwaldes, fühlte sich Felix den Bergen nahe. In diesem Jahr lernte er viel über Rettungs- und Bergungsmaßnahmen, erlebte die unverhofften

Herausforderungen des Bergrettungsdienstes und die unaufgeregte Ruhe der Natur.

Felix war von Natur aus offen und fand schnell Anschluss an die anderen Mitglieder der Bergwacht – eine bunte Truppe, die nicht nur das Bergsteigen und die Rettungsaktionen teilte, sondern auch eine Leidenschaft für die Natur und das einfache Leben. Bald lernte er auch Marie kennen. Sie wohnte im Nachbarort und kam regelmäßig zu den geselligen Treffen der Bergwacht. Sie waren einander sofort sympathisch, ihre Gespräche flossen mühelos, und schon bald verbrachten sie viel Zeit miteinander. Aus der anfänglichen Freundschaft entwickelte sich eine Beziehung, die Felix' Leben in dieser ruhigen, aber intensiven Zeit maßgeblich prägte.

Im Winter, als das neue Jahr gerade erst begonnen hatte, hörten sie die ersten Nachrichten aus China: eine mysteriöse Krankheit verbreitete sich, und bald darauf erreichten die ersten COVID-Fälle Deutschland. Im Februar, als die Nachricht von den ersten Infektionen auch in ihrer Region ankam, wuchsen die Sorgen. Im März wurde ein landesweiter Lockdown verhängt. Felix und Marie verfolgten die Berichterstattung mit wachsender Besorgnis. In der Abgeschiedenheit des Schwarzwaldes, weit entfernt von den großen Städten, fühlten sie sich zunächst sicher. Doch gleichzeitig nagte die Frage an ihnen: Was, wenn es doch so schlimm werden würde, wie es immer wieder betont wurde? Würde das Virus tatsächlich so gefährlich sein, wie die Experten behaupteten? Würde es vielen gesunden Menschen den Tod bringen? Würden in den Altenheimen die Bewohner massenhaft sterben?

Es war eine Zeit der Unsicherheit, die in der Stille des Waldes fast erdrückend wirkte. Felix und Marie hatten ihre Zukunft doch erst vor sich – das Leben schien so viel zu versprechen, so viele Möglichkeiten. Und nun das: eine unvorstellbare Bedrohung, die sich rasend schnell ausbreitete. Es war eine seltsame Mischung aus Angst und Hoffnung, die sie immer wieder beschäftigte. Sie fanden Trost in langen Gesprächen, in denen sie sich Mut machten, dass alles irgendwann hoffentlich wieder gut werden würde. Besonders Felix hatte große Erwartungen an die Impfung, die von den Wissenschaftlern als der einzige Ausweg aus dieser Krise präsentiert wurde. Sobald es für ihn möglich war, wollte er sich impfen lassen, um sich selbst und andere zu schützen. Die Vorstellung, dass die Pandemie durch die Impfung ein Ende finden könnte, gab ihnen beiden ein wenig Zuversicht in dieser ungewissen Zeit.

Während Felix, in Gedanken versunken, den Weg weiterging, wurde er immer wieder von anderen Pilgern überholt. Das ständige 'Buen Camino' hallte immer wieder in seinem Kopf, und langsam wurde ihm dieser Gruß ein wenig lästig. Doch er wusste, dass es zum Pilgererlebnis gehörte. Ein Ritual, das man nicht wirklich ablehnen konnte, auch wenn es sich irgendwann wie eine leere Floskel anfühlte.

Nach einer guten Stunde erreichte er die Kirchenruinen von *Samiguel de Eros*, die unweit des Dorfes Eros lagen, das sich im Tal Richtung Osten erstreckte. Zwei Gebäude standen dort noch immer, aber sie waren völlig verfallen und mit Brettern verschlossen. Der Zutritt war nicht erlaubt. Felix nutzte die Gelegenheit für seine erste längere Rast des Tages. Er setzte sich auf den Boden, lehnte sich an die steinerne Wand der Ruine und schloss für einen Moment die Augen.

Sein Herz schlug heute deutlich schneller als üblich. Es war keine große Steigung auf dem Weg gewesen, aber sein Körper fühlte sich schwer an. Er hatte sich immer wieder gefragt, ob seine angeschlagene Pumpe den Pilgerweg tatsächlich durchhalten würde. Der Gedanke ließ ihn für einen Moment unruhig werden. Aber er hatte sich entschieden, weiterzumachen, trotz allem.

Die warmen Sonnenstrahlen fielen auf sein Gesicht und ließen ihn für einen Augenblick entspannen. Vielleicht war er für einen Moment sogar eingenickt, als ein lautes 'Buen Camino' mit starkem irischem Akzent ihn aus seinen Gedanken riss. Zwei Paare, die fröhlich plaudernd vorbeigingen, warfen ihm ein Lächeln zu, bevor sie weiter in Richtung León liefen. Felix reagierte nicht. Stattdessen zog er einen schnellen Blick auf seine Uhr. Fast zwei Stunden waren vergangen, seitdem er hier angehalten hatte.

Der Puls war immer noch sehr schnell, und das Gefühl der Panik stieg in ihm auf. Einhundertvierzig Schläge pro Minute. Viel zu viel. Das Herz pochte in seiner Brust, und er konnte nicht anders, als daran zu denken, wie es vor Jahren angefangen hatte – diese Herzmuskelentzündung, die alles verändert hatte. Der Gedanke allein ließ Schweißperlen auf seiner Stirn erscheinen.

Felix griff in seine Gürteltasche, suchte nach den Medikamenten, die er vorsichtshalber dabeihatte. Er fand die Tabletten: Prednisolon zur Entzündungshemmung und Metoprolol, ein Beta-Blocker, der seinen Puls beruhigen sollte. Die anderen Pilger und ihr 'Buen Camino' hörte er nicht mehr. In diesem Moment gab es nur ihn und die Medikamente. Er schluckte sie mit etwas Wasser hinunter und lehnte sich dann wieder an die Mauer der Ruine. Die Welt schien sich für einen Moment langsamer zu drehen. Das Sitzen war zu unbequem geworden, die Schwerkraft zog ihn weiter nach unten, und bald lag er auf dem kalten Boden.

"Felix, du siehst blass aus. Was ist los?"

Die Stimme riss ihn aus der Benommenheit. Als er die Augen öffnete, stand Johannes vor ihm. Er war der Letzte der drei Pilger, der an diesem Morgen aufgebrochen war und hatte das Tempo nicht zu sehr forcieren wollen. Nun fand er Felix, der auf dem Boden lag.

Felix setzte sich mit Mühe auf und sah Johannes an, der sich sofort mit besorgtem Blick niederkniete. Felix' erster Gedanke galt seinem eigenen Puls. Hatten die Medikamente gewirkt?

Der Puls war jetzt nur noch neunzig, Felix war erleichtert.

„Na, einsamer Pilger, du hier?"

Johannes schmunzelte.

„Es ist schon wieder fast in Ordnung", sagte Felix, mehr zu sich selbst als zu Johannes. „Hoffe ich jedenfalls. Der Puls war wieder zu hoch. Aber die Medikamente wirken, er geht schon wieder zurück."

Johannes schien erleichtert, nickte aber mit einem fragenden Blick. „Ich dachte, du wärst geheilt?"

„Ja, das dachte ich auch", antwortete Felix mit einem schwachen Lächeln. „Aber manchmal kommt die Krankheit für einen Moment zurück. Es ist wie der Schatten einer Schönwetterwolke, der immer wieder auftauchen kann, auch wenn man ihn längst vergessen hat."

„Und jetzt? Kannst du weitergehen?"

„Ja, es wird gehen, nur noch langsamer." Felix atmete tief durch. „Wenn es wieder schlimmer wird, muss ich sehen, was zu tun ist. Aber im Moment... hoffe ich, dass es okay bleibt."

„Musst du hier irgendwo zu einem Arzt?"

„Nein, wahrscheinlich nicht. Wenn ich die Medikamente bis zum Ziel der Pilgerreise weiter einnehme, sollte es gehen, sagte mein Kardiologe."

„Und wenn der Puls doch wieder steigt?"

„Das sehe ich dann, wenn es soweit ist. Mein Herz ist halt heftig angeschlagen."

In diesem Moment wurde Felix bewusst, dass er sehr in der Gegenwart lebte und sich nicht viele Gedanken über seine unmittelbare Zukunft machte. Eine Gelassenheit, die er in den letzten zwei Jahren nicht mehr erlebt hatte. War das seine persönliche Pilgerwegerleuchtung?

Johannes setzte sich neben ihn. „Darf ich einen Moment bei dir bleiben?"

„Ja, das ist mir sogar sehr recht. Der Kardiologe hat mir geraten, nicht allein zu gehen, wenn es so kommt."

„Dann schließe ich mich dir heute für den Rest des Weges an", sagte Johannes mit einem kleinen Lächeln.

Felix nickte, froh, nicht allein zu sein. Es war, als sei die Zeit für eine Weile stillgestanden, als ob der Camino selbst ihnen eine Pause gewährte.

„Clara und du", begann Felix schließlich, „ihr wirkt wie ein zerstrittenes altes Ehepaar. Ihr knallt euch ständig die Wahrheiten um die Ohren, obwohl ihr euch doch erst hier kennengelernt habt. Was ist da los?"

Johannes stieß ein kurzes Lachen aus, doch es war kein fröhliches. „Ja, du hast recht. Aber es ist nicht so einfach. Manchmal quält mich die Entscheidung, die ich damals in der Pandemie für meine Kirche getroffen habe. Und gestern, da kam alles wieder hoch."

„Aber hat Clara nicht auch irgendwie recht?"

Johannes schwieg einen Moment. „Natürlich hat sie recht. Deswegen tut es ja so weh."

Ein tiefes Schweigen folgte. Die Pilger, die an ihnen vorbeigingen, waren längst ein unscharfes Bild, als sie in ihrer eigenen, kleinen Welt saßen, eingehüllt in Gedanken, die sich nicht mehr mit der Außenwelt verbanden.

„Geht's weiter?" fragte Johannes schließlich.

„Ja, es geht", antwortete Felix und stand auf. „Danke, dass du bei mir bleibst. Das bedeutet mir wirklich viel."

Johannes lächelte. „Sehr gerne, Felix."

Sie machten sich auf den Weg. Es war fast eine Stunde vergangen, seit sie ihre Pause gemacht hatten, als sie schließlich das kleine Dorf Erias erreichten. Ein unspektakulärer Ort, an dem der Verkehrslärm der nahen Autobahn immer deutlicher zu hören war. Der Pilgerweg war nicht mehr so ruhig, die Hektik des Alltags rückte unaufhaltsam näher.

„Was macht dein Puls?" fragte Johannes besorgt.

„Er bleibt unter einhundert", antwortete Felix, „ich bin zufrieden."

Der letzte Abschnitt des Weges führte sie entlang einer Straße, und bald erreichten sie das kleine Dorf Campumanes, das nur etwa fünfhundert Einwohner hatte. Die Zivilisation war nun unübersehbar – kleine Lebensmittelgeschäfte und Restaurants lockten die Pilger an. Johannes aber wollte noch einen kleinen Abstecher machen. „Lass uns zur Kirche des Ortes gehen", sagte er, „zur *Parroquia Nuestra Señora de las Nieves.*"

Am Rande des Dorfes, nahe der Autobahn, fanden sie die Kirche. Der Eingang war von einem kleinen Vorbau geschützt. Der Glockenturm thronte über ihnen, und im Inneren war es, wie in vielen anderen Kirchen der Region: unscheinbar, aber mit einer besonderen Atmosphäre. Besonders auffällig war die Statue der Jungfrau Maria, die als Patronin verehrt wurde und der Kirche ihren Namen gab.

„Was hat Maria mit Schnee zu tun?", fragte Felix leise, nachdem er verstanden hatte, dass 'Nuestra Señora de las Nieves' mit 'Unsere liebe Frau vom Schnee' übersetzt wird.

„Ah, das kommt aus einer Legende", antwortete Johannes und erinnerte sich an sein Studium. „Der Name geht auf eine Vision eines kinderlosen römischen Paares zurück. Die Jungfrau Maria erschien ihnen und sagte, sie sollten an einem Ort eine Kirche errichten, an dem sie Schnee finden würden. Und tatsächlich fiel mitten im Sommer auf dem Esquilin-Hügel in Rom Schnee. Deshalb erhielt Maria den Titel 'Nuestra Señora de las Nieves'.

Felix nickte nachdenklich. „Ich gehe schon mal raus und suche eine Unterkunft", sagte er schließlich. „Okay, bis später", erwiderte Johannes und setzte sich auf eine Bank.

Felix verließ die Kirche und blinzelte gegen das helle Licht. Die Sonne stand bereits tief am Himmel und blendete ihn, nachdem er sich an die Dunkelheit der Kirche gewöhnt hatte. Er schlenderte durch die Straßen des kleinen Dorfes und entdeckte eine Pilgerherberge. Ein einfaches Zimmer –

genau das, was er brauchte. Es passte zum Camino.

Als er gemütlich weiter durch den Ort spazierte, bemerkte er in der Ferne Clara. Wieder einmal, wie es auf dem Camino oft geschieht. Sie hatte ihn jedoch nicht bemerkt.

Zurück in der Kirche saß Johannes noch immer in der Bank und begann langsam zu frieren. Als er den Kirchenraum verließ, sah er Felix und ging ihm entgegen. „Ich habe eine einfache Unterkunft gefunden. Vielleicht ist sie auch etwas für dich?"

„Ja, vielleicht, wo ist sie?"

Zusammen gingen sie zu Felix' Unterkunft, wo Johannes ebenfalls ein Zimmer bekam. Es war erstaunlich, wie sehr sie sich momentan gegenseitig unterstützten, obwohl sie sich zu Beginn des Weges vor allem auf sich selbst bedacht waren. Aber der Camino hatte seine eigene Magie, und die Begegnungen auf diesem Weg konnten tiefgründiger sein, als sie es sich zu Anfang je hätten vorstellen können.

Ansonsten gab es nicht viel in Campumanes zu sehen. Zu beiden Seiten erhoben sich die Gebirgszüge, und bald schon würden sich die Schatten und die Kühle über die Häuser legen.

Abends saßen sie in einem kleinen Restaurant in Campumanes. Der warme Duft der asturianischen Küche füllte das Restaurant. Der Raum war gemütlich, rustikal, mit dunklen Holztischen und einem Bartresen, der mit Flaschen Sidra und lokalem Wein dekoriert war. Das Licht war warm und sanft, mit kleinen Deckenlampen und Wandleuchten aus Holz. Der Duft von Fabada und Cachopo lag in der Luft, vermischt mit den Aromen von Kräutern und Gewürzen. Es war ein besonderer Moment.

Es war nicht viel los, so früh am Abend, nur wenige Tische waren belegt, vorwiegend von anderen Pilgern. Sie wählten beide ein Cachopo aus, ein panierter und gefülltes Schnitzel, das mit dünnen Scheiben Serrano-Schinken und würzigem asturianischem Käse gefüllt war. Der Kellner hatte es ihnen sehr ans Herz gelegt, 'ideal para peregrinos' hatte er immer wieder betont und dabei auf das Pektoralkreuz von Johannes gezeigt. Dazu gab es Kartoffelpüree und gebratenes Gemüse. Die Portionen waren großzügig. Felix und Johannes stießen mit einem Glas El Gaitero an, einem bekannten lokalen Cider-Bier.

Plötzlich betrat Clara das Restaurant. Sie warf Felix und Johannes einen flüchtigen Blick zu und setzte sich an einen Tisch am anderen Ende des Raumes. Johannes seufzte leise: „Das habe ich befürchtet...".

Sie aßen, schweigend, und Felix genoss das köstliche Essen. Die Cachopo war genau das, was er nach den letzten Tagen brauchte. Es war ein Hochgenuss, nach all dem Brot und Käse, gekrönt mit einem zweiten El Gaitero für Johannes.

Als sie das Restaurant verließen, war es bereits nach zweiundzwanzig Uhr. Felix' Puls war nun wieder stabil, und er fühlte sich erleichtert. Einige streunende Hunde liefen durch die Straßen von

Campumanes, und die beiden Pilger machten sich auf den Weg zurück zur Herberge. Ein weiterer denkwürdiger Tag auf dem Camino war zu Ende.

12 – Campomanes – Pola de Lena

Ein donnerndes Krachen riss Johannes aus dem Schlaf. Der Klang hallte in der Dunkelheit des Morgens, und als er die Augen öffnete, erfasste ihn sofort das Gefühl eines gewaltigen Gewitters, das über Campomanes zog. Ein greller Blitz durchzuckte den Himmel, gefolgt von einem weiteren Donnergrollen, das das kleine Zimmer erschütterte.

Johannes blickte auf die Uhr. Es war noch früh, erst sechs Uhr, und er wusste, dass er vermutlich nicht mehr einschlafen würde. Aber das störte ihn nicht im Geringsten. Ganz im Gegenteil. Mit einer beinahe kindlichen Neugier zog er die schweren Gardinen zur Seite und setzte sich aufrecht ins Bett. Das Gewitter tobte draußen, und die gleißenden Blitze erhellten für Sekundenbruchteile den Himmel, bevor die Dunkelheit zurückkehrte. Der Donner folgte wie ein dröhnendes Echo. Fast zwanzig Minuten lang entlud sich die gewaltige Energie des Himmels über dem Tal. Schließlich fiel der Regen, dick und schwer, in unzähligen Tropfen. Kein Wetter, um den Weg fortzusetzen, dachte er.

Er stand auf und ging in die Küche.

Felix saß schon am Tisch, stumm und in Gedanken versunken. Er nippte an seinem Tee, die Augen müde. "Guten Morgen", sagte er schließlich leise.

"Auch guten Morgen", antwortete Johannes und setzte sich ihm gegenüber. "Wie geht es dir heute? Was macht dein Puls?"

Felix zuckte mit den Schultern, als wollte er die Frage abwehren, aber seine Stimme blieb ruhig. "Es geht. Meistens zwischen achtzig und einhundert. Damit kann ich leben. Und die kurze Etappe bis Pola de Lena sollte ich eigentlich schaffen."

Johannes nickte, dachte jedoch, dass er in Felix' Stimme etwas anderes hörte. Vielleicht war es die Zurückhaltung, vielleicht auch etwas, das sich nicht so leicht benennen ließ. Doch er sagte nichts weiter.

Da öffnete sich die Tür und eine neue Stimme mischte sich in die Stille. „Good morning, folks", sagte die Frau in einer Mischung aus Neugier und beiläufiger Höflichkeit. Ihr australischer Akzent klang wie ein ferner Wind. „May I come in?"

Felix deutete mit einer Geste, dass sie eintreten und sich gern dazu setzen könne, doch sie machte sich nur einen Pott Tee und packte ihren Proviant für den Tag zusammen, ohne weiter auf die beiden einzugehen.

Der Regen trommelte laut gegen die Fenster, so stark, dass sie nicht bemerkten, dass Clara ebenfalls in der Tür stand. Sie schlich wie ein Schatten in die Küche und sagte ohne Vorwarnung: „Hallo, Jungs."

„Guten Morgen, Clara", sagten Felix und Johannes fast gleichzeitig, fast synchron, als hätten sie auf ihren Eintritt gewartet.

Dann herrschte wieder das schweigende Vakuum, das zu oft zwischen ihnen lag.

„Na, habt ihr nichts mehr zu sagen, wenn ich den Raum betrete?", fragte Clara schließlich, ihre Stimme scharf, wie immer.

Felix sah sie an, die Stirn leicht gerunzelt. „Warum bist du schon wieder so abweisend zu uns?"

„Bin ich nicht", kam ihre Antwort sofort, fast trotzig. „Ich setze mich heute sogar zu euch. Das ist nicht abweisend, oder?"

Schon saß sie am Tisch, ohne ein weiteres Wort. Und das Schweigen kehrte zurück, ein drückendes, unangenehmes Schweigen. Clara schien es zu genießen, wie sich die Spannung um sie aufbaute.

„Sag mal, Johannes", begann sie nach einer Weile, „die Kirche betreibt doch auch Pflegeheime und diakonische Einrichtungen, oder?"

Johannes nickte langsam, obwohl er den Zusammenhang nicht sofort verstand. „Ja, es gibt viele davon. Warum fragst du?"

„Weil ich immer wieder an diese Pflegeheime denke", sagte Clara und starrte auf ihre Tasse. „Als meine Tante im Heim war, bin ich manchmal an ihrem Heim vorbeigegangen. Ich durfte ja nicht hinein, aber ich wollte ihr nahe sein. Auf meine Weise."

„Und?" fragte Johannes vorsichtig.

„Immer wieder sah ich dort Menschen vor den Fenstern stehen, die ihre Angehörigen besuchen wollten. Nicht wirklich im Zimmer, aber zumindest durch das Fenster. Kein Kontakt, nur dieser flüchtige Blick. Keine Berührung, nur das kalte Glas. Auf beiden Seiten Tränen." Sie schüttelte den Kopf. „War das in diakonischen Heimen nicht auch so?"

Johannes fühlte, wie sich der Druck in seiner Brust verstärkte. Clara hatte wieder einen dieser Momente, in denen sie die Härte der Welt in Worte kleidete, als wäre sie unbarmherzig real. „Ja, bestimmt war es so", sagte er schließlich, ohne wirklich darüber nachzudenken. „Es war leider oft so."

„Moderne Käfighaltung ohne Menschenwürde", setzte Clara fort, als wolle sie einen endgültigen Strich ziehen.

Felix hatte genug von ihrer direkten Art. „So, dann kommen wir doch mal zu dir, Clara. Warst du schon immer so... direkt? Schroff?"

„Was geht dich das an?" Clara funkelte ihn an, ihre Stimme kalt.

Felix ließ sich nicht beirren. „Hast du einen Mann? Einen Partner?"

„Ja", antwortete sie knapp. „Warum?"

„Wie kommt er mit deiner Art zurecht?" Felix' Blick war scharf, als versuchte er, in die Ritzen ihrer Mauer vorzudringen.

„Er ist oft bei seinen Kunden", sagte Clara, ihre Stimme ein wenig weicher. „Wenn er da ist, dann... kann er mit mir umgehen. Irgendwie."

„Und wenn er zuhause ist?", fragte Johannes.

„Dann bin ich offen und ehrlich zu ihm", antwortete Clara und zuckte mit den Schultern, als ob das keine große Sache wäre.

„Und wie reagiert er auf dich?"

Clara schien für einen Moment nachdenklich zu werden. Sie spielte mit dem Griff ihrer Tasse, bevor sie antwortete. „Er zieht sich zurück. Er hat seit

2020 ein Pay-TV-Fußball-Abo. Aber ich finde es albern und langweilig, diesem Rumgekicke zuzuschauen."

„Was macht ihr zusammen im Alltag?" fragte Johannes weiter, als wolle er einen leisen Versuch starten, das Schweigen zwischen ihnen zu durchbrechen.

„Fast nichts", antwortete Clara trocken. „Wir machen fast nichts mehr."

Johannes hatte das Gefühl, als würde die Luft in der kleinen Küche noch dichter werden. „Das war doch bestimmt mal anders, oder?"

Clara hob den Blick und starrte in die Ferne, als suche sie etwas in der Vergangenheit. „Ja. Es war anders."

„Was habt ihr zusammen gemacht?", fragte Felix vorsichtig.

„Wir sind gern Ski gefahren", sagte Clara fast beiläufig, doch ihre Augen verdunkelten sich für einen Moment, während es draußen weiter schüttete.

„Macht ihr das noch?" fragte Johannes, als wollte er wissen, ob sie noch einen Rest von diesem früheren Glück bewahrte.

„Nein", sagte sie knapp. „Es geht nicht mehr."

„Warum?" Felix' Stimme wurde leiser, als er ahnte, dass nun etwas Dunkles durchbrechen könnte.

„Ich kann es nicht mehr", flüsterte Clara, und ihre Augen flackerten, als sie sich an ihre alte Freude erinnerte. Sie saß regungslos da, die Hand an der Tasse, die kaum noch warm war. Ihre Worte drangen nur langsam zu ihnen durch, als sie selbst von der Erinnerung überwältigt wurde.

„Ich hatte sehr schweres COVID."

In diesem Moment war es, als würde der Raum um sie herum einfrieren. Der Regen prasselte weiter gegen die Fenster, doch die drückende Stille zwischen den dreien war noch lauter.

Clara hatte im März 2020 wie so oft eine wunderbare Zeit mit Andreas auf der Skipiste. Diesmal waren sie in Kappl, da die Pisten hier ruhiger waren – genau das, was sie suchten. Die frische Bergluft und die Stille des winterlichen Tals hatten etwas Beruhigendes. Natürlich hatten sie von der mysteriösen Lungenkrankheit aus Wuhan gehört. Die Nachrichten hatten sie beunruhigt, aber wie viele andere waren sie zunächst nicht besonders besorgt. Nachdem auch die Knappensitzung in Heinsberg am 15. Februar 2020 noch ohne Einschränkungen stattgefunden hatte, fühlten sie sich sicher genug, ihre Reise in die Alpen anzutreten. Es sollte wie jedes Jahr eine Woche voller Freude und Entspannung werden.

Sie genossen nicht nur die Pisten, sondern auch das Après-Ski, das in Kappl besonders gemütlich war. Der Tag auf den Brettern, das anschließende deftige Abendessen und das gesellige Beisammensein mit anderen Skibegeisterten hatten etwas Vertrautes. Es war der perfekte Ausgleich zu den hektischen Alltagstagen. Doch als sie nach einer Woche wieder in den Norden zurückkehrten, hörte man immer öfter von steigenden COVID-19-

Fällen, vor allem aus Gangelt. Doch für Clara und Andreas schien es noch nicht wirklich greifbar. Natürlich konnte man sich die Ansteckung auf überfüllten Feiern vorstellen, aber auf der Piste, in der frischen Luft und nur für kurze Zeit beim Après-Ski – was sollte schon passieren?

Doch der Montag nach ihrer Rückkehr änderte alles. Clara fühlte sich zunehmend schlechter, ihr Körper schien sich immer mehr gegen sie zu wenden. Anfangs schob sie die Symptome auf eine normale Erkältung – doch als das Fieber stieg und das Atmen zunehmend schwerfiel, wusste sie, dass es mehr war. Sie fühlte sich schwach und ausgelaugt, weit schwächer als bei den Erkältungen, die sie in der Vergangenheit schon überstanden hatte. Andreas, besorgt wie nie, beobachtete sie aufmerksam. Am späten Nachmittag rief er schließlich den Rettungswagen.

Dann ging alles sehr schnell. Nur eine Stunde später fand Clara sich auf der Intensivstation wieder. Die Ärzte waren sehr konzentriert, doch ihr Zustand verschlechterte sich zusehends. Ihr Körper hatte kaum noch Kraft, gegen das Virus anzukämpfen. Die maschinelle Beatmung wurde eingeleitet. Am nächsten Morgen, als die Ergebnisse der Tests vorlagen, war die Diagnose eindeutig: Clara war an COVID-19 erkrankt. Für Andreas brach eine Welt zusammen. Nun begann das lange Bangen und Hoffen. Wie lange würde es dauern, bis sie wieder bei ihm war? Und würde sie es überhaupt schaffen?

Zwölf lange Tage vergingen, bevor Clara endlich von der Beatmungsmaschine genommen werden konnte. Die Ärzte sagten ihr später, dass sie Glück gehabt habe, denn viele der Patienten, die länger beatmet wurden, hatten den Kampf nicht gewonnen. Andreas durfte während dieser Zeit nicht an ihrer Seite sein. Man hatte ihm Besuche untersagt, so dass er nicht Claras Hand halten konnte und sie nicht durch Zuwendung unterstützen konnte. Sie kämpfte allein, ganz allein. Der Moment, als sie wieder ansprechbar war, war ein leiser Sieg, doch Clara war körperlich völlig entkräftet. Es war klar, dass der Weg zurück lang und steinig werden würde.

Nach einem weiteren Tag auf der Intensivstation wurde sie auf eine Normalstation verlegt. Doch dort war die Versorgung unzureichend, der Druck auf das Personal groß. Clara bekam nicht die Aufmerksamkeit, die sie brauchte, und obwohl sie sich langsam stabilisierte, war der Weg zur vollständigen Genesung noch lange nicht in Sicht. Acht weitere Tage vergingen, bis sie nach Hause entlassen werden konnte. Doch das war erst der Anfang. Der erste Lockdown hatte die medizinische Versorgung weiter eingebremst. Ihre geplante Anschlussheilbehandlung fiel aus, und selbst ambulante Physiotherapie war zu diesem Zeitpunkt nicht verfügbar. Die Monate vergingen, und Clara kämpfte sich, so gut sie es konnte, alleine zurück ins Leben.

Erst im Juni, nach langen Wochen der Isolation und der schleichenden Genesung, konnte sie professionelle Unterstützung in Anspruch nehmen. Als Fitnesstrainerin und Ernährungsberaterin hatte sie sich selbst immer gut um ihre Gesundheit gekümmert, doch das reichte nicht aus, um sich von den tiefgreifenden Folgen der Virusinfektion zu erholen. Ihr Körper war gezeichnet, und die Erschöpfung hatte sie weit mehr in ihren Bann gezogen, als sie je für möglich gehalten hätte. Es war eine Veränderung, die nicht nur ihre körperliche Verfassung, sondern ihr Leben in den kommenden Jahren prägen sollte.

Jetzt begann Johannes zu verstehen, warum Clara dieses merkwürdige Gangbild hatte. Ihr Schritt war unsicher, fast so, als ob jeder Schritt sie Kraft kosten würde. Es war offensichtlich, dass ihre Gelenke durch die langen Aufenthalte in den Kliniken nicht mehr so beweglich waren wie früher, trotz der unzähligen Stunden Physiotherapie. Johannes konnte sich kaum vorstellen, wie es sich anfühlen musste, in einem Körper gefangen zu sein, der nicht mehr so funktionierte, wie er es früher getan hatte.

Er ergriff wieder das Wort. „Habt ihr Kinder?" fragte er, seine Stimme vorsichtig, als wollte er ein weiteres Stück von ihr erfahren.

„Ja, wir haben eine Tochter, Lena, sie ist schon aus dem Haus", antwortete Clara knapp, ohne dabei nachzudenken. Ihre Miene blieb unbewegt.

Er fragte sich, ob es nicht umso wichtiger gewesen wäre, die Partnerschaft zu pflegen, wenn die

Tochter nicht mehr zuhause war, um den Platz auszufüllen, den eine Familie bieten konnte. Aber er ließ diese Gedanken ungesagt, sondern stellte eine andere Frage. „Und eine beste Freundin?"

„Ach ja, da gab es Simone", sagte Clara, und für einen Moment huschte ein Hauch von Wehmut über ihr Gesicht.

„Gab es?", fragte Johannes vorsichtig, das Gefühl, dass hier eine alte Wunde aufbrach, konnte er nicht ignorieren.

„Ja, wir haben keinen Kontakt mehr." Ihre Stimme war jetzt schroff, fast wie eine Mauer, die sich unwillkürlich zwischen ihr und den anderen schob.

„Wie kam es dazu?"

„Simone... sie hatte plötzlich so komische Ansichten", begann Clara langsam, als würde sie die Worte wie feine Splitter aus ihrem Inneren herausziehen. „Ich wäre im März fast krepiert, du weißt schon, Corona. Ich hätte alles dafür gegeben, eine Impfung zu bekommen, aber sie... sie meinte im Februar 2021 immer noch: 'Erst einmal abwarten, neue Technologie und so.' Wie bescheuert kann man sein?" Clara lachte bitter, und Johannes bemerkte, wie ihre Augen funkelten.

Und Clara ergänzte: „Man hätte einfach alle Bürger in Deutschland impfen sollen, ganz egal, ob sie es wollten oder nicht. Dann wären wir viel schneller aus der Pandemie herausgekommen." Sie sprach mit einer Mischung aus Frustration und Überzeugung, als sie die Worte formulierte.

„Das Risiko der Impfung war doch minimal, das wusste doch jeder. Nur die Schwurbler, die sich in ihren eigenen Weltbildern verstricken, haben das nicht kapiert."

Es herrschte einen Moment lang Stille. Felix spürte, wie seine Gedanken in alle Richtungen strebten. Sollte er ihr von der wahren Ursache seiner Herzkrankheit erzählen? Doch als er Claras angespannte Haltung bemerkte, zweifelte er. Ihre Stimmung war zu aufgewühlt, als dass sie diesen Aspekt noch aufnehmen könnte. Also schwieg er.

„Habt ihr deswegen keinen Kontakt mehr?" fragte Felix, der ihre Spannung spürte, und dabei klang seine Stimme fast wie ein sanftes Umblättern einer Seite.

„Ja", kam es von Clara, scharf und entschlossen. „Ich habe einfach nicht mehr auf ihre Anrufe und WhatsApp-Nachrichten reagiert. Ehrlich, wie kann man so bescheuert sein?"

Felix zog die Augenbrauen hoch. „Hast du noch einmal versucht, mit Simone Kontakt aufzunehmen?"

„Nein", antwortete Clara trocken. „Warum sollte ich?"

„Hat sie es versucht?" hakte Felix nach, als ob er versuchte, ein kleines Stück Empathie für ihre alte Freundin in ihr zu wecken.

„Ja, ein ganzes Jahr lang. Aber was sollte ich ihr sagen? Ich war ungeimpft, wäre fast gestorben, und sie... sie schützt sich nicht. Da fragt man sich schon, welche Gehirnwindungen bei ihr verknotet worden sind. Was soll ich mit so jemandem noch reden?" Clara zog ihren Stuhl näher an den Tisch und lehnte sich zurück, als wolle sie das Thema endgültig abschließen.

„Sie war deine beste Freundin, richtig?" fragte Johannes und sah sie direkt an, als wollte er ihr die Bedeutung der Frage klarmachen.

„Ja, sagte ich doch." Ihre Antwort war kurz und eindimensional, doch in ihren Augen lag eine Verbitterung, die Johannes nicht übersehen konnte.

„Und bei anderen Themen des Lebens hattet ihr immer denselben Standpunkt?" fragte Felix vorsichtig, aber provozierend, als wollte er eine Tür öffnen, hinter der vielleicht noch etwas anderes lag.

Clara lachte laut auf, und für einen Moment schien sie sich von der Schwere der Situation zu befreien. „Natürlich nicht! Sie hörte Klassik, ich Black Metal. Sie häkelte, ich fuhr Ski." Ihre Stimme war nun lockerer, aber Johannes merkte, dass der Schmerz hinter diesen Worten lauerte.

„Warum konntest du diese Unterschiede problemlos ertragen, aber bei der Impffrage nicht?" fragte Felix, jetzt wirklich neugierig.

„Keine Ahnung", sagte Clara nachdenklich, als ob sie selbst zum ersten Mal über diese Frage nachdachte. „Vielleicht, weil mich Covid fast geschreddert hätte. So einfach ist das."

„Vielleicht hat sie sich ja später impfen lassen", sagte Felix und blickte sie direkt an. „Und du weißt es nicht einmal."

Dieser Gedanke ließ Clara innehalten. Andreas hatte sie immer wieder darauf hingewiesen, dass es so sein könnte. Aber der Gedanke war nie wirklich in ihr Bewusstsein vorgedrungen. Jetzt, ausgesprochen von Felix, bekam er eine neue Dimension.

„Glaube ich nicht", sagte Clara schließlich, aber ihre Stimme klang unsicher.

„Und wenn doch? Würde es etwas ändern?" Felix' Frage schien fast unaufhörlich an ihr zu nagen, als wäre sie der Schlüssel zu etwas, das sie sich nicht eingestehen wollte.

Clara hielt inne. Ihre Miene veränderte sich, wurde weicher, nachdenklicher. Sie starrte auf ihre Tasse, als ob die Antwort dort zu finden wäre. Johannes konnte förmlich spüren, wie die Wände in ihr zu bröckeln begannen.

„Vielleicht", sagte sie dann leise, als würde sie den Gedanken zum ersten Mal wirklich zulassen.

„Also ja?" Felix schien sie nun wirklich zu erreichen, und die Spannung zwischen ihnen war fast greifbar.

„Bin ich hier vor Gericht im Verhör, oder was?" Clara lachte, aber es klang hohl, wie ein Versuch, sich wieder abzuschirmen.

„Nein, ganz sicher nicht", sagte Felix ruhig. „Aber vielleicht helfen diese Gedanken, eine langjährige, sehr gute Freundschaft in einem breiteren Rahmen zu sehen – einen, der vielleicht auch Platz für Versöhnung lässt."

Das Wort 'Versöhnung' traf Clara wie ein unerwarteter Schlag. Nie zuvor hatte sie diesem

Gedanken Raum gegeben, nie hatte sie sich erlaubt, die Möglichkeit einer Versöhnung zu erwägen. Doch jetzt, ausgesprochen von Felix, fühlte es sich plötzlich anders an. Es rüttelte gewaltig an der harten Schale, die sie sich seit 2020 um ihr Herz gebaut hatte, eine Schutzmauer, die sie mit jeder Erfahrung fester und unnachgiebiger gemacht hatte. Die Erinnerung an all das, was sie durchgemacht hatte, begann, sich zu verflüssigen. War es möglich, dass ihre Seele noch einen Weg fand, sich zu heilen? Vielleicht hatte Felix etwas aufgedeckt, was tief in ihr verborgen war – ein kleiner Funken Hoffnung, der noch glimmen konnte.

„Genug der Psychoanalyse", sagte Clara plötzlich und stand auf, ihre Stimme klang nun wieder schroff, als wollte sie die Gedanken von sich werfen. „Ich geh' mal wieder auf mein Zimmer."

Es war nach dreizehn Uhr, als Felix und Johannes sich auf den Weg nach Pola de Lena machten. Der Regen hatte aufgehört, aber die Straßen und Wege waren noch nass. Doch was sie in diesem Moment miteinander teilten, war ein leises Vertrauen. Ganz unerwartet hatten Clara sich ein Stück weit geöffnet, und Felix war froh, einen Begleiter an seiner Seite zu wissen. Jemanden, der im Fall der Fälle da war, falls sein Herz wieder schneller schlagen sollte. Ein kleines Stück Sicherheit auf diesem Weg des Ungewissen.

Von der Herberge aus erreichten Johannes und Felix bald die Mündungsstelle des Rio Pajares und des Rio Huerna, die sich hier zum Rio Lena vereinen. Sie folgten der Landstraße nach Norden, eingeklemmt zwischen den Bahngleisen auf der rechten Seite und der Autobahn auf der linken Seite. Dieser Abschnitt des Weges war alles andere als malerisch. Die Straße führte teilweise direkt neben der Autobahn entlang. Doch Felix, dessen Zustand nach wie vor etwas besorgniserregend war, wollte keine größeren Umwege über die nahegelegenen Gebirgszüge machen. Außerdem wiesen die gelben Jakobsmuscheln den Pilgerweg entlang der Straße an. Später ging die asphaltierte Straße in einen unbefestigten Weg über, der weiterhin parallel zur Autobahn führte.

Nach knapp zwei Stunden hatten sie die drei Kilometer nach La Vega'l Rei zurückgelegt, ein winziger Ort, der kurioserweise keine eigene Kirche besaß. Diese stand etwas abseits auf einem Hügel – *Santa Christina de Lena*, eine beeindruckende Kirche, die im 9. Jahrhundert fertiggestellt wurde. Ihr vorromanischer Baustil war in der Landschaft fast majestätisch, die Kirche schien auf ihrem grünen Hügel wie ein Thron, von dem aus sie die weite Umgebung überblickte. Felix, nun etwas neugierig, folgte Johannes in den Innenraum.

Der kleine Innenraum der Kirche hatte etwas Beruhigendes. Keine Bänke, nur einige Stufen, die zum Altar hinaufführten, und kleine, schmale Fenster, durch die das Licht nur zögerlich strahlte. Trotz dieser Nüchternheit war der Raum von einer besonderen Stille erfüllt. Vielleicht war es gerade die Zurückhaltung der Architektur, die ihm etwas so Heilendes verlieh. Sie wollten nicht lange verweilen, doch der Vorbau der Kirche bot eine Möglichkeit, sich auszuruhen. Einige Steine waren so verbaut, dass man bequem darauf sitzen konnte – genau das Richtige für Felix.

„Wie geht's?", fragte Johannes nach einer Weile, als er bemerkte, dass Felix anders atmete.

„Es geht", antwortete Felix, „der Puls ist nicht mehr so hoch, wie er gestern war."

Nach der willkommenen Rast führte die leichte Steigung des Weges sie weiter nach Norden, durch Wiesen und Felder, bis sie das kleine Dorf El Peridiellu erreichten. Der Weg war ruhiger, die Geräusche der Autobahn lagen hinter ihnen. Es war, als ob sie erneut in eine andere Welt eintauchten, in der die Landschaft mehr Platz hatte, um zu atmen. Nach anderthalb Stunden erreichten sie La Vega'l Ciigu, ein kleines Dorf mit etwa zweihundert Einwohnern. Bevor sie in den Ort gingen, kamen sie an der *Iglesia de Santa Maria de La Vega'l Ciigu* vorbei, einer Kirche aus dem 13. Jahrhundert.

Im Inneren der Kirche trafen sie auf eine beeindruckende Sammlung religiöser Kunstwerke – Gemälde, Skulpturen und Altarbilder, die den Raum prägten. Besonders der Hauptaltar hatte es ihnen angetan: mit vergoldeten Holzschnitzereien und Skulpturen von Heiligen und Jungfrauen. Wegen seiner Schönheit verweilten mehrere Pilger in der Kirche und betrachteten dieses gotische Meisterwerk. Johannes und Felix, gebannt von der Atmosphäre, nahmen sich einen Moment Zeit, um die

Details zu bewundern. Die Rast auf der Kirchenbank war besonders Felix sehr willkommen.

Der Weg führte sie weiter, zwischen dem Rio Lena und der Autobahn, bis sie schließlich wieder auf einen Wiesenweg mit vielen bunten Blüten abbogen. Der Lärm und die drückende Nähe der Autobahn lagen nun erst einmal hinter ihnen. Der Pilgerweg fühlte sich plötzlich wieder wie ein Schritt in eine andere Welt an – eine friedlichere, ruhigere Welt. Und schließlich erreichten sie Pola de Lena, eine größere Stadt mit über achttausend Einwohnern. Die Idylle des Pilgerwegs war hier gänzlich verschwunden. Der Lärm von Autos, die Züge, die mit kreischenden Bremsen in den Bahnhof einfuhren, das Gedränge auf den Straßen – all das schien sich zu einem Crescendo von Geräuschen zusammenzusetzen, die sie in den letzten Tagen nicht mehr erlebt hatten.

Langsam gingen sie durch die Straßen, auf der Suche nach einer Herberge. In der Regel führte ihr erster Weg immer zur Kirche. Also steuerten sie die *Iglesia de San Martín* an, eine moderne Kirche, die nach dem Zweiten Weltkrieg erbaut worden war. Zwei markante quadratische Glockentürme ragten in den Himmel, und der Innenraum, mit Gewölbebögen und Holzverkleidung, war beeindruckend und einladend. Es war eine Kirche der Kontraste: Die Gebirgskirchen, die sie bisher besucht hatten, waren puristisch und bescheiden – diese aber war reich verziert mit zahlreichen Skulpturen und Gemälden. Besonders das Bild des liegenden Christi, die Altarbilder von San Martín de Tours und La Dolorosa fielen ins Auge. Johannes setzte sich in die hinterste Bank, sein inzwischen gewohnter Platz auf dieser Pilgertour, und Felix setzte sich neben ihn.

Doch trotz der Schönheit des Raumes war der unaufhörliche Strom von Pilgern, Touristen und Einheimischen, der in die Kirche strömte, eine ständige Erinnerung daran, dass dieser Ort kein Zufluchtsort war. Das Gemurmel, das sich durch den Raum zog, ließ keine Ruhe aufkommen. Johannes, der die Stille suchte, stand schließlich auf. Felix folgte ihm.

Direkt neben der Kirche fanden sie eine Pilgerherberge, unweit des zentralen Platzes. Es gab noch freie Zimmer, also beschlossen sie, hier zu übernachten. Felix wollte sich ausruhen, während Johannes Pola de Lena weiter erkunden wollte.

Er ging zum Plaza, einer kleinen Parkanlage mit Bänken und Grünflächen, setzte sich auf eine Bank und beobachtete die Hektik der Stadt. Wie sehr sehnte er sich in diesem Moment nach der Einsamkeit des Weges, nach den stillen Bergwegen, auf denen er stundenlang nur mit sich selbst und den Geräuschen der Natur war.

„Darf ich?" Eine Stimme riss ihn aus seinen Gedanken. Clara stand plötzlich vor ihm und wollte sich ganz offensichtlich zu ihm setzen.

„Ja, nur zu", antwortete Johannes, obwohl er gehofft hatte, hier in Ruhe gelassen zu werden.

Für eine Weile sagte niemand etwas. Clara setzte sich und begann dann von sich zu erzählen. „Du wirst es vielleicht nicht glauben, aber ich war mal ein sehr sportlicher Typ. Ich bin viel gewandert, habe Bergsteigen geliebt. Hatte eine wundervolle Beziehung zu meinem Mann, und für Lena war ich lange Zeit die beste Freundin, die sie sich wünschen konnte. Kein Blatt ging zwischen uns. Und dann war da noch meine beste Freundin, Simone. Und jetzt?" Clara lachte bitter. „Jetzt hat mir diese scheiß Krankheit alles genommen."

Johannes spürte eine Veränderung in Clara. Ihre übliche Schärfe war verschwunden. Sie schien verletzlich, fast fragil. Er wagte es, die Situation anzusprechen. „Clara, ich würde dir gerne ein paar Fragen stellen. Aber nur, wenn du möchtest und wenn du mir gegenüber höflich bleibst."

Clara schaute ihn an, ein schüchternes Lächeln stahl sich auf ihr Gesicht. „Ich werde mich bemühen", sagte sie. „Vielleicht gelingt es mir ja. Aber: keine Garantie!"

„Warum hast du Lena verloren, wie du es nennst?"

Clara seufzte tief und starrte auf die Rasenfläche vor ihr, als ob sie dort eine Antwort finden könnte. „Im Grunde ist es ganz einfach", begann sie langsam. „Ich war im Frühjahr 2020 schwer krank. Ich wusste, wie gefährlich das Virus war und wie wichtig es war, sich zu schützen. Also wollte ich Lena beschützen. Aber sie wollte nichts davon hören. Jedes Mal, wenn wir darüber sprachen, versuchte ich, sie zu überzeugen, sich impfen zu lassen, sobald der Impfstoff verfügbar war. Sie war gerade achtzehn Jahre alt, hatte eben erst angefangen, die Welt zu entdecken, fühlte sich unverwundbar. Sie grinste mich an, als würde sie sich über meine Sorgen lustig machen, und sagte: 'Das ist meine Entscheidung, halt dich da raus'. Sie war überzeugt, dass die Krankheit für junge Leute kein großes Risiko darstellt. Was für ein Unsinn! Ich war doch auch noch nicht alt! Sie redete wie diese Schwurbler. Einige Künstler sind in dieser Zeit auch völlig durchgeknallt, und Lena fand das auch noch gut", sagte Clara mit einem leichten Kopfschütteln.

„Wen meinst du denn?"

„Nena, zum Beispiel", antwortete Clara und ihre Stimme klang einen Moment wütend. „Die mochte ich früher total gern. Jeden Tag im Krankenhaus habe ich ihr Lied 'Wunder geschehen' gesummt. Es hat mir so viel Mut gemacht und mir geholfen, durch diese schwere Zeit zu kommen. Es war wie ein kleines Stück Hoffnung. Und dann, im Juli 2021, gab sie dieses Konzert in Berlin. Weißt du noch? Da ließ sie ihre Fans machen, was sie wollten. Und hat sie auch noch angestachelt, gegen die Regeln zu verstoßen."

„War das das Konzert, bei dem die Zuschauer in diesen seltsamen Schafstallgehegen eingepfercht waren?" Johannes zog eine Augenbraue hoch und versuchte, sich das Bild vorzustellen.

„Ja, genau", sagte Clara mit einem kurzen Lachen, das fast verzweifelt klang. „Das sah wirklich ziemlich bizarr aus, mit diesen Cubes. Aber hey, wenn das Hygienekonzept dabei hilft, Infektionen zu verhindern, dann kann man es ja nicht einfach ignorieren, oder? Aber trotzdem, seitdem ist Nena bei mir wirklich völlig unten durch. Ich habe alle CDs von ihr entsorgt. Dieser Moment war wie ein persönlicher Feiertag."

Johannes sah sie mit einem fragenden Blick an. „Hast du damals eigentlich auch mitbekommen, dass einen Tag zuvor in Berlin 80.000 Menschen ohne größere Einschränkungen auf den CSD unterwegs waren? Die marschierten einfach so durch die Straßen, als gäbe es keine Regeln mehr. Hat dich das auch so aufgeregt?"

Clara hielt inne, ihre Augen wurden nachdenklich. Sie dachte einen Moment nach, bevor sie antwortete: „Nein, das hat mich nicht wirklich gestört. Ich meine, das ist ein ganz anderes Thema. Man kann das nicht miteinander vergleichen. Aber Nena? Die hat es auf jeden Fall völlig verkackt."

Und dann erinnerte sie sich an den Moment, als sie im Frühjahr 2021 an einer Montagsdemo vorbeiging.

Es war die Zeit, als Clara versuchte, wieder mehr in ihren Alltag zurückzufinden. Die Zeit hatte sie nicht wieder völlig gesund gemacht, aber sie war ein Stück weiter. Ihr Körper fühlte sich nach wie vor oft wie fremd an – kraftlos, müde, von den Nachwirkungen der Virusinfektion gezeichnet. Mit Andreas konnte sie inzwischen entspannter umgehen. Ihre Beziehung war noch immer belastet, und ein unsichtbarer Schleier lag über allem, was sie taten, doch sie schaffte es zunehmend, ihre Erwartungen an ihn nicht mehr so hochzuschrauben. Sie wussten beide, dass vieles nie wieder so sein würde wie früher. Aber das bedeutete nicht, dass sie sich nicht weiter irgendwie zusammenraufen konnten.

Beruflich war Clara weiterhin nicht in der Lage, so wie vorher zu arbeiten. Ihre Kräfte reichten einfach nicht aus, und fast alle Klienten hatten sich mittlerweile andere Anbieter gesucht. Ihre berufliche Existenz war, so bitter es war, kaum noch vorhanden. Der Verlust nagte an ihr, vor allem, weil sie sich immer als jemand gesehen hatte, der sein Leben durch eigene Anstrengung gestalten konnte. Aber jetzt war alles anders.

Die Einkäufe erledigte sie meistens alleine, einfach, weil sie die Zeit dafür hatte. Langsam fand sie sogar ein gewisses Maß an Freude am Kochen, das früher immer eher eine unliebsame Pflicht gewesen war. In der Ruhe der Küche, umgeben von frischen Zutaten, konnte sie für eine kurze Zeit vergessen, wie sehr ihr Leben aus der Bahn geraten war.

Der Impfstoff gegen COVID war nun endlich verfügbar, und immer wieder dachte Clara darüber nach, was gewesen wäre, wenn sie sich schon früher hätte impfen lassen können. Wäre die Krankheit vielleicht nicht so heftig ausgefallen? Wäre sie dann nicht zwei Wochen lang auf der Intensivstation gewesen, wäre sie nicht tagelang auf

Beatmung angewiesen gewesen? Der Gedanke verfolgte sie, aber es gab keine Antwort darauf.

Andreas hatte sich sofort impfen lassen, nachdem er das Elend, das Clara durchgemacht hatte, hautnah erlebt hatte. Für ihn war die Sache klar: Die Impfung war ein Segen. Er hatte keine Zweifel, dass die Menschen alles daransetzen sollten, sich selbst und andere zu schützen. Clara konnte ihm in dieser Überzeugung nicht widersprechen, auch wenn sie immer noch unsicher war, ob sich die Impfung für sie persönlich jetzt noch lohnen würde, wo sie die Krankheit ja schon hinter sich hatte.

An diesem Samstag besuchte Clara wieder einmal den Wochenmarkt in Ahrensburg. Es war zu einer Art Ritual für sie geworden. Sie kannte viele der Händler, die ihre Waren aus den umliegenden Höfen anboten, und kaufte gern bei ihnen ein. Es war eine kleine Rückkehr zu etwas Gewohntem, auch wenn der Markt für Clara nie mehr der gleiche war wie früher. Aber an diesem Tag nahm sie etwas Anderes, etwas Neues wahr, das sie nicht länger ignorieren konnte.

Am Rande des Marktes standen sie: die Demonstranten. Clara hatte sie schon oft gesehen und immer wieder das Gefühl gehabt, dass sie etwas sagen musste, aber hatte sich bislang zurückgehalten. Heute jedoch war es anders. Sie war wütend. Wütend über diese Leute, die mit ihren halbherzig angelegten Masken durch die Gegend schlenderten und immer wieder von

'Grundrechten' und 'keine Impfpflicht' faselten. 'Wie kann man nur so...' – der Gedanke brach in ihr ab, als sie an den Pappschildern vorbeiging. Besonders der Gedanke, dass auf den Intensivstationen so viele Ungeimpfte gelegen haben sollen, ließ in ihr den Ärger brodeln.

Ein älterer Mann, der offensichtlich zu dieser Gruppe gehörte, kam auf sie zu. Mit einem Lächeln in den Augen hielt er ihr eine Broschüre entgegen: „Darf ich Ihnen unser Informationsmaterial über Grundrechte und die körperliche Unversehrtheit geben? Wir sind gegen eine Impfpflicht."

Clara starrte ihn einen Moment lang fassungslos an. Ihre Hand griff fast instinktiv nach der Tasche, als wolle sie sich vor etwas schützen. „Ist das Ihr Ernst?", fragte sie, ihre Stimme zitterte vor Wut. „Ich hatte COVID! Ich war fast zwei Wochen auf Beatmung! Ich bin noch immer nicht bei Kräften, und Sie stehen hier und wettern gegen die Impfung, die Menschenleben retten könnte", fuhr sie ihn an, die Worte sprudelten nur so aus ihr heraus. Ihre Kehle war trocken, der Zorn loderte in ihr. „Hätten Sie ein einziges Mal in Ihrem Leben erlebt, was es heißt, um Luft zu kämpfen, wären Sie dann immer noch so verbohrt?"

Sie holte tief Luft und fuhr fort: „Und ziehen Sie endlich Ihre Maske bis über die Nase. Haben Sie keinen Respekt vor der Gesundheit der anderen?"

In diesem Moment spürte Clara, wie ihre Wut sie völlig durchströmte. Sie drehte sich um und ließ den Mann einfach stehen. Er rief ihr noch ein paar Worte hinterher, doch Clara hörte sie nicht mehr. Sie hatte keine Lust mehr, sich mit solchen Menschen zu beschäftigen. Sie wollte nur noch raus, weg von diesem Markt, weg von dieser Unvernunft, die alles, was sie in den letzten Monaten durchgemacht hatte, so lächerlich machte.

„Diese Spinner machen mich noch heute wütend", brauste sie auf. Sie hielt inne, dachte an Lena und ballte die Fäuste, als ob sie sich wieder in die damalige Situation hineinversetzen konnte. „Und trotz all meiner Versuche, sie zu warnen, distanzierte sie sich immer mehr von mir. Schließlich zog sie aus. Andreas... der hat das sehr bedauert und mir die Schuld dafür gegeben. Jetzt ist das Band zu Lena zerrissen. Ich weiß, wo sie wohnt, aber der Kontakt ist fast nicht mehr vorhanden. Zu Weihnachten letztes Jahr... da wollte sie nicht mal mehr zu uns kommen. Sie meinte, es sei ‚zu viel Stress mit der Alten'. So nennt sie mich jetzt."

„Das ist hart", sagte Johannes leise, mit einem Blick, der Mitgefühl, aber auch Nachdenklichkeit ausdrückte. „Sie spricht wohl ähnlich direkt und klar wie ihre Mutter, oder?"

Clara musste lachen, aber es war ein bitteres Lachen. „Ja, das stimmt wohl. Diese Art hat sie wahrscheinlich von mir geerbt. Sie hat nie ein Blatt vor den Mund genommen. Ich habe das immer gemocht, aber jetzt... jetzt tut es mir weh."

Johannes spürte die Traurigkeit in ihrer Stimme, aber er stellte eine Frage, die ihm schon länger auf der Zunge brannte. „Meinst du denn, dass Lena genauso reagiert hätte, wenn du zu ihr gesagt hättest: 'Ich halte die Impfung für richtig. Du siehst an mir, wie schwer die Infektion sein kann. Ich wäre erleichtert, wenn du dich impfen lässt, weil ich als Mutter nur das Beste für dich will. Aber es bleibt deine Entscheidung, die ich respektieren werde, egal wie sie am Ende ausfällt'."

Clara schloss für einen Moment die Augen und ließ die Worte in sich nachklingen. Dann öffnete sie sie wieder und starrte auf den Boden. „Aber... ich musste sie doch vor der schweren Krankheit bewahren", murmelte sie, mehr zu sich selbst als zu Johannes. „Ich habe doch nur versucht, sie zu schützen!"

„Das verstehe ich", sagte Johannes ruhig. „Als Mutter will man das sicher immer. Aber am Ende ist es doch ihr eigenes Leben, über das sie selbst entscheidet – mit all seinen Folgen. Hast du dir als junge Erwachsene nicht das gleiche Recht herausgenommen?"

Die Frage traf Clara wie ein Schlag. Sie fühlte sich, als würde ihr der Boden unter den Füßen weggezogen. Ja, sie wusste, dass sie in ihrer Jugend oft gegen ihre Eltern rebelliert hatte, dass sie immer das Gegenteil von dem tat, was sie von ihr erwarteten. „Ja", sagte sie schließlich mit leiser Stimme, „natürlich. Ich habe auch rebelliert. Ich habe damals so ziemlich alles getan, was sie mir verboten hatten."

Johannes nickte. „Nur mal angenommen, deine Mutter hätte 2020 noch gelebt und dich als junge

Erwachsene genauso bedrängt, wie du es mit Lena getan hast – wie hättest du reagiert?"

Clara starrte ihn an, die Frage bohrte sich tief in ihr Herz. Sie dachte an ihre eigene Jugend, an die Zeit, als sie sich noch mit ihren Eltern stritt. „Ich hätte spätestens nach dem zweiten Mal gesagt: 'Verpiss dich, das ist mein Leben, da hast du mir nicht reinzureden'." Sie lachte, aber es war ein harter, schmerzhafter Laut.

„Na, dann kommt Lena doch nicht ganz nach ihrer Mutter", sagte Johannes mit einem süffisanten Lächeln. „Sie hat sich deine Predigt offenbar viel häufiger angehört und war geduldiger mit dir, als du es mit deiner Mutter gewesen wärst."

Clara senkte den Blick, und ein kleines, schwaches Lächeln huschte über ihr Gesicht. „Ja, das kann sein", gab sie kleinlaut zu.

Johannes wartete einen Moment, bevor er weitersprach: „Was hättest du dir damals von deiner Mutter in dieser Situation gewünscht, was sie hätte tun sollen?"

Clara dachte nach, und plötzlich spürte sie, wie eine Welle von Erinnerungen sie überflutete – ihre eigene Jugend, die ständigen Kämpfe mit ihren Eltern, ihre eigenen Entscheidungen. „Sie hätte mich einfach in meiner Entscheidung akzeptieren sollen. Es ist schließlich mein Körper", sagte sie, und als die Worte ausgesprochen waren, wurde ihr zum ersten Mal bewusst, was sie ihrer eigenen Tochter angetan hatte.

Ein scharfer Schmerz schnitt durch ihr Herz. „Oh Gott", flüsterte sie kaum hörbar, „was habe ich getan?"

Johannes sah sie mitfühlend an, aber er sagte nichts. Der Platz schien plötzlich still zu sein. Clara fühlte sich, als würde sie in diesem Moment die ganze Last ihres Umgangs mit Lena erkennen – und es tat weh, mehr als sie je erwartet hätte.

„Meinst du", fragte Johannes schließlich, „dass Lena sich freuen würde, wenn ihr wieder mehr Kontakt hättet und der Konflikt der Vergangenheit ausgeräumt werden könnte?"

Clara schluckte schwer, und ein Bild tauchte in ihrem Kopf auf: Ihre Tochter als kleines Mädchen, das mit offenen Armen auf sie zuläuft, voller Vertrauen und Liebe. Doch das Mädchen war nun eine junge erwachsene Frau.

„Ich hoffe es", sagte Clara, und die Wehmut in ihrer Stimme war unverkennbar. „Ich hoffe es wirklich."

Johannes sah sie nachdenklich an, dann sagte er leise: „Es ist nie zu spät, den ersten Schritt zu machen, Clara."

Sie nickte, aber der Kloß in ihrem Hals ließ es ihr schwerfallen, etwas zu erwidern. Der Gedanke, sich selbst einzugestehen, dass ihr Verhalten gegenüber Lena übergriffig war, drang mit voller Wucht zu ihr durch. Sie hatte nie wirklich akzeptiert, dass Lena ihre eigenen Entscheidungen treffen musste, dass es ihr eigenes Leben war –sie hatte versucht, es zu kontrollieren. Der Impfstatus ihrer Tochter war ihr wichtiger gewesen als die Beziehung zu ihr, wichtiger als das Vertrauen zwischen Mutter und Kind. Und sie wusste, dass sie lernen musste, sich zurückzuhalten, zu respektieren, dass Lena inzwischen erwachsen war und ihre eigenen Entscheidungen traf – ohne dass die Mutter ständig in jedes Detail des Lebens hineinredete. Was sollte sie jetzt tun?

„Spricht denn irgendetwas dagegen, mit ihr in Kontakt zu treten und offen zu sprechen?"

„Oh, da gibt es so einige Gründe", murmelte Clara schließlich, ihre Stimme kaum mehr als ein Hauch. Es war eine Flucht, ein Versuch, sich der Konfrontation mit sich selbst zu entziehen.

Johannes sah sie ruhig an, aber seine Worte trafen sie unerbittlich. „Falls diese Gründe etwas mit gekränkter Eitelkeit zu tun haben sollten, dann überlege dir gut, ob sie es wirklich wert sind. Es geht schließlich um deine eigene Tochter. Du hast doch selbst erlebt, wie schnell das Leben sich ändern kann, besonders in Zeiten wie diesen. Warte nicht zu lange. Der erste Schritt ist der schwerste, aber ich kann mir gut vorstellen, dass bei Lena die Tür schon offensteht. Du musst nur hindurchtreten – auch wenn es dir schwerfällt."

Clara atmete tief ein, als seine Worte sich in ihr festsetzten. Ihr Blick wanderte nach unten, auf ihre Hände, die nervös ineinander verflochten waren. Es war, als würde sie in diesem Moment zum ersten Mal verstehen, was für eine Chance sie vielleicht noch hatte. „Ja, mal sehen, was ich mache", sagte sie schließlich, ihre Stimme noch leiser als zuvor, fast unsicher.

„Darf ich dir eine Geschichte aus meinem Leben erzählen, die irgendwie dazu passt?", fragte Johannes und blickte Clara mit einem leicht verschmitzten Lächeln an.

„Ja, klar", antwortete Clara, ihre Stimme warm, aber neugierig. Sie lehnte sich ein wenig zurück, als würde sie sich auf eine unerwartete Reise vorbereiten.

Im dritten Jahr seines Theologiestudiums hatte Johannes sich für ein Praktikum entschieden, das ihm helfen sollte, herauszufinden, wie er in den Grenzsituationen des Lebens seinen Glauben und seine Zuwendung zu den Menschen leben konnte. Er hatte bewusst eine Klinik ausgewählt, in der er täglich drei Stunden auf einer Palliativstation verbringen konnte. Er hatte als Junge immer wieder seine sterbende Oma besucht, die nach einem Schlaganfall nicht mehr lange zu leben hatte. Doch jetzt sah er Menschen, die teils unter starken Schmerzen litten, Menschen, die niemanden hatten, der sie besuchte, und Menschen, die, wie er selbst, noch viel zu jung waren, um den Tod schon so nah zu spüren. Es war eine andere Art von Abschied, langsamer, quälender. Er hatte sich auf diese Erfahrung vorbereitet, aber die Realität überforderte ihn manchmal trotzdem.

Besonders suchte Johannes das Gespräch mit den eher jungen Patienten, die kaum oder überhaupt nicht besucht wurden. Da war Tanja, etwa im Alter seiner eigenen Mutter. Sie lag schwach und ausgemergelt im Bett, die Haut blass und fast transparent. Ihr Gesicht wirkte verfallen, die Haut lag eng an den Knochen, und ihre Bewegungen waren langsam, fast mechanisch. Doch als Johannes sie das erste Mal aufsuchte, schaute sie ihn mit wachen Augen an.

„Hallo, Frau Neumann, ich heiße Johannes und mache als Vikar ein Praktikum hier in der Klinik. Darf ich mich einen Moment zu Ihnen setzen?"

„Ja, gerne", sagte sie mit einer schwachen Stimme, „Nennen Sie mich bitte Tanja, dann fühle ich mich mehr als Mensch."

Johannes setzte sich, und für einen Moment herrschte Stille zwischen ihnen. Dann brach er das Schweigen: „Ich habe Ihre Diagnose gesehen, Tanja. Es sieht so aus, als ob Sie nicht mehr viel Zeit haben werden."

„Ja, das stimmt", sagte Tanja leise. „Es geht zu Ende."

„Wie geht es Ihnen damit? Haben Sie Angst?"

„Nein, Angst habe ich keine", antwortete sie nachdenklich. „Es fühlt sich eher wie eine Erlösung an. Nach all den Jahren des Leidens..."

Eine lange Pause folgte. Johannes wusste nicht, was er darauf erwidern sollte, also fragte er einfach weiter: „Glauben Sie an Gott?"

Tanja starrte eine Weile an die Wand. „Eigentlich nicht", sagte sie dann zögerlich. „Es tut mir leid, Johannes, wenn das enttäuschend für Sie ist."

„Nein, überhaupt nicht", erwiderte er schnell. „Es ist Ihr Leben und Ihre Entscheidung."

Wieder eine Pause, diesmal noch länger. Schließlich brach er das Schweigen. „Haben Sie noch Dinge in Ihrem Leben, die Sie gern erledigen möchten? Konflikte, die Sie lösen möchten? Einen alten Streit, den Sie schlichten wollen?"

Johannes sah sie warmherzig an, versuchte ihr auf eine Weise beizustehen, die nicht aufdringlich war, aber präsent.

Tanja blickte nach oben, als würde sie in die Leere starren. „Holen Sie sich doch bitte eine Tasse Kaffee, dann ist es gemütlicher", sagte sie plötzlich.

Dann erzählte Tanja ihm von ihrer älteren Tochter, die vor drei Jahren im Streit aus dem Haus gegangen war, bevor sie selbst die leidvolle Diagnose erhalten hatte. Seither hatten sie keinen Kontakt mehr, und der Bruch war nie geheilt. Ihre Stimme verriet den Schmerz, der noch immer an dieser Wunde nagte. „Es tut mir leid, dass es so gekommen ist", sagte Tanja leise, als sie den Kopf etwas zur Seite neigte. „Ich hätte vieles anders machen sollen." Sie schloss für einen Moment die Augen, als wollte sie sich selbst in den Arm nehmen. „Aber jetzt ist es vielleicht zu spät."

Johannes wusste, dass ihr diese Worte nicht leichtfielen, und er hatte das Gefühl, dass Tanja längst begriffen hatte, dass der Abstand zwischen ihr und ihrer Tochter fast unüberwindbar geworden war. Doch je näher der Tod rückte, desto mehr

175

schien sich in ihr der Wunsch nach Versöhnung zu regen. Der Wunsch, noch einmal mit ihrer Tochter zu sprechen, noch einmal zu sagen, was unausgesprochen geblieben war. „Ich weiß, dass sie in Passau lebt", fuhr Tanja fort. „Aber sie hat sich nie wieder bei mir gemeldet. Und ich konnte sie auch nicht erreichen."

Es war kein Vorwurf in ihrer Stimme, eher eine resignierte Akzeptanz der Dinge. „Sonst", sagte Tanja, „sonst habe ich keine Wünsche mehr. Alles, was ich wollte, hatte ich – oder habe es in den Erinnerungen." Ihre Stimme klang fast sanft, wie jemand, der längst mit dem Leben abgeschlossen hatte, und der nun nur noch auf die Stille wartete.

Zwei Tage später kehrte er zu ihr zurück. Sie war schwächer geworden. Ihre Bewegungen waren fast nicht mehr wahrnehmbar, und sie hatte das Schwingen des Lebens verloren. Doch er kam nicht allein.

„Tanja, ich habe Ihre Tochter ausfindig machen können und ihr von Ihrem Wunsch erzählt", erklärte Johannes mit einer sanften Stimme. Ihre Tochter setzte sich ans Bett, die Hand ihrer Mutter haltend, während ein schwaches Lächeln über Tanjas Gesicht huschte. Zwei Tage später war Tanja verstorben.

Nachdenklich saß Clara auf der Bank, ihre Hände auf den Knien gefaltet. Um sie herum huschten einige Tauben, die in der milden Abendluft nach Futter suchten, während der sanfte Wind die Blätter der Bäume zum Rascheln brachte. Ihr Blick war in die Ferne gerichtet, doch ihre Gedanken kreisten immer wieder um das gleiche Thema. Ja, das wünschte sich Clara auch: Endlich wieder im Reinen zu sein mit ihrer Tochter. Doch der Weg dorthin schien lang und voller Hürden.

Johannes spürte, dass Clara noch lange mit ihren Gedanken und Gefühlen hadern würde. Es war nicht einfach, das Band zu einem geliebten Menschen wieder zu knüpfen, wenn es einmal so stark zerrissen war.

„Ich treffe mich später um zwanzig Uhr mit Felix im *Restaurante La Plaza*", sagte er schließlich, als er ihre stille Unruhe spürte. „Wenn du magst, kannst du gerne dazustoßen."

Clara dachte kurz nach, und dann war es, als hätte sie sich selbst überrascht, als sie antwortete: „Vor zwei Tagen hätte ich noch laut gesagt: Aber nicht mit einem Pastor." Ein kleines, fast unmerkliches Lächeln schlich sich auf ihr Gesicht. „Aber heute... Vielleicht komme ich später doch. Oder vielleicht bleibe ich auch einfach allein." Es war ein zögerlicher, beinahe entschuldigender Versuch, mit sich selbst ins Reine zu kommen.

Als Felix und Johannes sich im *Restaurante La Plaza* trafen, fiel die Wahl auf *Merluza a la Sidra*, einen in Sidra gegarten Köhler. Sie freuten sich darauf, sich nach einem langen Tag der Wanderung endlich wieder etwas Gutes zu gönnen.

Clara jedoch kam nicht dazu. Johannes spürte, dass sie heute anders war. Etwas in ihr war ins Wanken geraten, die Fassade, die sie so lange aufrechterhalten hatte, begann zu bröckeln. Und Johannes hatte zum ersten Mal das Gefühl, dass Clara sich selbst gegenüber ehrlich war – oder zumindest auf dem Weg dahin.

Clara lag noch lange wach in ihrem Bett, die Gedanken wirbelten durch ihren Kopf. Zum ersten Mal auf ihrer Pilgerreise hatte sie den Mut gefunden, einen Teil von sich selbst zu offenbaren – 'und dann ausgerechnet gegenüber diesem merkwürdigen Pastor', dachte sie. Aber irgendwie war es genau das, was sie in diesem Moment gebraucht hatte. Vielleicht war es der unerklärliche Zauber des Camino San Salvador, der sie zu dieser Offenheit geführt hatte.

Immer wieder blieb sie an einer einzigen Frage hängen, die ihr wie ein wiederkehrendes Echo im Kopf vorkam: Warum fiel es ihr bloß so schwer, auf Lena zuzugehen? Wie konnte es sein, dass sie, die so viele Jahre eine innige Verbundenheit geteilt hatten, nun solche Barrieren zwischen sich fühlten? Es war, als hätten sich unsichtbare Mauern zwischen ihnen aufgebaut, ohne dass sie es je gewollt hatte.

In diesem Moment, als der Schlaf sich noch nicht einstellen wollte, traf Clara einen ersten Entschluss: Nach ihrer Rückkehr würde sie Kontakt zu Lena aufnehmen. Sie würde sie in ein Café einladen, einen neutralen Ort, von dem sie sich erhoffte, dass dort das Gespräch leichter sein würde. Ein erster Schritt, eine Annäherung – ein Versuch, die Kluft zu überbrücken, die sich zwischen ihnen

aufgetan hatte. Der Gedanke an ein solches Gespräch gab ihr Trost, auch wenn er von einer tiefen
Unsicherheit begleitet war. Sie hatte keine Ahnung,
wie Lena reagieren würde. Würde sie die Einladung
überhaupt annehmen? Würde sie ihrer Mutter zuhören? Würde sie ablehnend sein? Oder würde sie
sich öffnen?

Trotz dieser Zweifel schlich sich eine merkwürdige Ruhe in ihr Herz. Der Entschluss fühlte sich
richtig an, auch wenn er noch von Angst und Ungewissheit überschattet war. Langsam fand sie den
inneren Frieden, den sie suchte. Ihre Gedanken be-
ruhigten sich, und schließlich, nach einer Weile, fiel
Clara in einen leichten, versöhnten Schlaf.

13 – Pola de Lena – Ujo

Die ersten Sonnenstrahlen fanden ihren Weg durch die löchrige Gardine in Johannes' Zimmer und fielen auf den Boden. Das sanfte Licht ließ die Staubpartikel in der Luft tanzen. In dieser Nacht hatte er besser geschlafen als zuvor, auch wenn das Gespräch mit Clara immer wieder in seinen Gedanken aufblitzte. Hätte er nach drei Tagen auf dem Pilgerweg darauf wetten sollen, ob er mit Clara ein vernünftiges Gespräch führen würde, hätte er mit Sicherheit zehn Euro dagegengesetzt. Doch wie oft konnte man sich in Menschen durchaus täuschen. In diesem Fall hatte er es wohl.

Er hörte Schritte vor der Tür und wusste, dass Felix bald zum Frühstück in die Küche kommen würde. Als er die Tür öffnete, fand er seinen neuen Freund bereits am Tisch, wo er mit besorgtem Blick auf seine Smartwatch starrte. „Mein Puls ist heute wieder deutlich höher als sonst", sagte Felix und ließ seinen linken Arm sinken. „Ich glaube, es wird gut sein, nur bis Ujo zu pilgern. Die sieben Kilometer schaffe ich, auch, weil es keine großen Höhenunterschiede geben sollte. Und schließlich habe ich den ganzen Tag Zeit", fügte er mit einem schwachen Grinsen hinzu.

Johannes nickte. Felix hatte in den letzten Tagen oft über seine Gesundheit gesprochen, und obwohl er versuchte, den optimistischen Ton zu bewahren, konnte Johannes die Sorge in seinen Augen sehen.

„Keine Eile", sagte er, „der Weg ist auch heute das Ziel."

Gegen halb zehn machten sie sich schließlich auf den Weg. Zunächst ging es ein Stück entlang der Hauptstraße, die sich durch das Land schlängelte, bevor sie den Rio Lena und die Autobahn überquerten. Dann wandten sie sich nach Nordosten und folgten einer kleinen Landstraße. Das Tempo war heute sehr gemächlich; Felix hielt immer wieder an, machte kleine Pausen, um sich nicht zu überlasten.

„Hey, schau mal, da vorne ist dein eigenes Dorf", sagte Johannes und deutete auf einen kleinen, beschaulichen Ort, als sie in San Feliz einbogen.

Felix lachte leise. „Der heilige Felix", murmelte er mit einem Augenzwinkern. „Weißt du, wer das war?"

Johannes dachte kurz nach. „Ja, ich glaube, der Felix war ein christlicher Märtyrer, der im 9. Jahrhundert in dieser Region lebte. Er setzte sich gegen die muslimische Eroberung zur Wehr und wurde für seinen Glauben verfolgt. Am Ende wurde er geköpft." Johannes machte eine kurze Pause. „Wahrscheinlich wird er uns in Oviedo wieder begegnen."

„Wahnsinn", sagte Felix nachdenklich. „Wer so weit geht, muss eine wirklich starke Überzeugung haben."

Schließlich standen sie kurz vor der kleinen, verfallenen Kirche des Dorfes und betrachteten sie schweigend. Dann setzten sie ihren Weg fort. Eine halbe Stunde später erreichten sie La Corrona, einen weiteren ruhigen Ort auf ihrem Weg.

„Jetzt verfolgt uns das Virus also schon bis nach Spanien", witzelte Felix, als sie an einer kleinen Weide vorbeigingen, auf der ein paar Schafe grasten. Johannes grinste, aber die seelischen Turbulenzen der letzten Tage waren auch in seinen Augen zu sehen.

Der Weg führte sie weiter entlang einer Landstraße, immer wieder durch kleine Abschnitte von Mischwald, bis sie schließlich die Straße verließen und auf einen schmalen Pfad trafen, der sie nahe der Autobahn entlangführte. Sie gingen bis nach El Castilín und fanden sich dann in einem dichten Laubwald wieder. Der Weg war nicht mehr ganz so geradlinig, doch der Duft von feuchtem Boden und Moos war angenehm und trug zur Ausgeglichenheit der Wanderer bei.

Als sie schließlich die Stelle erreichten, an der sich der Rio Lena mit dem Rio Aller vereinte und der Fluss sich zum mächtigen Rio Caudal ausdehnte, standen sie einen Moment still und beobachteten das Wasser. Es war ein majestätischer Anblick, der Fluss rauschte kräftig und schien den Weg selbst zu bestimmen.

„Da drüben ist Ujo", sagte Felix und deutete auf die Stadt, die nun ganz nah vor ihnen lag. Sie querten noch einmal die Autobahn und gingen ein Stück entlang des Rio Caudal, bis sie schließlich den Ort erreichten. Ujo war eine bescheidene Stadt mit etwa zweitausend Einwohnern – nicht besonders schön, aber auch nicht uninteressant.

„Schau mal, hier gibt's auch ein paar Restaurants und Pensionen", bemerkte Johannes, während sie die Hauptstraße entlanggingen.

„Ja, aber ich weiß, was du wirklich sehen willst", erwiderte Felix und schmunzelte, als Johannes in Richtung der Kirche blickte.

„Natürlich", sagte Johannes und nickte. „Die Kirche wollte ich mir nicht entgehen lassen."

Sie betraten das Zentrum von Ujo und fanden schnell die *Iglesia de Santa Eulalia*, die im 12. Jahrhundert erbaut worden sein soll. Die steinerne Kirche war schlicht, aber majestätisch, mit einem quadratischen Glockenturm und einer schweren dunklen Doppeltür.

Als sie den Innenraum betraten, empfing sie eine überraschend helle Atmosphäre. Der Raum war fast still, nur wenige andere Besucher flanierten durch das Kirchenschiff, flüsterten einander in verschiedenen Sprachen ihre Gedanken zu. Ein schwerer Leuchter hing über dem Altar, und die Buntglasfenster fingen das Licht in bunten Farben ein.

Felix und Johannes suchten sich einen Platz hinten in der Kirche und setzten sich für einen Moment. Die Stille war fast greifbar, und der Duft von altem Stein und Kerzenwachs lag in der Luft. Sie saßen eine Weile, jeder in seine Gedanken vertieft, bevor sie die Kirche wieder verließen.

„Komm, lass uns einen schattigen Platz finden", schlug Felix vor, als sie die Straße entlanggingen. „Ein Café würde jetzt guttun."

Sie fanden ein gemütliches Straßencafé und ließen sich nieder. Der Tag war noch jung. Sie bestellten etwas zu trinken und genossen die Stille des Moments, während sie die Welt um sich herum beobachteten.

Obwohl es auch hier Pensionen gab, zog es die beiden erneut in eine Pilgerherberge. In der fast asketischen Bescheidenheit einer solchen Unterkunft fühlten sie sich wohler als in einer komfortableren, aber unpersönlichen Pension. Die kargen Wände, das schlichte Mobiliar – all das erinnerte sie an den wahren Sinn ihrer Reise: den Moment des Innehaltens und der Besinnung. Doch nach einer Weile suchten sie sich ein ruhiges Plätzchen im Freien. Sie überquerten den Rio Caudal über eine schmale Fußgängerbrücke, die von der Sonne leicht beschienen wurde, und fanden sich auf der anderen Seite wieder, wo eine kleine Grünfläche mit ein paar Bänken auf sie wartete. Von dort hatte man einen wunderbaren Blick auf das beschauliche Ujo, dessen Häuser wie zerstreute Steine in die Hügel geklammert schienen. Nur das monotone Rauschen der Autobahn hinter ihnen trübte die Idylle, als stetiger Begleiter der Zivilisation.

Kaum hatten sie sich gesetzt, entdeckten sie Clara auf der anderen Seite des Flusses. Sie spazierte langsam am Ufer entlang, den Blick in die Ferne gerichtet. Als sie die beiden bemerkte, blieb sie stehen, und nach kurzem Zögern winkte sie zu ihnen hinüber. Anfangs noch distanziert, hatte sich Clara seit ihrer ersten Begegnung verändert – oder vielleicht war es die Art, wie der Camino ihre harte Schale etwas aufgeweicht hatte. Felix und Johannes winkten zurück. Clara hob die Hand und deutete mit einer Geste an, dass sie gerne über die schmale Brücke hinüberkommen würde.

Johannes sah Felix an. Eine leise Unsicherheit lag in seinem Blick – zu oft hatte Clara ihm ihre abweisende Seite gezeigt. 'Aber warum nicht', dachten beide fast gleichzeitig. Schließlich waren die Brücke und die Bank für alle da. Felix streckte die Arme aus, als wolle er ihr sagen, dass sie ruhig herüberkommen sollte.

Ein paar Minuten später stand Clara vor ihnen, den Blick fast entschuldigend. „Hallo, Jungs. Darf ich mich zu euch setzen?"

„Ausnahmsweise", antwortete Felix mit einem Lächeln. „Aber nur, wenn du gutes Benehmen zeigst. Bei guter Führung gibt es einen Gutschein für einen Cappuccino."

„Gebongt", sagte Clara und setzte sich, als wäre es das Selbstverständlichste der Welt. Dann, nach einem Moment des Schweigens, sah sie Johannes direkt an. Ihre Stimme klang plötzlich ernst, fast nachdenklich. „Ich habe dir neulich so viel über das Impfen und meine Erfahrungen mit Covid erzählt... Aber von dir weiß ich fast nichts. Wie war das bei dir? Hast du dich damals impfen lassen?"

Johannes spürte, wie die Erinnerung an das Jahr 2021 wieder lebendig wurde, die Unsicherheit, die Sorgen und Ängste, die vielen Diskussionen – all das kam plötzlich zurück. Ein Jahr voller

Fragen, politischer Spannungen und persönlicher Entscheidungen. Er atmete tief durch und ließ den Blick über das Tal schweifen, bevor er antwortete.

Es war fast wie eine Erlösung für Johannes. Endlich war der Tag gekommen, an dem er sich im Impfzentrum in Kiel gegen COVID-19 impfen lassen konnte. Der Moment, auf den er so lange gewartet hatte. Schon bald würde er seine Gemeindemitglieder nicht mehr gefährden. Wenn er erst vollständig geimpft war, konnte er sie nicht mehr anstecken – so hatte er es immer wieder aus berufenem Munde gehört, von Experten, von Virologen und Politikern, von einigen Mitgliedern der Impfkommission und von ranghohen Vertretern seiner Kirche. Alle hatten es ihm versichert, und er glaubte diesen Worten. Die Wissenschaft sprach eine klare und einheitliche Sprache, und wer sich auf sie verließ, der war auf der sicheren Seite.

In den Wochen zuvor hatte er jedoch auch immer wieder kritische Stimmen gehört. Menschen, die von angeblichen Impfschäden berichteten, von schweren Reaktionen nach der Impfung. Doch Johannes hatte an diesen Berichten seine Zweifel. Er kannte die Stimmen, die versuchten, die Angst zu schüren, und er glaubte nicht, dass diese wenigen Ausnahmen die überwältigende Mehrheit der positiven Erfahrungen mit der Impfung in den Schatten stellen konnten. Die verantwortlichen Experten, die führenden Politiker, die Vertreter der Ethik – sie konnten sich doch nicht alle irren. Nein, er war sicher, dass er der 'Vernunft' folgte.

186

Also machte er sich keine großen Gedanken und war froh über die beiden Impftermine, die ihm nun bevorstanden. Johannes spürte eine Art Erleichterung, als er sich endlich zum ersten Termin auf den Stuhl im Impfzentrum setzte, während die Impfärztin mit einer schnellen, geübten Bewegung die Nadel in seinen Oberarm setzte. Ein kurzer Schmerz, und dann war es schon vorbei.

Es dauerte jedoch nicht lange, bis die erste Reaktion einsetzte. Nach der ersten Injektion bekam Johannes leichtes Fieber und fühlte sich für zwei Tage ziemlich schlapp. Es war unangenehm, aber nicht besorgniserregend. „Das gehört dazu", hatte die Ärztin ihm versichert, „das ist völlig normal." Also schonte er sich, trank viel Tee und legte sich hin. Es würde vorübergehen, das wusste er. Und so war es auch.

Auf die zweite Dosis reagierte er jedoch deutlich stärker. Drei Tage lang hatte er hohes Fieber und fühlte sich völlig ausgelaugt. Es war mehr als nur unangenehm – er fühlte sich regelrecht elend. Doch auch diesmal erklärte ihm die Ärztin ruhig, dass das eben 'normal' sei. „Das kann mal passieren", hatte sie gesagt, „aber es geht schnell vorbei." Johannes blieb eine Woche zu Hause und erholte sich. Der Körper brauchte Zeit, um sich mit dem Impfstoff auseinanderzusetzen, und Johannes wusste, dass dies ein notwendiger Schritt war.

Doch dann, endlich, nach dieser anstrengenden Woche, war es geschafft. Ab Anfang Mai konnte Johannes wieder seinen gewohnten Aufgaben nachgehen. Er galt jetzt als vollständig geimpft und fühlte sich plötzlich viel sicherer und freier. Endlich konnte er seine Gemeindemitglieder wieder persönlich aufsuchen, ohne Angst haben zu müssen, sie möglicherweise zu gefährden. Er hatte keine Sorge mehr, sie anzustecken. Ein gutes Gefühl, das ihn durchströmte, als er wieder die vertrauten Türen seiner Gemeinde öffnete. Er war bereit, für sie da zu sein, und diesmal wusste er: Er war sicher, sie vor einer Ansteckung zu schützen.

„Das kann ich gut verstehen, das war sehr verantwortungsvoll von dir", sagte Clara mit einem nachdenklichen Blick. „So hätte ich an deiner Stelle auch gehandelt." Johannes war verwirrt. Clara, die ihn doch bisher oft kritisiert und seine Entscheidungen hinterfragt hatte, zeigte ihm jetzt sogar Zustimmung. Hatte sie ihre Meinung ihm gegenüber geändert?

„Ja, so habe ich es damals auch empfunden", ergänzte Johannes. „Nur, dass es leider nicht so einfach war. Es stellte sich heraus, dass es nicht stimmte, mit dem Schutz vor einer Infektion. Drei Wochen nach der Impfung hatte ich selbst Covid und lag eine ganze Woche im Bett. Es war nicht so schlimm, eher wie eine mittelschwere Grippe. Aber ich frage mich, ob ich in dieser Zeit vielleicht trotzdem einige Gemeindemitglieder angesteckt habe."

„Tja, wer weiß", sagte Felix, der sich nun ebenfalls in das Gespräch einmischte.

„Und wie war das bei dir, Felix?" Clara schaute nun zu ihm, als wolle sie mehr über seine Erfahrungen hören.

Felix zuckte mit den Schultern. „Ich habe mich auch 2021 impfen lassen, ohne groß nachzudenken. Aber, wie du sagst, Johannes: Drei Monate nach der Impfung hatte ich Covid – und zwar ziemlich heftig. Meine Kumpels hatte es weniger erwischt. Aber mein Hausarzt meinte damals, dass die Impfung gut war, weil es mich sonst noch härter getroffen hätte."

„Warum ist dir das eigentlich so wichtig?" Felix schaute Clara an, als wollte er mehr verstehen.

Clara setzte sich aufrechter und blickte ernst. „Weil ich es damals als gesellschaftliche Pflicht empfunden habe, sich impfen zu lassen. Die Ungeimpften wollten offensichtlich keinen Beitrag leisten, ihre Mitmenschen zu schützen. Ich fand das damals schon ziemlich asozial – und ich finde es heute immer noch so."

Da war sie wieder, die Clara, die keine Angst hatte, klare Worte zu finden. Die eindeutige, unmissverständliche Meinung, die sie immer wieder zur Sprache brachte.

„Wären wir vorhin mal durch 'La Influenza' gepilgert und nicht durch 'La Corrona'," sagte sie dann, um das Gespräch wieder aufzulockern. Ein vorsichtiges Lächeln huschte über ihre Lippen. Die anderen beiden lachten laut los, es war ein befreiender Moment. „Ja, oder durch 'La Pesta' oder 'La Lepra'," fügte Felix mit einem Grinsen hinzu, und nun

mussten wirklich alle lachen. Die Schwere der Gespräche löste sich ein Stück weit.

„Habt ihr denn schon das gefunden, was ihr euch
vom Camino erhofft habt?" Johannes stellte die
Frage, die für jeden von ihnen auf der zweiten Hälfte
des Weges in der Luft hing.

Clara sah gedankenverloren auf den Fluss, als
sie antwortete: „Nein, noch nicht. Aber der Weg ist
ja noch nicht zu Ende." Sie schüttelte den Kopf, als
würde sie selbst nicht ganz verstehen, was sie
meinte.

„Und du, Felix?" Johannes sah ihn erwartungs-
voll an.

„Auch nein", sagte Felix nach einem Moment des
Nachdenkens. „Aber ich bin auf dem Weg dorthin.
Ich weiß nur noch nicht, was mich erwartet. Aber
ich habe immer noch die Hoffnung, dass sich meine
Hoffnung erfüllt. Falls ich den Weg überhaupt bis
Oviedo schaffe."

„Wie, falls du den Weg schaffst?" Clara wurde
plötzlich hellhörig und sah ihn mit ernster Miene
an.

„Mein Herz will manchmal nicht so wie ich", erklärte Felix langsam. „Selbst hier, auf diesem Weg,
hatte ich an einer Stelle gesundheitliche Probleme.
Die konnte ich nur mit meinen Notfallmedikamen-
ten in den Griff bekommen. Und dank Johannes,
der mir zur Seite stand, als ich schon bewusstlos
geworden war."

Clara starrte Johannes an, als würde sie ihn in
einem neuen Licht sehen. Hatte sie sich vielleicht

in ihm getäuscht? Es war schon ein menschlicher Zug, einem anderen Pilger zu helfen, auch wenn man diesen Weg doch für sich selbst gehen wollte. 'Ein wenig wie der barmherzige Samariter', dachte sie bei sich.

„Ist es bei dir auch das Herz?", fragte Felix leise, als er von Claras gesundheitlichen Problemen hörte.

Clara hielt einen Moment inne. Sie wusste, dass sie jetzt etwas Persönliches preisgeben musste, doch die Gelegenheit schien günstig. Vielleicht, weil sie wusste, dass sie Felix und Johannes nie wieder sehen würde.

„Nein", sagte sie schließlich und setzte an, ihre Stimme war leise. „Es war nicht das Herz. Ich war 2020 schwer krank, Covid, mit Beatmung und so. Das war das eine. Im Frühjahr 2021 ließ ich mich sicherheitshalber noch impfen, wie es empfohlen wurde. Doch ein paar Wochen später hatte ich nochmal Covid – aber diesmal ganz anders. Ich litt unter wochenlanger starker Müdigkeit und einem Schwächegefühl, das mich fast in den Wahnsinn trieb. Ich konnte kaum vor die Tür gehen. Es war eine furchtbare Zeit. Aber ich habe mich zurückgekämpft, Woche für Woche. Schritt für Schritt bin ich wieder ins Leben zurückgekehrt. Und irgendwann konnte ich wieder längere Strecken spazieren gehen. Es war ein ständiges Auf und Ab, aber am Ende gab es mehr Auf als Ab."

Felix schwieg nachdenklich und sah sie einen Moment lang an. „Und wie ist es bei dir, Johannes?

Hast du schon das gefunden, was du dir erhofft hast?"

Nun war Johannes derjenige, der die Aufmerksamkeit auf sich zog. Er dachte einen Moment nach, bevor er ruhig antwortete: „Ich habe einen Teil davon gefunden. Doch ich hoffe, noch deutlich mehr zu finden."

Es war ein stiller Moment, fast magisch. Sie waren drei Fremde, die sich durch Zufall auf diesem Camino zusammenfanden und plötzlich Dinge miteinander teilten, die sie sonst vielleicht nie ausgesprochen hätten.

„Drei Schnecken auf dem Weg nach Oviedo", sagte Clara plötzlich mit einem nachdenklichen Lächeln. Die anderen beiden mussten prustend lachen, jeder von ihnen hatte sein eigenes Bild von diesen 'Schnecken' im Kopf. „Ja, treffender kann man es kaum sagen", stimmte Felix zu.

„Ich habe gehört, dass es hier ein charmantes kleines Restaurant gibt, das für seine gegrillten Speisen bekannt ist", sagte Felix nach einer Weile. „Wie wäre es, wenn wir uns dort später um acht Uhr treffen?"

Sein Vorschlag überraschte die beiden anderen, doch es gab sofort Zustimmung.

Nach der Schwere der Gespräche am Fluss wurde das Abendessen im *Restaurante La Xata* ein fröhliches und entspanntes Beisammensein. Es war ein Abend voller Lachen, als jeder ein paar Anekdoten aus seinem eigenen Leben erzählte – Momente, die die Last der vergangenen Stunden auflösten und eine neue Verbindung zwischen den drei Pilgern schufen.

14 – Ujo – Lloreo

Clara hatte zum ersten Mal seit langer Zeit wieder einen erholsamen Schlaf. Die Last ihrer Vergangenheit schien sich für einen Augenblick von ihr zu lösen, wie ein bodennaher Winternebel, der sich im Wind verflüchtigte. Die Gesellschaft mit den beiden 'Pilgerschnecken' auf der Bank am Rio Caudal und im gemütlichen *Restaurante La Xata* hatten ihr gutgetan. Es war einer dieser seltenen Tage, an denen sie erwachte und ein unerwarteter Gedanke durch ihren Kopf schoss: 'Das Leben ist schön'. Der Gedanke fühlte sich beinahe fremd an – zu lange war es her, dass er ihre Wahrnehmung prägte.

Voller Freude ließ sie die Erinnerungen an den gestrigen Tag Revue passieren. Gestern hatte sie endlich einmal eine unbeschwerte Zeit mit Johannes und Felix verbracht. Und sie hatte beschlossen, wieder mit ihrer Tochter in Kontakt zu treten. Ein kleiner, aber bedeutender Schritt, der sie für den Moment etwas hoffnungsvoller stimmte.

Doch als sie sich langsam aus dem Bett schälte und das Tageslicht durch das Fenster fiel, wurde ihr bewusst, dass der Weg von heute sie erneut herausfordern würde. Eine längere Etappe stand heute an – eine Strecke, die lang genug war, um sie wieder an ihre Grenzen zu führen. Zum Glück gab es kaum Höhenunterschiede zu überwinden, und in ihrer Pension hatte sie sogar eine Dusche auf dem

Zimmer. Ein wahrer Luxus auf diesem Camino, den sie sich gönnte.

Früher als sonst machte sie sich auf den Weg. Sie wollte den Tag beginnen, bevor die Sonne zu heiß wurde, und besorgte sich frisches Brot und Käse. Doch kaum hatte sie die ersten Schritte gemacht, merkte sie sofort, dass etwas nicht stimmte. Ihre Beine fühlten sich schwer an, schwächer als in den vergangenen Tagen. Ein vertrautes Gefühl von Kraftlosigkeit, das sie so gut kannte. Fast schon panisch flüsterte ihre Gedanken in den klaren asturischen Himmel: 'Bitte nicht hier, und bitte nicht noch einmal'.

Mit jedem Schritt wuchs die Gewissheit, dass ihre Belastbarkeit heute ziemlich niedrig war. Sie hatte sich längst daran gewöhnt, dass ihre Tage nicht immer gleich waren, dass das Pilgern in Wellen verläuft. Doch warum gerade heute, an diesem scheinbar so glücklichen Tag? Hatte sie nicht gestern erst eine angenehme Zeit mit Johannes und Felix verbracht? Hatte sie nicht den Beschluss gefasst, den Dialog mit Lena wieder aufzunehmen? Warum jetzt, warum heute?

Das Gefühl, vom Schicksal ungerecht behandelt zu werden, kroch in ihr hoch, und ihre Laune verschlechterte sich schlagartig.

Sie setzte ihren Weg fort, noch langsamer als an den anderen Tagen, und machte immer wieder Pausen. Es schien ihr fast unmöglich, die Strecke heute zu bewältigen. Sollte sie abbrechen? Einen Tag

Pause machen? Die Gedanken wirbelten in ihrem Kopf.

Der Weg entlang des Rio Caudal war eigentlich schön. Das Plätschern des Flusses begleitete sie, während sie das linke Ufer entlangging. Auf der gegenüberliegenden Seite war die Autobahn sichtbar, der Verkehr jedoch weit genug entfernt, dass sie ihn kaum hörte. Es gab kaum Steigungen – die Strecke ging flussabwärts. Doch trotz dieser angenehmen Umstände fühlte sie sich, als würde sie nur bergauf gehen.

„Guten Morgen, Clara", hörte sie plötzlich zwei freundliche Stimmen. Johannes und Felix liefen neben ihr. „Auch guten Morgen", murmelte sie, ihre Stimme kaum mehr als ein Grummeln.

„Alles okay bei dir?" Johannes blickte besorgt zu ihr.

„Nein", antwortete Clara, „überhaupt nicht."

Das war nicht mehr die Clara, mit der sie gestern Abend noch gelacht hatten. Sie konnte es selbst fühlen, sie konnte die Veränderung an sich selbst wahrnehmen.

„Was ist los?" Felix fragte vorsichtig.

„Ich fühle mich heute so schwach wie noch nie auf dieser Tour. Die Kräfte sind fast weg, jeder Schritt tut weh. Vielleicht ist es euer gutes Karma von gestern." Clara biss diese Worte heraus, und ihre Stimme hatte einen scharfen Unterton.

Johannes und Felix warfen sich einen verwirrten Blick zu. So hatte Clara sich von Anfang an dargestellt: verbittert, zynisch, eine kranke Frau, die sich in ihrem eigenen Kummer einrichtete.

„Was meinst du damit", fragte Johannes vorsichtig.

„Vielleicht habe ich zu viel Zeit in Kirchen verbracht", schnaubte Clara zurück. Der Zorn blubberte in ihr hoch, und schon war sie wieder die alte. So schnell konnte es gehen.

„Weißt du, Clara, wenn du heute wieder so drauf bist wie zu Beginn, macht es uns keinen Spaß, mit dir zu gehen", sagte Felix, sein Ton versuchte, zu einer gewissen Freundlichkeit zurückzufinden. „Es wäre besser, wenn wir uns nicht gegenseitig anstecken mit deiner schlechten Laune."

„Dann geh doch", sagte Clara kühl.

„Ja, das werde ich. Aber weißt du, Clara, du bist nicht die Einzige, die eine Last auf ihren Schultern trägt auf diesem Weg. Aber du bist die Einzige, die andere Pilger so schlecht behandelt. Um es mit deinen eigenen Worten zu sagen: Du bist ein unausstehlicher Stinkstiefel."

Clara starrte ihn mit einem Blick an, der ihm zeigte, dass er nicht ungestraft davonkam. Ihre Reaktion war so scharf wie ein Messer.

„Verpiss dich", schnitt sie ihm das Wort ab. „Und den Gutschein für den Cappuccino kannst du dir sonst wo hinstecken."

Inzwischen waren mehrere Pilger an ihnen vorbeigegangen, einige warfen verstohlene Blicke auf das Trio, das so offensichtlich mit negativer Energie aufgeladen war. Sie beschlossen schnell, ihren Weg fortzusetzen.

„Was ist mit dir, Johannes? Ich will jedenfalls nicht in der Nähe dieser Gifthexe laufen. Kommst du mit?" Felix schnaufte, offenbar genervt.

Johannes zögerte. Er hatte Felix schon einmal geholfen, als dieser ihn um Unterstützung gebeten hatte, doch Clara wollte offensichtlich allein sein. Er blickte noch einmal zu Clara, die wie in sich zusammengesunken wirkte. Sie hatte sich abgewandt, als wolle sie die Welt nicht mehr sehen. Doch Johannes wusste: Auch wenn Clara heute nicht mehr die Frau von gestern war, gab es tief in ihr immer noch die Möglichkeit der Veränderung. Nur musste sie selbst bereit sein, diese zuzulassen. Und ob sie es heute tat, war ungewiss.

In diesem Moment dachte er an die junge Frau, die er während seines Vikariats im Hospiz betreut hatte, und an die Gespräche mit ihr, die ihn über die vielen Jahre hinweg noch immer beschäftigten.

Sie hieß Anna, eine 15-jährige junge Frau, die an unheilbarer Leukämie erkrankt war. Ihre Krankheit hatte sie stark ausgezehrt, doch in ihren Augen brannte immer noch ein Funken Leben. Zwei Jahre hatte sie gekämpft, und trotz allem, was sie durchgemacht hatte, schien ihr Lebenswille ungebrochen. Doch jetzt lag sie dort, in einem Zimmer, in dem kaum jemand Zutritt hatte, weil sie einen multiresistenten Keim in der Nase und auf der Haut trug. Dieser durfte auf keinen Fall auf andere Patienten der Klinik übertragen werden. Johannes kannte die Risiken, doch gerade, weil Anna so gemieden wurde, wollte er für sie da sein. Also zog er Schutzkleidung an und betrat das Zimmer.

„Hallo, Anna. Ich heiße Johannes und mache ein Praktikum als Vikar hier in der Klinik. Darf ich mich für einen Moment zu dir setzen?"

„Klar", sagte Anna mit einem schüchternen Lächeln, „Es kommt ja kaum noch jemand. Meine Freundinnen aus der Schule haben Angst wegen dem Keim. Jetzt kommen nur noch meine Eltern."

Johannes betrachtete sie. Ihre Haare waren fast ganz ausgefallen, ihr Gesicht war von blauen Flecken gezeichnet, und die Haut war dünn wie Pergament. Es war schwer, sie so zu sehen, aber er zwang sich, nicht wegzusehen. Er wollte ihr beistehen.

„Wie geht es dir damit, dass dein Leben wohl bald enden wird?"

„Es geht", antwortete sie mit einem resignierten Lächeln. „Ich komme damit klar. Aber meine Eltern... die haben es, glaube ich, schwerer als ich. Wahrscheinlich brauchen sie eher Hilfe als ich."

Johannes schmunzelte, doch es war kein fröhliches Lächeln. Es war unnatürlich, dass ein Kind seine Eltern überlebte. „Hast du Angst vor dem Tod?", fragte er weiter.

„Nein", antwortete sie ruhig. „Ich habe mehr Angst davor, zu leiden, wenn ich die Schwelle überschreite. Aber hier in der Klinik fühle ich mich gut aufgehoben. Ich hoffe, es wird nicht zu schlimm."

Johannes nickte verstehend und fragte dann: „Glaubst du an Gott?"

Für einen Moment wurde Anna still, als würde sie über diese Frage nachdenken. „Ja, so ein bisschen", sagte sie dann leise. „Ich glaube nicht an die Kirche oder so, aber in den letzten Wochen habe ich öfter mal gebetet. Nicht für mich, aber für meine Eltern."

„Das ist schön, dass du das gemacht hast", antwortete Johannes sanft.

Sie sprachen noch eine Weile über Annas Leben, und dann verließ er das Zimmer. Draußen warteten Annas Eltern. Sie wollten das Gespräch nicht stören. Johannes sah Anna nie wieder – sie verstarb einige Tage später. Doch in den Tagen nach ihrem Tod suchten ihre Eltern Johannes auf. Es war Annas Wunsch gewesen, dass sie mit Johannes sprechen, und Anna hatten ihren Eltern gesagt, dass es ihr gutgetan hatte. „Ein toller Pastor", hatte sie gesagt. Deshalb wurde Johannes auch zur Beisetzung eingeladen, an der er gerne teilnahm, um der Familie beizustehen.

Anna hatte Johannes tief berührt. Ihre Geschichte und ihre Offenheit, sich ihm zu zeigen, hatten in ihm zu dem Entschluss geführt, immer für die Menschen da zu sein, auch wenn es manchmal ein Risiko bedeutete. Denn in solchen Momenten, in denen Menschen am Rande des Lebens standen, konnte Zuwendung und Nähe einen Unterschied machen. Und genau das wollte er sein: ein Mensch, der nicht wegschaute, sondern präsent war, auch in den dunkelsten Stunden.

Ja, Johannes hatte in dieser Situation einmal mehr gezeigt, wie wichtig es ihm war, für andere Menschen da zu sein. Auch wenn Clara heute eine kaum erträgliche Laune hatte, wollte er ihr zumindest anbieten, sie zu begleiten – auf seine Art.

„Clara, ich glaube, heute wäre es vielleicht besser für dich, wenn du nicht allein gehst", sagte er leise, fast nachdenklich.

„Keinesfalls will ich mit dir zusammen gehen, vergiss es", entgegnete Clara scharf, ohne ihn anzusehen.

Johannes blieb ruhig. „Wir müssen nicht zusammen gehen. Wir können hintereinander gehen und die ganze Zeit schweigen, wenn dir das lieber ist. Aber falls doch irgendetwas mit dir ist, wärst du nicht allein."

„Alleine bin ich ohnehin", brummte sie. „Alle sind weg. Andreas, Lena, meine beste Freundin Simone. Es macht keinen Unterschied. Geh mit Felix und lass mich in Frieden."

Felix, der inzwischen die Geduld zu verlieren schien, warf einen genervten Blick auf Clara. „Können wir jetzt endlich los? Du siehst doch, sie ist ein hoffnungsloser Fall."

Doch Felix' Worte trafen Johannes auf eine Art, die er nicht erwartet hatte. 'Hoffnungslose Fälle' – diese Vorstellung passte nicht zu seiner Weltanschauung. Für ihn gab es keine hoffnungslosen Fälle, nicht wirklich.

„Felix, hast du heute viel Zeit?", fragte Johannes plötzlich, mit einem fast nachdenklichen Unterton.

„Ja, ich nehme immer noch die Medikamente, mir wird ein ruhiger Weg entgegenkommen", antwortete Felix, mehr aus Gewohnheit als mit wirklichem Interesse an der Antwort.

„Dann habe ich einen Vorschlag", sagte Johannes und wandte sich wieder Clara zu. „Die Leitschnecke ist Clara, sie geht vor, allein. Wir sagen kein Wort zu ihr, folgen einfach in mindestens fünfzehn Metern Abstand, auch wenn wir erst um acht Uhr abends im Ziel ankommen. Keine Ablenkung. Kein Gespräch. Wenn irgendetwas ist, sind wir da – aber in aller Stille."

Clara drehte sich kurz zu ihm um, ihr Blick hatte etwas Bedrohliches, aber sie sagte nichts. Sie schnaubte nur und murmelte: „Macht, was ihr wollt, aber lasst mich in Ruhe."

„Na also, dann haben wir doch eine Lösung", sagte Johannes ruhig. Felix schüttelte ungläubig den Kopf, doch er sagte nichts mehr. Es war offensichtlich, dass Clara sich nicht darauf einlassen wollte, aber Johannes hatte diesen Plan.

Während die beiden mit Abstand hinter Clara hergingen, setzte sie ihren Weg fort. Langsam, sehr langsam, mit einem Gangbild, das von jedem, der sie sah, unweigerlich bemerkt wurde. Ihre Bewegungen waren auffällig – nicht nur durch die Langsamkeit, sondern auch durch die Art, wie sie versuchte, einen Schritt nach dem anderen zu machen. Als ob der Boden unter ihren Füßen sie eher aufforderte, innezuhalten, als weiterzugehen.

Johannes und Felix folgten ihr mit Abstand. Es war der Beginn eines weiteren, schwierigen Pilgertages.

Der Weg schlängelte sich weiter entlang des Flusses, bis sie den Bahnhof von Santuyano erreichten. Felix und Johannes gingen mit gebührendem Abstand und beobachteten Clara, als sie vor dem Bahnhofsgebäude stehen blieb. Würde sie einfach in den nächsten Zug steigen und ihre Reise abrupt beenden? Das würden sie ihr zutrauen, sogar ohne sich von ihnen zu verabschieden. Doch Clara entschied sich anders. Nach einer kurzen Rast setzte sie ihren Weg fort.

Weiter ging es nach Norden, stets das Ufer des Flusses entlang. Es war ein ruhiger, gleichmäßiger Marsch. „Ich weiß echt nicht, was in dich gefahren ist", brach Felix schließlich das Schweigen und wandte sich an Johannes. „Diese Clara geht mir langsam richtig auf die Nerven. Ein guter Tag pro Woche von ihr reicht mir nicht. Soll sie doch sehen, wie sie klarkommt."

„Aber so stört es doch nicht, wenn sie vor uns herschleicht", antwortete Johannes ruhig. „Lass sie doch einfach. Sie wird schon wieder zu sich finden."

Gegen Mittag erreichten sie Mieres del Camín. Die Stadt mit ihren dreiundzwanzigtausend Einwohnern lag auf der anderen Seite des Flusses und empfing sie mit einer unüberhörbaren Mischung aus Lärm. Das Geknatter der Mopeds, das Hupen der Autos, die lauten Rufe der Menschen – all das war alles andere als der Ort der Besinnung, den sie suchten. Der Lärm der Stadt schien sie zu erdrücken. Selbst die sicher sehenswerten Kirchen und historischen Gebäude dieser Stadt vermochten nicht genug Neugier zu wecken, dass die Pilger sich ins Gewühl der Stadt begaben.

Am Ufer des Flusses setzte sich Clara auf eine Bank. Sie holte ein Stück Brot und Käse aus ihrem Rucksack und trank einen Schluck aus ihrer Wasserflasche. Johannes und Felix taten es ihr gleich, auf einer Begrenzungsmauer in gutem Abstand. Es war erstaunlich: Clara hatte bislang nicht ein einziges Mal hinter sich geschaut. Sie zog ihr Ding tatsächlich durch – sie ging weiter, allein.

Die Landschaft um sie herum war nicht mehr die unberührte Natur, die sie in den Bergen erlebt hatten. Die gewohnte Stille war einem moderneren, urbaneren Umfeld gewichen. Doch auch dieses Wegstück gehörte zum Camino, auch wenn es weniger magisch war als die Natur, durch die sie zuvor gezogen waren.

'Wie langsam sind wir eigentlich geworden', fragte sich Felix mehr als einmal. 'Schnecken wären hier noch schneller', dachte er. Doch das langsame Tempo tat ihm und seinem angeschlagenen Herzen irgendwie gut.

Der Weg führte weiter, immer am Fluss entlang. Kurz darauf bog der Pfad mit dem Fluss nach Nordwesten und verlief nun direkt entlang der Eisenbahngleise. Bald erreichten sie El Barrio Pachón.

Hier schlängelte sich der Weg durch den grünen Rand des Dorfes. Doch Clara wurde immer langsamer. War sie überhaupt noch in der Lage, diesen Weg fortzusetzen? Elf Kilometer hatte sie bereits geschafft, und das in ihrem schlechten Zustand.

Gegen siebzehn Uhr erreichten sie das kleine Dorf Lloreo. Hier gab es nicht viel zu sehen, außer der kleinen *Iglesia de San Pedro*. Clara setzte sich auf die niedrige Grenzmauer der Kirche und sank fast in sich zusammen. Sie war völlig entkräftet. Ihr Körper schien sich gegen die Anstrengung zu wehren. Eine Pilgerherberge? Weit und breit nicht zu sehen.

Johannes und Felix kamen näher. Johannes schaute sie besorgt an. „Du siehst ziemlich erschöpft aus", sagte er leise.

„Gut erkannt, du Medizingenie", erwiderte Clara, ihre Stimme kaum mehr als ein Hauch.

Johannes ignorierte den spitzen Ton und nickte. „Ich werde jetzt den Dorfpastor suchen und sehen, ob wir irgendwo unterkommen können."

Felix blieb bei Clara. Sie war fast zu schwach, um noch zu reden. Ihre Worte kamen stockend, der Körper schien jede weitere Anstrengung zu vermeiden. Zwanzig Minuten später kam Johannes zurück. „Ich habe eine Privatunterkunft bekommen. Wir können dort alle übernachten."

„Wie hast du das geschafft?" Felix klang fast ungläubig.

„Ich habe an jedem Haus geklingelt oder geklopft und gefragt, ob jemand ein Zimmer für uns hat. Ein älteres Paar hat mir dann die Zimmer ihrer Kinder angeboten – sie sind längst ausgezogen." Johannes zuckte mit den Schultern. „Ich habe ihnen auch gesagt, dass ich ein Pastor bin. Hier in der Region kommt das gut an, besonders bei älteren Leuten. Sie fühlen sich wohl damit."

Clara hatte kaum mitbekommen, was sie gesagt hatten. „Clara", begann Johannes, „ich habe ein Zimmer für dich gefunden. Es sind nur fünf Minuten zu Fuß, zwei Straßen weiter. Du kannst dich dort hinlegen und ausruhen. Sag uns einfach Bescheid, wenn du bereit bist."

Clara war für einen Moment still, dann hob sie ihren Blick. „Wir können los", sagte sie schließlich. „Und danke, Johannes."

Die Worte waren zwar knapp, aber sie waren das erste freundliche Wort des Tages. Es war ein kleiner Schritt nach vorne, ein Hauch von Dankbarkeit, der trotz ihrer Erschöpfung durchkam. Vielleicht gab es doch noch Hoffnung.

Johannes führte sie zum ersten Zimmer im Haus. Sie machte keine Anstalten, ein anderes zu wählen. Die Tür schloss sich hinter ihr. „Bis morgen", hörte Johannes noch ihre leise Stimme.

Felix sah Johannes an, als er sich setzte. „Na, das war ja mal ein Abgang", sagte er. „Aber du hast wohl recht. Weiter hätte sie es heute wirklich nicht mehr geschafft."

„Ich denke auch", erwiderte Johannes, der den ganzen Tag über Clara nachgedacht hatte. „Aber sie wird ihren Frieden noch finden. Irgendwann."

„Nun, und jetzt komme ich noch meinem großen Interesse nach. Kommst du mit?" Johannes stand auf und klopfte Felix auf die Schulter.

„Klar", antwortete Felix. „Hier gibt es ja sonst nichts zu sehen. Vielleicht gibt's ja Freibier in der Kirche?"

Johannes schmunzelte. „Wer weiß. Lassen wir uns überraschen. Treffen wir uns in einer halben Stunde vor dem Haus."

Die beiden machten sich auf den Weg zur *Iglesia de San Pedro*. Die Kirche war klein und unspektakulär. Keine Pilger weit und breit. Der winzige, dunkle Kirchenraum gehörte ganz ihnen.

Am Abend, als Johannes in seinem Zimmer lag und über den Tag nachdachte, gingen ihm die emotionalen Schwankungen von Clara immer noch nicht aus dem Kopf. Etwas, da war er sich sicher, hatte sie noch nicht ausgesprochen. Aber was? Er hoffte nur, dass sie in den letzten Etappen des Weges mit sich selbst ins Reine kommen würde.

15 – Lloreo – Olloniego

Es war still in Lloreo, als Clara ihre Augen öffnete.
Ihr Fenster war angekippt, und der zarte Klang von
Vögeln, die in den Bäumen zwitscherten, drang in
das Zimmer. Sie schloss für einen Moment die Augen, versuchte, den Nebel des letzten Tages zu vertreiben. War das, was gestern passiert war, wirklich
geschehen? Oder hatte sie all das nur geträumt?
Wo war sie überhaupt? Ihre Blicke schweiften
durch das Zimmer – es war spärlich eingerichtet,
aber dennoch irgendwie gemütlich. Sie sah ein Tri-
kot des FC Barcelona an der Wand, und dann
wurde ihr schlagartig klar: Sie war in einem Ju-
gendzimmer, in einem kleinen Dorf in Asturien.
Langsam begann sie, ihre Gedanken zu sortieren,
und die Erinnerungen an den gestrigen Tag drängten sich zurück. Sie hatte offenbar elf Stunden geschlafen.

Der erste Gedanke, der ihr durch den Kopf
schoss, war: konnte sie gestern wirklich den ganzen
Tag unterwegs gewesen sein? Es fühlte sich an wie
ein langer Albtraum, aber dann spürte sie, wie ihre
Beine sich stärker anfühlten als noch gestern in der
Frühe. Ein gutes Zeichen. Doch die wahre Bewäh-
rungsprobe stand noch bevor. Auf dem Weg, der vor
ihr lag, würde es eine deutliche Steigung geben, das
hatte sie gestern schon gesehen. Aber im Moment
waren ihre Beine zumindest nicht mehr so schwach
wie am Vortag.

Sie ging bedächtig auf den Flur und suchte das Badezimmer. Zum Glück stand die Tür einen Spalt weit offen, und so war sie sich sicher, dass es sich um das Badezimmer handelte. Auf dem kurzen Weg dorthin spürte sie, wie ihr Körper auf das vertraute Gefühl des 'Wiederaufstehens' reagierte. Ihre Füße setzten sich fester auf den Boden, die Gelenke schmerzten weniger als noch am Vorabend. Sie versuchte, sich ein Bild von gestern zu machen. Wie war das eigentlich alles abgelaufen? Ihre Gedanken waren ein wenig verschwommen. War sie allein unterwegs gewesen? Ja, das erinnerte sie. Andere Pilger hatte sie nicht in Erinnerung. Und war sie in einem normalen Tempo gegangen? Nein, ganz sicher nicht. Es war, als hätte sie die ganze Etappe in Zeitlupe durchlebt. Doch wie war sie eigentlich hierhergekommen? Ein vages Bild von Johannes tauchte auf, aber an mehr konnte sie sich nicht erinnern, bis sie plötzlich den Duft von frisch gebrühtem Kaffee roch.

Als sie zurück in ihrem Zimmer war, klopfte es an der Tür. Clara öffnete die Tür, eine ältere Dame stand auf der Schwelle und lächelte freundlich. „Buenos días. Un café?" Clara konnte nur noch mit einem Nicken antworten. Ein Kaffee würde ihr jetzt wirklich guttun. Die Dame führte sie mit einem herzlichen Lächeln in ihr Wohnzimmer, wo eine Thermoskanne mit dampfendem Kaffee auf sie wartete. „Por favor", sagte die Frau und deutete auf die Tassen, den Zucker und die Milch. „Gracias", antwortete Clara, nahm eine Tasse und goss sich den

Kaffee ein. Auf dem Tisch lag ein Zettel, auf dem stand: „Frühstück 9 Uhr". Es war erst acht Uhr. Clara warf noch einen Blick auf die Uhr, dann entschloss sie sich, noch etwas Zeit für sich zu nehmen. Sie ging zurück in ihr Zimmer.

Wieder am Fenster, blickte sie hinaus und ließ die Gedanken schweifen. Fast wie in Trance. Was war das für ein seltsamer Tag gestern gewesen! Sie hatte nicht nur körperlich, sondern auch seelisch viel durchgemacht. Sie schnaufte einmal tief durch, packte dann ihren Rucksack und machte sich bereit, bald nach dem Frühstück aufzubrechen.

Kurz nach neun Uhr traf sie wieder im Frühstücksraum ein. Felix und Johannes hatten bereits Platz genommen. „Guten Morgen", sagte sie, und beide begrüßten sie mit einem höflichen, aber distanziertem „Guten Morgen, Clara". Johannes blickte sie prüfend an. „Wie geht es dir heute? Du hattest ja gestern offenbar einen ziemlich harten Tag."

„Es geht besser", antwortete Clara und spürte, wie sich die Anspannung langsam löste.

Felix stutzte. Keine Ironie, keine Häme, keine boshaften Bemerkungen. Es musste ihr wirklich besser gehen. „Ich habe mir zwischendurch Sorgen gemacht", sagte Johannes. „Du hast so wenig Kraft gehabt. Wie ist es heute?"

„Erstmal okay", antwortete Clara, und auch Felix schien einen Moment erleichtert. „Setz dich doch zu uns", sagte Johannes.

Felix hätte zwar lieber alleine mit Johannes gefrühstückt, doch er ließ Clara schließlich dazu kommen. Sie setzte sich und schaute auf ihren Kaffee. „Willst du heute wieder allein unterwegs sein?", fragte Felix nach einer Weile.

Clara zögerte. Dann fragte sie stattdessen: „War ich gestern wirklich so furchtbar? Ich meine, ich war irgendwie nicht bei mir. Es tut mir leid, wenn ich euch damit verärgert habe."

„Es war schon ziemlich heftig", antwortete Felix ehrlich. „Du warst wie ein Kaktus, der alles von sich weghält." Clara lachte kurz, dann schaute sie Johannes an. „War es für dich auch so schlimm?"

Johannes nickte. „Ja, du warst die pure Pest." Er sagte es ohne Scham, aber auch ohne Spott. Es war die Wahrheit, und es war gut, diese Worte endlich auszusprechen.

Die drei saßen eine Weile schweigend am Tisch, die ältere Dame kam noch einmal vorbei, schaute hinein und fragte freundlich: „¿Todo está bien?" Felix hob den Daumen. „Sí." Clara nickte zustimmend.

Dann antwortete Clara auf Felix Frage. „Ich fühle mich heute besser", sagte sie nach einer Weile. „Aber da kommt noch eine Steigung. Keine Ahnung, wie ich das überstehen werde. Wahrscheinlich bin ich dankbar, wenn ihr einfach hinter mir herschleicht. Ihr wisst schon, drei Schnecken auf dem Camino."

Felix und Johannes hatten längst eigene Gedanken über den Tag gemacht. „Klar, das machen wir so", sagte Johannes und biss in ein Panchos. „Treffen wir uns in zwanzig Minuten?"

„Ja, machen wir", antwortete Clara und stand auf.

Als sie schließlich aufbrachen, war der Himmel immer noch bewölkt, und ein frischer Westwind wehte ihnen entgegen. Johannes warf einen letzten Blick auf die *Iglesia San Pedro*, dann gingen sie ein Stück der Landstraße entlang, überquerten den Rio Caudal und bogen schließlich nach links ab, um wieder auf einen Wanderweg zu gelangen. Clara ging mit leichtem Abstand voraus. Ihre Schritte waren nicht mehr so unbeholfen wie am Vortag. Langsam, aber stetig, stieg der Weg an. Sie erreichten schließlich nach fast zwei Stunden den höchsten Punkt der Etappe, etwa 430 Meter hoch. Der Himmel war immer noch grau, der Wind blies ihnen leicht ins Gesicht.

„Wie geht's dir, falls die Frage heute erlaubt ist?", fragte Johannes, grinste und setzte sich neben Clara, die sich auf dem Boden niedergelassen hatte, um durchzuatmen. Felix setzte sich ebenfalls dazu.

„Ich bin dankbar, dass es heute besser geht", sagte Clara, und alle drei sahen in das Tal vor ihnen, das sich unter ihnen ausbreitete, mit den Häusern, der Industrie und dem Rio Caudal, der sich schlängelnd durch die Landschaft zog.

„Jungs, tut mir leid wegen gestern", sagte Clara plötzlich. „Ich habe einfach meinen ganzen Frust an euch abgeladen."

„Schon okay", sagte Johannes. „Aber worüber warst du so frustriert? Über deine Erschöpfung?"

„Ja, im Grunde schon. Immer wieder erinnere ich mich an die Zeiten, als ich mit Andreas gewandert bin. Da wäre ich locker an euch Schnecken vorbeigezogen." Clara erschrak ein wenig über ihre eigenen Worte und versuchte dann, sich zu erklären: „Ich hoffe, ihr versteht, was ich meine."

„Klar", sagte Felix und nickte. Johannes schaute sie nachdenklich an. „Weißt du, das ist eine gute Gelegenheit, dir etwas aus meiner Vergangenheit zu erzählen. Etwas, das dir vielleicht hilft, das alles zu verstehen."

„Erzähl", sagte Clara, neugierig. Johannes setzte sich aufrechter hin und begann, von seinen ersten Erfahrungen als Pastor zu berichten.

Im Jahr 2012 schloss Johannes sein Theologiestudium an der Universität Kiel ab. Es war ein langer Weg gewesen, und der Abschluss fühlte sich wie ein Wendepunkt in seinem Leben an. Direkt im Anschluss übernahm er für zwei Jahre die Stelle als Vikar an der Kirche in Kronshagen. Während dieser Zeit unterrichtete er die Konfirmanden, war in der Seelsorge seiner Gemeinde aktiv und hielt regelmäßig Gottesdienste. Als junger Vikar hatte er jedoch mit einer gewissen Skepsis und Distanz zu kämpfen, besonders von den älteren Gemeindemitgliedern, die sich oft einen erfahreneren Pastor wünschten. Die Konfirmanden hingegen waren begeistert von seinem frischen, offenen Ansatz und seiner Energie.

Nach den zwei Jahren in Kronshagen übernahm er die erste eigene Stelle als Pastor in der kleinen Gemeinde in Ottendorf. Er kannte die Gegend kaum und war gespannt, wie die Menschen dort auf ihn reagieren würden, besonders als Nachfolger des sehr beliebten Pastor Lange, der die Gemeinde viele Jahre lang geführt hatte. Doch die Überraschung ließ nicht lange auf sich warten: Die Gemeinde hatte ein großes Willkommensfest für ihn organisiert, bei dem nicht nur sein Vorgänger, sondern auch viele Diakone und langjährige Mitglieder der Gemeinde anwesend waren. Es war ein herzliches Willkommen, das ihm den Einstieg in das neue Leben als Pastor erheblich erleichterte.

Johannes merkte schnell, dass die Gemeinde in Ottendorf vor allem aus älteren Gemeindemitgliedern bestand. Das spiegelte sich nicht nur in den Gottesdiensten wider, sondern auch im Mitgliederverzeichnis. Jüngere Menschen hatten sich aus verschiedenen Gründen immer mehr von der Kirche entfernt, und es war keine leichte Aufgabe, sie zurückzugewinnen. Johannes wusste, dass er diesen Prozess nicht über Nacht ändern konnte, aber er verspürte den festen Wunsch, für die Menschen da zu sein, die noch kamen. Er wollte der Gemeinde ein offenes Ohr und einen Ort der Geborgenheit bieten, wo jeder willkommen war – auch, wenn er nur eine kleine, eingeschworene Gruppe von älteren Menschen antraf.

Im ersten Jahr lernte Johannes ein besonders eindrucksvolles Gemeindemitglied kennen: Frau Becker, 76 Jahre alt, eine Person von starker Präsenz und dennoch von einer tieferen, fast zerbrechlichen Ruhe. Sie lebte mit ihrem Mann, den Johannes nie gesehen hatte, in einer kleinen Wohnung. Frau Becker kam stets alleine in den Gottesdienst. Eines Tages, nach dem Gottesdienst, bat sie ihn um einen persönlichen Besuch. Sie hatte ihn ein paar Mal nach dem Gottesdienst angesprochen, aber heute war es ernst. Sie bat um seine Hilfe.

Neugierig und etwas besorgt, was der Grund für ihren Wunsch sein könnte, stimmte Johannes zu und machte sich auf den Weg. Als er bei ihr klingelte, öffnete Frau Becker ihm die Tür mit einem schüchternen, aber freundlichen Lächeln. Der typische Geruch einer älteren Wohnung empfing ihn: etwas muffig, ein Hauch von Urin – ein Geruch, den er mittlerweile kannte, der aber auch eine unheimliche Schwere mit sich brachte. „Herr Pastor, schön, dass Sie gekommen sind. Bitte treten Sie ein", sagte sie und führte ihn ins Wohnzimmer.

Die Wohnung war ein Zeitzeugnis aus den siebziger Jahren: eine alte Couch, die schon bessere Tage gesehen hatte, eine massive Schrankwand, die nichts von dem modernen Stil wusste, den Johannes aus den letzten Jahren kannte. Doch der Blick fiel schnell auf etwas anderes: Ein Pflegebett stand mitten im Raum, und darin lag ein Mann, der vermutlich Herr Becker war. Seine Augen waren halb geschlossen, und die Züge seines Gesichts verrieten das Fortschreiten seiner Krankheit.

„Das ist Bertram, mein Mann", sagte Frau Becker leise. Ihre Stimme klang sanft, fast zärtlich, als sie ihn ansah. „Er hat zunehmend Demenz und eine unheilbare Nervenkrankheit. Seit fünf Monaten wird er hier gepflegt, aber der ambulante Pflegedienst hat mir letzte Woche gesagt, dass er bald in ein Heim muss. Es geht hier einfach nicht mehr."

Johannes hörte zu und nickte verständnisvoll, während er sich neben das Bett setzte. Er sah Bertram an, der sich kaum bewegte. „Ich habe furchtbare Angst", fuhr Frau Becker fort, „vor dem Tag, an dem ich meinen Bertram nicht mehr zuhause habe." Ihre Augen füllten sich mit Tränen, die sie hastig mit der Hand wegwischte, als wäre sie entschlossen, ihre Gefühle zu verbergen.

Johannes schwieg. Es gab nichts, was er sofort sagen konnte, das in diesem Moment hätte trösten können. Manchmal ist Stille das größte Geschenk, das man jemandem machen kann. Er ließ sie einfach ihre Sorgen aussprechen. Sie fuhr fort: „Nicht nur, dass ich dann allein wäre. Nein, ich fühle mich so, als würde ich meinen Bertram verraten. Ihn in ein Heim zu bringen, fühlt sich an, als würde ich ihn im Stich lassen."

Johannes nahm ihre Hand und schaute sie mitfühlend an. Er spürte, wie tief ihre Angst saß, und wusste, dass er ihr nicht nur mit Worten helfen konnte. „Frau Becker", sagte er ruhig, „ich verstehe, dass dieser Schritt sehr schwer für Sie ist. Aber Sie sollten wissen, dass Sie Ihrem Mann damit nicht schaden. Im Heim wird er die Pflege bekommen, die er braucht. Es ist keine Aufgabe mehr, die zu Hause noch vom Pflegedienst bewältigt werden kann."

Er nahm sich viel Zeit, um mit ihr zu sprechen, ihre Sorgen zu hören, ihre Ängste zu teilen. Es war nicht einfach, sie zu überzeugen, aber nach vielen geäußerten Gedanken stimmte sie schließlich zu, dass Bertram in ein Pflegeheim kommen sollte. Gemeinsam besuchten sie das Heim, in dem er untergebracht werden würde. Die Pflegedienstleiterin zeigte ihr die Station, stellte sie den Pflegern vor, und Frau Becker konnte sehen, wie gut Bertram dort hoffentlich betreut werden würde. Sie hatte jetzt mehr Sicherheit, dass er in guten Händen sein sollte, auch wenn der Schmerz des Abschieds nie ganz verschwinden würde.

„Es tut weh, ihn gehen zu lassen", sagte sie, als sie das Heim verließ. „Aber ich fühle mich jetzt nicht mehr so, als würde ich ihn verraten. Vielleicht ist das der richtige Weg für uns beide."

Der Trennungsschmerz blieb, aber die Angst vor der Veränderung hatte sich deutlich gelegt. Frau Becker wusste, dass es nicht nur um ihre eigenen Ängste ging, sondern um das Wohl ihres Mannes. Und sie wusste jetzt, dass sie ihn nicht weniger liebte, weil sie ihn in ein Heim gab. Johannes konnte spüren, wie sich in ihr eine kleine Last von den Schultern löste.

Clara und Felix blieben eine Weile still und ließen die Worte von Johannes auf sich wirken. Die Gedanken, die er in den Raum geworfen hatte, hingen noch in der Luft. Clara spürte schnell, was Johannes ihr damit sagen wollte. Es war das Thema des Loslassens – ein Thema, das sie in den letzten Monaten immer wieder beschäftigt hatte. Für sie ging es vor allem um das Hadern mit der Tatsache, dass sie nicht mehr das tun konnte, was sie früher zu leisten im Stande gewesen war.

„Du meinst, ich sollte mein altes Leben und das ständige Hadern über mein jetziges Leben endlich loslassen", fragte sie, unsicher, ob sie die richtige Schlussfolgerung gezogen hatte.

„Ja, im Grunde schon", antwortete Johannes ruhig. „Du vergleichst immer wieder dein Jetzt mit dem Damals. Du wirst wütend und traurig, wenn du darüber nachdenkst, was dir heute nicht mehr möglich ist. Doch jedes Mal raubst du dir damit nur Energie. Und jedes Mal spürst du den Verlust – und zwar sehr intensiv. Dabei kannst du noch so einiges, Clara. Die letzten Tage haben das gezeigt. Verdränge deine Vergangenheit nicht, aber lass sie los. Versöhne dich mit ihr. Das Loslassen wird schmerzhaft sein, das weiß ich. Aber ich bin überzeugt, dass es dir danach besser gehen wird. Zumindest seelisch."

Clara starrte nachdenklich in die Ferne, als sie diesen Worten nachhing. Es fiel ihr schwer, das zu glauben, aber irgendwie schien Johannes recht zu haben. Felix, der aufmerksam zuhörte, war ebenfalls betroffen. Auch er hatte eine ähnliche Lebenssituation erlebt, die ihm das Leben, das er sich gewünscht hatte, unmöglich machte. Konnte es wirklich so einfach sein, sich mit der eigenen Vergangenheit zu versöhnen?

„Ein Gedanke noch", ergänzte Johannes, seine Stimme durchdrang die Stille. „Ich bin ziemlich sicher, dass dein Gespräch mit Lena dir leichter fallen wird, wenn du dich vorher mit dir selbst versöhnt hast. Lena wird das spüren. Und vielleicht solltest du dann auch wieder Kontakt mit Simone aufnehmen. Das wäre doch auch langsam an der Zeit, oder?"

Clara seufzte. Natürlich, dachte sie, Simone... Sie vermisste die Freundschaft zu ihr so sehr. Sollte sie nicht den ersten Schritt wagen? Schließlich war sie es immer gewesen, die Simone abgewiesen hatte, wann immer die Gelegenheit dazu kam.

„Amen", sagte Felix mit einem breiten Grinsen, während Clara noch in ihren Gedanken versunken war. Die Atmosphäre lockerte sich ein wenig.

„Sollen wir mal wieder los?", fragte Felix und stand auf, bereit, den Weg fortzusetzen.

Es war kein Thema mehr, ob Clara alleine weitergehen wollte oder sollte, sie gingen jetzt erst einmal alle zusammen. Es ging leicht bergab nach Nordosten, bis sie eine Landstraße erreichten. Sie folgten ihr nach Osten, überquerten erneut die Autobahn und erreichten bald El Padrún und kurz darauf

Casares. Von dort führte der Wanderweg nach Norden, vorbei an dichten Laubwäldern und noch zwei weiteren Überquerungen der Autobahn, bis sie schließlich Olloniego erreichten – eine kleine Stadt mit etwa eintausend Einwohnern, direkt an der Autobahn. Obwohl es nur sieben Kilometer gewesen waren, hatte Clara genug für heute. Sie spürte, dass es Zeit war, sich auszuruhen und über all das nachzudenken, was sie in den letzten Tagen erlebt und heute gehört hatte.

Wie gewohnt, suchte Johannes die Kirche des Ortes auf – die *Iglesia Parroquial de San Pelayo*. Es war eine eher modern anmutende Kirche, beige-gelb verputzt, und mit sichtbaren Schäden an der Fassade, die von der Zeit und den Elementen zeugten. Johannes trat ehrfürchtig ein, ließ den Raum auf sich wirken, und die Stille schien ihn förmlich zu umarmen. Felix und Clara hingegen hatten anderes im Sinn. Sie wollten sich die Umgebung ansehen und eine Unterkunft für die Nacht finden – ein Novum auf dieser Etappe, dass Clara eine Unterkunft für andere suchen wollte. Bisher hatte sie immer nur für sich gesucht.

Johannes blieb fast zwei Stunden in der Kirche. Währenddessen hatte sich Clara in ihrem Zimmer in der Pilgerherberge zur Ruhe gelegt, um sich von der Anstrengung des Tages zu erholen. Felix hingegen streifte durch den Ort und besichtigte die Ruine des mittelalterlichen Dorfes. Hier hielt er inne und dachte nach – über den Weg, den er bis hierher gegangen war, über die Menschen, die er getroffen hatte. Und über sich selbst.

Johannes' Gedanken wanderten in eine ähnliche Richtung. Über zwei Jahre hatte er nun mit sich und seiner Lebensaufgabe gehadert. Er hatte oft von Menschen geträumt, die er nicht mehr aufgesucht hatte, obwohl er ihnen eigentlich helfen wollte. Aber hier, auf diesem Weg, hatte sich vieles verändert. Er war Felix zur Seite gestanden, und er hatte selbst Clara geholfen – trotz ihrer kratzbürstigen Art. Wenn er die letzten Tage Revue passieren ließ, hatte er das Gefühl, im zwischenmenschlichen Bereich wieder deutlich näher an seinen Idealen zu sein. Das gab ihm Frieden.

Aber was, wenn er in einer ähnlichen Situation auf einmal gegen die politischen oder kirchlichen Vorgaben handeln müsste, um seine Ideale zu leben? Was, wenn ihm verboten würde, den Bedürftigen beizustehen?

Er dachte an Dietrich Bonhoeffer, der als Theologe im Widerstand gegen den Nationalsozialismus aufstand und bereit war, dafür alles zu riskieren – sogar sein Leben. Bonhoeffer hatte seine persönlichen Überzeugungen nie aufgegeben, egal wie drückend der politische Druck war. Johannes spürte eine tiefe Bewunderung für diesen Mut. Der Nationalsozialismus und eine Pandemie waren natürlich nicht vergleichbar, das war ihm völlig klar. Aber die Grundfrage blieb: Was würde er tun, wenn es notwendig wäre, gegen die Strömung zu schwimmen, um seiner eigenen Überzeugung treu zu bleiben?

Als er sich in der Kirche umblickte, spürte er plötzlich einen Moment der Klarheit. Er hatte das Gefühl, sich mit seiner Vergangenheit versöhnt zu haben – mit all den Fehlern, Zweifeln und inneren Kämpfen. Es war, als könnte er eine Last ablegen. Es war ein besonderer Moment, als ob er von etwas Schwerem befreit wurde.

Johannes suchte eine Kerze, um sie anzuzünden, doch in dieser Kirche gab es keine. Es wäre der perfekte Moment gewesen, ein Licht zu entfachen – ein symbolisches Zeichen für die Versöhnung. Aber der Augenblick war auch so vollständig.

Als er die Kirche verließ, saß Felix bereits auf einer Bank vor dem Gebäude und blickte in die Ferne. „Ich dachte schon, der einsame Pilger kommt gar nicht mehr heraus", scherzte er, als er Johannes sah.

„Doch, ich bin da. Lust auf einen Kaffee?", antwortete Johannes, ein Lächeln auf den Lippen.

„Ja, gerne. Ich habe dort hinten ein Straßencafé entdeckt."

Kaum hatte er das gesagt, kam Clara auf sie zu. „Hallo Jungs, ich habe Zimmer für uns gefunden. Wollt ihr eure Sachen zuerst ablegen?"

Die Pilgerherberge lag am Ortsrand, einfach, aber einladend. Sie kannten die Standardausstattung inzwischen. Ohne viel Aufhebens legten sie ihre Rucksäcke ab und machten sich auf, das Café zu finden.

Die Gespräche am Tisch waren anders als in den letzten Tagen. Eine ungewohnte Wärme und

Offenheit durchzogen die Worte der drei Pilger, und Clara bemerkte, wie sich eine Leichtigkeit in die Unterhaltung schlich. Etwas, womit niemand mehr gerechnet hatte, war jetzt doch spürbar geworden: Ein Hauch von Hoffnung und Versöhnung.

Johannes hatte sich zwischendurch noch eine kleine Kerze gekauft, die er später in seinem Zimmer anzünden wollte. Als sich der Tag dem Ende neigte, gingen alle auf ihre Zimmer. Aber heute war etwas in Bewegung geraten, das vielleicht noch weiterwachsen konnte. Es war ein Moment, der dieser vorletzten Etappe etwas Besonderes verlieh.

16 – Olloniego – Oviedo

Schemenhaft konnte Johannes Felix in einer Gruppe erkennen, er stand etwas am Rand. „Da bist du", hörte er eine vertraute Stimme sagen. Was sollte das? Johannes schaute genauer hin. Neben Felix standen mehrere Personen, einige von ihnen kannte er. Da war eine Sopranistin aus dem Kirchenchor. Sie sang leise, fast flüsternd: „Wo warst du?" Was ging hier vor?

Plötzlich entdeckte er Clara. „Da bist du", sagte sie, ihre Stimme klang warm, aber irgendwie auch seltsam entfernt. Was machte Clara in seinem Chor? Und da war noch jemand – war das nicht Frau Becker aus seiner Gemeinde? Ja, das war sie, stand am Bett ihres Mannes Bertram. Sie sah Johannes an, und auch sie sagte mit sanfter, beruhigender Stimme: „Da bist du." Und dann – ein plötzlicher, lauter Klang: die Spülung eines Klos.

Verflixt, es war wieder ein Traum, dachte Johannes sofort. Doch dieses Mal war es anders. Die Stimmen, die ihm immer wieder mit der Frage 'Wo bist du?' begegnet waren, hatten sich verändert. Er hörte viel mehr Stimmen mit den Worten: 'Da bist du'. Es war ein Fortschritt, ein Gefühl der Erleichterung. Ja, er war auf einem guten Weg.

Es war fast acht Uhr, als Johannes aus seinem Zimmer trat und in die Küche ging. Clara und Felix saßen schon dort, der Kaffee dampfte in den

Tassen. „Na, verpennt?", fragte Felix mit einem breiten Grinsen.

„Es scheint so", antwortete Johannes und setzte sich. „Aber es war tatsächlich die erste Nacht auf der Pilgertour, in der ich wirklich zur Ruhe gefunden habe."

„Krass, freut mich für dich", sagte Felix, während er sich eine Scheibe Brot nahm.

„Und du? Hast du gut geschlafen?"

Clara antwortete zuerst: „Ja, mehr als zehn Stunden. Mein Körper braucht diese lange Ruhephase, das habe ich mittlerweile akzeptiert." Sie trank einen Schluck Kaffee, und Felix fügte dann nachdenklich hinzu: „Wie wird es wohl weitergehen? Meint ihr, wir schaffen es heute bis Oviedo?"

„Ich hoffe", sagte Clara. „Ich will es auf jeden Fall versuchen." Sie lächelte, als sie Johannes ansah.

„Was haltet ihr davon, wenn wir diese Etappe zusammen als kleines Schneckentrio laufen?", fragte Felix.

Es war unerwartet, aber irgendwie passte es. Für Clara und Johannes fühlte sich die Idee gut an. „Machen wir", sagte Clara. „Am Anfang hätte ich das nie gedacht, aber jetzt... irgendwie scheint es genau richtig zu sein." 'Du bist doch kein so übler Schurke, Johannes', dachte sie bei sich.

Gegen neun Uhr brachen die drei auf. Die Spätsommersonne strahlte vom Himmel, und der Weg vor ihnen schien sich in sanften Wellen zu verlieren. Wie wird es wohl sein, wenn sie ihr geographisches Ziel erreichen? Würden sie einfach so auseinandergehen? Oder sich schon vor Oviedo aufteilen?

Sie verließen Olloniego auf der Landstraße in nördlicher Richtung und bogen bald darauf nach links in einen schmalen Weg ein. Kurz darauf liefen sie parallel zum Rio Nalón. Doch die Straße war unüberhörbar, und immer wieder drangen dumpfe Motorengeräusche durch die Stille. Der Fluss, mit seinem stetigen Rauschen, dämpfte jedoch die Lautstärke der Zivilisation.

Nach einer Weile führte ihr Weg wieder auf der Landstraße weiter, bis sie schließlich das kleine Dorf El Portalgo erreichten. Hier verließen sie die Hauptstraße und stiegen langsam, aber stetig einen gut gepflegten Wanderweg hinauf, der sich sanft nach Norden zog. Es wurde wenig gesprochen – vor allem Clara hielt sich zurück und konzentrierte sich darauf, ihre Kräfte gut einzuteilen. Immer wieder legte sie kurze Pausen ein, um ihre Kräfte zu dosieren und sich nicht zu überanstrengen.

Etwa eine halbe Stunde später erreichten sie eine weitere Straße, der sie für eine kurze Strecke folgten, bevor sie nach rechts abbogen, um erneut einen Wanderweg einzuschlagen. Dieser führte sie teilweise durch einen Laubwald, wo die Bäume eine angenehme Kühle spendeten. Der Schatten der dichten Baumkronen war eine willkommene Erleichterung nach der letzten Strecke, die sie in der prallen Sonne zurückgelegt hatten.

Als sie das winzige Dorf Picullanza erreichten, ließen sie die Straße hinter sich und wanderten nach links, weiter durch weite, grüne und bunt blühende Wiesen. Der Weg führte sie leicht bergab, und sie genossen die Aussicht: sanfte Hügel, die sich in der Ferne erhoben, und der weite, ungestörte Blick auf die Natur.

„Felix, von dir habe ich bisher kaum etwas gehört", begann Clara das Gespräch. „Jetzt, wo wir schon so offen miteinander sprechen, was hat dich eigentlich hierhergeführt?"

Felix zögerte einen Moment. Die anderen beiden hatten schon viel über sich erzählt, und irgendwie fühlte er sich verpflichtet, nun etwas von sich preiszugeben. Doch der Schmerz, der in ihm lastete, machte es schwer, die richtigen Worte zu finden.

„Sagen wir es so", begann er schließlich, „ich bin auf dem Camino, um meinen Weg zu suchen."

„Was heißt das denn?", fragte Clara neugierig.

Felix blickte nachdenklich auf den Boden. Die Leichtigkeit des Morgens schien plötzlich wie weggeblasen, ersetzt durch den schweren Gedanken an sein Ziel, das er vielleicht nie erreichen würde.

„Ich habe ein krankes Herz", sagte er bedächtig. „Und ich tue mich wahnsinnig schwer, es zu akzeptieren. Ich kann vieles von dem, was ich immer tun wollte, nicht mehr tun. Und trotzdem hoffe ich immer noch auf eine Besserung. Ich will meine Pläne nicht einfach aufgeben."

Clara hörte aufmerksam zu. „Ich verstehe dich so gut, Felix. Mir geht es auf eine Weise auch so. Es gibt Momente, da kann ich auch einfach nicht glauben, was mir passiert ist. Es fühlt sich an, als hätte ich mein Leben aus den Händen gegeben."

Felix machte eine kurze Pause. „Und ich hadere besonders mit mir selbst, weil ich es vielleicht hätte verhindern können. Ich habe es also irgendwie selbst vermasselt."

„Wie meinst du das? Hast du dein Herz irgendwie selbst beschädigt? Drogen oder so etwas?" Clara fragte forsch, aber die Neugier war in ihrer Stimme nicht zu überhören.

Felix schüttelte den Kopf. „Nein, es war etwas anderes."

„Was denn?", bohrte Clara nach.

Er atmete tief durch, unsicher, ob er wirklich so offen sein sollte. Doch die Stille zwischen ihnen drängte ihn weiter. „Es war die Coronaimpfung. Sie hat mein Herz angegriffen."

Clara starrte ihn an, als hätte er gerade etwas Ungeheuerliches gesagt. „Was? Das kann nicht sein. Die Impfungen sind doch sicher, die Ärzte haben immer wieder betont, wie gut verträglich sie sind. Da muss eine andere Ursache dahinterstecken, Felix. Irgendwelche Viren oder Gifte. Du solltest das unbedingt weiter untersuchen lassen."

„Das habe ich schon, Clara. Ich war bei tausend Ärzten, habe alle Tests gemacht. Es war die Impfung", erklärte Felix ruhig.

„Du redest doch Quatsch", erwiderte Clara mit einem leichten Zucken der Augenbrauen. „Das haben dir doch die Impfgegner eingeredet. Was du beschreibst, ist doch nicht möglich."

Felix konnte das Zögern in ihrer Stimme hören. Es war ein Zweifel, den sie sich selbst nicht eingestehen wollte. Doch er blieb bei seiner Version. „Kann ja sein, dass du mir das nicht glauben kannst oder willst. Aber die Befunde ändern sich deswegen nicht."

Clara schwieg, nachdenklich. Sie hatte ihn nie als einen dieser 'Impfkritiker' wahrgenommen, die sie in den letzten Jahren so häufig in sozialen Medien getroffen hatte. Doch je länger sie über Felix' Worte nachdachte, desto mehr wuchs der Zweifel in ihr. Konnte es wirklich sein, dass eine Impfung so weitreichende Folgen hatte? Und wenn das stimmte, hatte dann Lena vielleicht doch recht?

„Erzähl mir mehr, Felix", sagte Clara schließlich, ihre Stimme jetzt ein wenig weicher. „Wie war das damals? Ich will es zumindest hören, egal, was ich am Ende daraus mache."

Im April 2021 hatte Felix endlich einen Termin für seine COVID-19-Impfung. In der allgemeinärztlichen Praxis vor Ort wurden Sonderschichten gefahren, um der enormen Nachfrage gerecht zu werden. Zusätzlich zur regulären Sprechstunde hatte man eine Impfsprechstunde eingerichtet, die an zwei Abenden pro Woche stattfand. Felix hatte sich die Einverständniserklärung schon lange vorab aus dem Internet heruntergeladen. Er kannte die Risiken, die dort in knappen Worten beschrieben wurden, und war sich sicher, dass er gut vorbereitet war. Bisher hatte er alle Impfungen problemlos überstanden, und sein Immunsystem schien gut darauf anzuspringen. Seine Zuversicht war unerschütterlich.

Die erste Dosis hatte er ohne größere Beschwerden überstanden. Ein leichtes Fieber am Abend – nichts, worüber er sich sorgen musste. Wenn das die einzige Nebenwirkung war, konnte er sehr gut damit leben. Doch nach der zweiten Impfung sollte alles anders werden.

Diesmal waren es nicht nur die üblichen Gliederschmerzen oder ein paar Kopfschmerzen. Felix erwachte in der Nacht mit hohem Fieber, einem rasenden Herzschlag und einem dumpfen Schmerz auf der linken Seite seines Brustkorbs. Zuerst dachte er, es sei einfach eine Verstärkung der ersten Nebenwirkungen. Er blieb im Bett, trank viel Wasser und hoffte, dass es am nächsten Morgen besser sein würde. Doch als er am folgenden Tag aufwachte, war das Fieber immer noch hoch, und die Schmerzen waren sogar etwas stärker. Und sein Herz stolperte. Immer wieder ein unregelmäßiges, ruckartiges Gefühl in der Brust, das er nicht einordnen konnte.

Er rief sofort seinen Sanitäter-Kollegen Tom von der Bergrettung an und schilderte ihm die Symptome. Toms Stimme war ruhig, aber bestimmt. „Nimm das nicht auf die leichte Schulter. Ich komme sofort vorbei."

Felix versuchte, sich zu beruhigen, aber als Tom wenige Minuten später in der Tür stand, konnte er den besorgten Blick in dessen Augen nicht übersehen. „Du fühlst dich heiß an", stellte Tom fest, während er Felix' Puls fühlte. „Und das Herz... das schlägt viel zu schnell und unregelmäßig. Ich bringe dich in die Klinik. Das ist mir zu riskant, wenn du hierbleibst."

Felix nickte stumm. Die Worte hatten etwas Bestimmtes in sich, das er nicht ignorieren konnte. Er fühlte sich plötzlich sehr hilflos und verwundbar.

Weniger als eine halbe Stunde später fand sich Felix in der Notaufnahme wieder. Der Arzt schloss ihn sofort an einen Herzmonitor an, und während eine Krankenschwester Blutproben abnahm, einige davon als Notfallproben, konnte er kaum die Angst unterdrücken, die sich in seiner Brust zusammenzog. Die Ungewissheit nagte an ihm. Was war mit ihm los?

„Wir bringen Sie auf die Überwachungsstation", sagte der diensthabende Notarzt mit einem ernsten Blick. „Wir vermuten, dass Sie eine Herzmuskelentzündung haben. Der Schweregrad ist zu hoch, um Sie auf einer Normalstation zu behandeln." Felix nickte nur. Die Worte fühlten sich an wie ein Schlag ins Gesicht, aber er wusste, dass er keine Wahl hatte.

Die nächsten zehn Tage verbrachte er auf der Überwachungsstation. Das Fieber ging langsam zurück, aber es wurde durch eine bleierne Müdigkeit ersetzt, die ihn quälte. Jeder Schritt fühlte sich wie eine kleine Ewigkeit an. Wenn er nur das Badezimmer erreichen wollte, kam er außer Atem, als hätte er einen Marathon hinter sich. Das kannte er nicht. Als leidenschaftlicher Ausdauersportler hatte er sich immer für belastbar gehalten, konnte problemlos lange Strecken laufen, ohne auch nur ein leichtes Keuchen zu verspüren. Doch nun schien jeder Schritt ein unüberwindbares Hindernis zu sein. Was war nur mit seinem Körper geschehen? Was, wenn er nie wieder die gleiche Ausdauer zurückerlangen würde?

Marie, seine Freundin, durfte zweimal kurz zu ihm. Sie war eine der wenigen, die nicht versuchten, ihn mit platten aufmunternden Worten zu trösten. Sie blieb einfach still an seiner Seite, hielt seine Hand und schaute ihn mit einem Blick an, der mehr sagte als tausend Worte. Sorge, aber auch Liebe. Viele seiner Kollegen von der Bergwacht wären ebenso zu Besuch gekommen, doch das Krankenhaus wies sie zurück. Deshalb brachten sie ihre guten Wünsche auf anderen Wegen zu ihm und versuchten, ihm Mut zu machen. In den Gesprächen mit dem Personal klang immer wieder eine unterschwellige Angst durch – die Angst, dass Felix nie wieder so fit und stark sein könnte wie vor zwei Monaten. Diese Unsicherheit lastete schwer auf ihm, und er konnte sie nicht abschütteln.

Weder Johannes noch Clara hatten ein Wort gesagt, während Felix seine Geschichte erzählt hatte. Sie gingen einfach langsam weiter, jeder in seinen Gedanken versunken. Clara hatte zum ersten Mal mit einem Menschen gesprochen, der einen schweren Impfschaden erlitten hatte, und sie hatte ihm aufmerksam zugehört. Sie hatte keinen Zweifel daran, dass Felix die Wahrheit sagte. Sie hatte ihn ja selbst gesehen, mit all den körperlichen Einschränkungen, die er nun trug.

In der nächsten halben Stunde wurde kaum gesprochen. Clara war noch immer in ihren eigenen widersprüchlichen Gedanken gefangen. Konnte es wirklich so schwere Impfkomplikationen geben, besonders bei jungen Menschen? Lena hatte von Todesfällen nach der Impfung gesprochen – Todesfälle, die sie damals nicht glauben konnte. Doch sie, Clara, die Covid-Patientin, hatte all das bestritten, sich auf die offiziellen Aussagen verlassen und Lena gedrängt, sich impfen zu lassen. Sie hatte geglaubt, dass diese Impfung keine relevanten Nebenwirkungen haben würde. Doch jetzt, nach Felix' Erzählung, schien dieser Grundsatz zu bröckeln.

„Und du bist dir sicher, dass der Herzschaden von der Impfung kommt?", fragte Clara schließlich.

„Ja, ganz sicher. Diese Art von Herzschaden ist inzwischen eine anerkannte Nebenwirkung der Impfung. Du kannst das nachlesen – sogar auf dem Beipackzettel."

„Passiert das also öfter?"

„Ja, es sind inzwischen viele Fälle bekannt, besonders in meiner Altersgruppe. Wenn ich achtzig Jahre alt werden sollte, fehlen mir etwa sechzig gesunde Lebensjahre. Und wie sieht es bei dir aus?"

Clara zögerte mit der Antwort. „Wenn ich achtzig Jahre alt werde, fehlen mir ein paar weniger gesunde Lebensjahre als dir, denke ich." Auf einmal wurde ihr bewusst, dass ihr eigener Zustand natürlich nicht gut war. Doch Felix' Schicksal erschien ihr noch viel gravierender.

„Ist das heilbar?"

„Nein."

„Wird dein Leben dadurch kürzer sein?"

„Ziemlich sicher ja."

Felix hatte sich das immer so erklärt: Jedes Herz hat eine bestimmte Anzahl an Herzschlägen, bevor es seinen Dienst quittiert – wie eine Pumpe, die irgendwann einfach nicht mehr kann. Als junger Erwachsener hatte er nun schon deutlich mehr seiner Herzschläge verbraucht, und ihm war klar, dass es Konsequenzen für das restliche Leben haben musste. Doch vielleicht war diese Erklärung auch zu naiv. Vielleicht war das Leben und seine Herzschläge nicht so einfach hochzurechnen, wie er es sich vorgestellt hatte.

Ein seltsames, schweres Schweigen legte sich über das Gespräch. Clara stockte, als sie schließlich mit belegter Stimme sagte: „Es tut mir leid, Felix." Sie war tatsächlich tief berührt von seiner Geschichte.

„Deshalb versuche ich auf dem Camino, meinen Weg zu finden, um mit dieser Situation besser klarzukommen. Und so komisch es klingen mag: das Schneckentrio hat mir Anstöße gegeben. Durch Johannes, der über das Loslassen gepredigt hat. Sorry, Johannes, aber so kam es mir vor. Es war aber eine gute Predigt. Und durch dich, Clara. Ich hatte den Eindruck, dass du mehr mit deinem

Leben haderst als ich. Und du scheinst einen Weg zu finden, der dir zu einer Versöhnung mit dir selbst hilft. Ein interessanter Weg, den ich wahrscheinlich auch versuchen werden zu gehen."

„Wie, willst du mir allen Ernstes sagen, dass du von mir, der übel gelaunten Zicke, etwas lernen konntest?"

„Ja. Ich habe mehr von der nachdenklichen Clara gelernt als von der abweisenden."

„Da laufe ich Tag für Tag wie ein Kaktus durch Nordspanien, mit nur wenigen Ausnahmen, und dann gibt es da jemanden, der von mir lernt? Unfassbar. Das wird mir zuhause niemand glauben, das ist sicher."

„Siehst du, Clara, das ist die Magie des Caminos", fügte Johannes hinzu.

Nachdem sie San Miguel passiert hatten, ging der Weg weiter in Richtung Norden. Es war nicht mehr weit bis Oviedo. Sie näherten sich den Vororten der Stadt.

Johannes hatte sich bisher nicht viel in das Gespräch eingemischt. Er hatte aufmerksam zugehört und war tief berührt von den spürbaren Veränderungen der letzten Tage. Er war beeindruckt, wie sich die Reise auf die drei von ihnen ausgewirkt hatte. Nur eine Kirche hatte er heute noch nicht gesehen – dafür waren sie zu weit von den Ortschaften entfernt gewesen.

Doch dann, auf der linken Seite, tauchte sie plötzlich auf: die *Iglesia Santiago de La Manjoya*. Direkt neben der Kirche stand eine Statue des heiligen Jakobus, des Schutzpatrons des Pilgerweges. „Hey, lasst uns ein Foto von uns drei Schnecken mit dem Namensgeber des Pilgerweges machen", schlug Felix vor. Schnell fanden sie andere Pilger, die bereitwillig ein paar Bilder von den dreien machten. Sie standen dort, die Statue des Jakobus in der Mitte, und jedes ihrer Gesichter sah anders aus, als zu Beginn der Reise in León.

Natürlich ließ es sich Johannes nicht nehmen, in die Kirche zu gehen. Wieder nahm er auf einer hinteren Bank Platz. Heute war er erfüllt von einem Gefühl der Dankbarkeit. Als er sich damals entschieden hatte, diese Reise zu machen, konnte er sich nicht einmal im Entferntesten vorstellen, wie sie verlaufen würde. Es gab unerwartete Wendungen – komische, schreckliche, aber auch freundliche und interessante Begegnungen. War dieser Pilgerweg nicht in gewisser Weise die Kurzversion eines Lebenswegs? Man lebt im Hier und Jetzt, weiß nie genau, was kommt, und trifft die verschiedensten und manchmal unmöglichsten Menschen. Wäre es nicht eine wunderbare Erfüllung des Lebens, in rückblickender Dankbarkeit versöhnt mit sich selbst und den anderen zu sein?

Draußen saßen Felix und Clara in der Sonne und genossen ihr Proviant. Johannes gesellte sich zu ihnen. Bald würden sie Oviedo erreichen.

„Und, wollen wir heute ein Hotel nehmen?", fragte Felix mit einem Augenzwinkern, mehr als Provokation gedacht.

„Spinnst du?", fuhr Clara sofort auf. „Ich habe mich so an die einfachen Herbergen gewöhnt. Heute möchte ich keinesfalls den Komfort eines Hotels haben. Warm duschen kann ich zu Hause noch oft genug."

Sie spürten förmlich eine Anziehungskraft in Richtung Altstadt. Der Übergang von der Einsamkeit des Weges in die pulsierende Stadt war schleichend, aber auch brutal. Oviedo mit seinen mehr als zweihunderttausend Einwohnern war ein ganz anderes Bild. Pilger gingen in der wuseligen Stadt fast unter, auch wenn es einige von ihnen hier gab.

Zuerst wollten sie zur Kathedrale, dem vielleicht eindrucksvollsten Bauwerk der Stadt. Schon die Ansicht von außen beeindruckte Johannes. Was für ein Prachtbau! Um das Gepäck loszuwerden, suchten sie sich eine Pilgerherberge in der Nähe. Es gab hier viele, aber sie waren weit weniger persönlich als die, die sie bisher kennengelernt hatten. Dann machten sie sich zu dritt ohne ihre Rucksäcke auf den Weg zur Kathedrale.

Als sie die Kathedrale betraten, wurden sie von dem spätgotischen Meisterwerk und Weltkulturerbe fast überwältigt. Im Hintergrund des Hauptaltars erstrahlte der 12 mal 12 Meter große goldene Altaraufsatz. Allein dafür hätte man eine Stunde verweilen können, um die unzähligen Details zu bestaunen. Auch die Skulptur des San Salvador aus dem 13. Jahrhundert am Kopf des südlichen Seitenschiffs durfte nicht fehlen. Die Zeit verging schnell – sie schauten sich einige Minuten die

Sehenswürdigkeiten an, aber verweilten auch immer wieder in stillen Momenten auf einer Kirchenbank. Der Geräuschpegel war konstant: Schritte, gedämpftes Gemurmel, ab und zu ein Husten. Und den Stempel für ihre *Credencial del Peregrino* wollten sie natürlich auch nicht vergessen – direkt aus der Kathedrale.

So beeindruckend die Kathedrale auch war, sie wollten auch wieder an die frische Luft. „Treffen wir uns heute Abend noch zum Essen?", fragte Clara.

„Ja, unbedingt. Wir haben den Camino alle geschafft, das sollte gefeiert werden. Ich suche ein Restaurant, treffen wir uns um acht in der Herberge?"

Der Plan war gefasst. Johannes hatte noch ein paar Kirchen im Stadtzentrum im Kopf. Eine war die *Iglesia de San Tirso El Real*, eine der ältesten Kirchen in Oviedo. Kaum Besucher – perfekt, um noch einmal in Ruhe zu verweilen. Johannes setzte sich dieses Mal nahe am Altar und ließ sich von der Stille umhüllen.

Plötzlich hörte er ein leises Weinen. Es kam in Wellen, mal stärker, dann wieder leiser. War das nicht schon bei einer anderen Kirche auf der Pilgertour der Fall? In der *Iglesia de Santa María de Carbajal*? Doch er war sich sicher, dass es jetzt jemand anderes sein musste.

Langsam drehte er sich um und sah tatsächlich Clara, den Kopf gebeugt, weinend. Es war der Moment, in dem er der 'Da bin ich'-Johannes sein wollte. Er ging zu ihr und setzte sich mit etwas

Abstand neben sie. Sie bemerkte ihn nicht. Als sie den Kopf hob, trafen sich ihre Blicke. Wie kam er nur hierher?

„Clara, was ist?"

Mit traurigen Augen sah sie ihn an, als ob ihre Seele sich in diesem Moment öffnete. „Ich habe Angst", flüsterte sie, ihre Stimme kaum mehr als ein Hauch. „Angst vor der Reaktion meiner Tochter. Hier, auf dem Camino, ist mir bewusst geworden, wie sehr ich sie liebe. Wie tief diese Liebe in mir verwurzelt ist."

„Dann galt dein Pilgersatz also Lena", sagte er langsam. „Wie schön, dass du das erkannt hast. Aber ich dachte, du hättest dich längst mit dem Gedanken an eine Begegnung vertraut gemacht?"

„Ja, eigentlich schon."

„Hast du noch vor etwas anderem Angst?"

Da überkam Clara eine Welle von Traurigkeit, und sie weinte bitterlich.

Clara schnäuzte sich in ihr Taschentuch. Dann kamen die Worte, die sie bisher tief in sich verborgen hatte: „Das weiß sonst niemand, Johannes. Aber kurz vor der Reise habe ich einen Knoten in meiner rechten Brust entdeckt. Ich bin sofort zu meiner Frauenärztin gegangen. Nächste Woche habe ich den Termin für die Mammographie, das war der früheste mögliche Termin. Deswegen musste ich einfach weg. Sofort! Zu Hause konnte ich das nicht mehr aushalten."

Johannes rückte etwas näher. „Weiß dein Mann davon?"

„Nein."

Wieder Stille. „Mach solche Dinge nicht allein. Sprich mit deinem Mann, und auch mit Lena, egal, was der Befund sagt."

„Ich bin schon so schwach. Was, wenn ich dann noch schwächer werde?"

„Vielleicht wirst du dadurch stärker, weil sich die Last verteilt."

Johannes fuhr fort: „Und wenn alles gut ausgeht bei der Untersuchung, hast du immer noch einiges vor dir, das du ändern möchtest, oder?"

„Ja, das stimmt."

„Wann ist die Untersuchung?"

„Nächsten Donnerstag."

„Ich habe eine Idee. Sprich offen mit deinem Mann, wenn du nach Hause kommst. Und danach mit deiner Tochter. Erzähle ihr von deinen Erfahrungen und Einsichten auf dem Camino. Wenn sie nicht eiskalt ist, wird sie dich verstehen. Bitte sie um Vergebung. Versöhne dich mit ihr. Wenn das gelingt, wird sie dir sicher eine enge und liebevolle Begleitung sein, falls du eine längere medizinische Behandlung brauchst."

Clara dachte einen Moment nach. Ja, das war vielleicht der richtige Weg. Mit aufgequollenen Augen sah sie Johannes an: „Danke." Es war mehr als nur ein einfaches 'Danke'. Es war ein Wort, das aus tiefster Seele kam.

„Sehen wir uns später?", fragte Johannes.

„Ja, zum großen Abschiedsessen. Ich freue mich."

Nach acht Uhr saßen sie im *La Manjoya Restaurante*, einem kleinen, gemütlichen Lokal in der Nähe der *Iglesia Santiago de La Manjoya*. Glücklicherweise hatte Johannes im Voraus einen Tisch reserviert, denn das Restaurant füllte sich schnell. Um sie herum war es lebendig – die letzten Abendstunden des Tages ließen die Gäste in geselliger Runde verweilen, während draußen der Wind die Blätter der Bäume zum Rascheln brachte. Der Duft von frisch zubereiteten Gerichten durchdrang den Raum.

Die drei Pilger saßen beisammen und ließen ihre letzten zwei Wochen Revue passieren. Es war kaum zu fassen, wie sehr sich jeder von ihnen in dieser kurzen Zeit verändert hatte. Sie hatten alle ihre eigenen Kämpfe, Zweifel und Durchbrüche erlebt – und doch war es der Weg gewesen, der sie einander nähergebracht hatte. Die Gespräche waren heute von einer Mischung aus Humor und Nachdenklichkeit geprägt, und immer wieder musste einer von ihnen lachen, sei es über den 'einsamen Pilger' oder über die 'drei Schnecken'.

Johannes hatte eine spontane Idee. „Was haltet ihr davon, wenn jeder von uns einen Zettel nimmt und in nur drei Worten das aufschreibt, was für ihn die wichtigste Erkenntnis des Camino war?"

Clara blickte ihn mit einem fragenden Blick an. „Nur drei Worte? Wirklich? Nicht eher zehn?"

„Drei Worte sind cool, ich bin dabei!", sagte Felix und nickte, als ob er sich schon darauf freute, die eigenen Gedanken so prägnant zusammenzufassen.

In wenigen Minuten lagen die Zettel auf dem Tisch, jeder verdeckt. „Clara, du darfst entscheiden, wer deinen Zettel liest", sagte Johannes und sah sie mit einem Lächeln an.

„Du, Johannes", antwortete Clara nach kurzem Zögern. Johannes nahm den Zettel in die Hand, seine Finger strichen langsam über das Papier, bevor er es behutsam entfaltete. Die wenigen Worte darauf ließen sich klar und deutlich lesen: „Ich liebe dich."

Er hob den Blick, seine Augen suchten Claras Gesicht, aber sie war nicht zu lesen. Verwunderung legte sich wie ein Schleier über seine Züge. Wen meinte sie wohl?

Felix schob seinen Stuhl mit einem leisen Geräusch ein Stück zurück und kommentierte: „Das sind wirklich schöne Worte." Dann, in einer Mischung aus Neugier und schelmischem Grinsen, fragte er: „Und wer ist der Glückspilz?"

Clara blickte für einen Augenblick zur Decke, als ob sie dort eine Antwort finden würde, und sagte dann mit einem geheimnisvollen Lächeln: „Vielleicht lüfte ich das Geheimnis noch, mal sehen."

Johannes nahm einen tiefen, ruhigen Atemzug und sagte dann leise: „Es macht nichts, wenn wir es nicht wissen." Er lehnte sich leicht zurück, als er weitersprach. „Es ist auch so wunderschön. Wenn du diese Erkenntnis auf dem Weg hierher wirklich erreicht hast... dann hat sich diese weite, mühevolle Reise für dich sicher gelohnt."

„Jetzt du, Johannes", sagte Felix und nahm seinen Zettel, ohne Johannes zu fragen. Felix öffnete ihn und las laut vor: „Ich bin da."

„Meinst du damit, dass du wieder mehr für andere da sein willst?", fragte Clara, die in diesem Moment versuchte, zwischen den Zeilen zu lesen.

„Ja", bestätigte Johannes, „genau das. Das waren meine Ideale zu Beginn meines Berufslebens. Ich möchte sie wieder mehr in den Vordergrund stellen und für andere da sein. Auch, wenn es vielleicht schwierig wird."

„Das finde ich schön", sagte Clara mit einem warmen Lächeln. „Es klingt nach einer guten Entscheidung" und dachte dabei: ʼfast habe ich diesen Kerl ein wenig liebgewonnenʼ. Doch diesen Gedanken sprach sie nicht mehr aus.

Felix griff nun nach seinem Zettel und reichte ihn Clara. Sie öffnete ihn und las die Worte: „gestern, HEUTE, morgen" – wobei das Wort „HEUTE" in Großbuchstaben geschrieben war.

„Ja, ich habe mich ständig mit der Vergangenheit herumgeschlagen und mir Sorgen um die Zukunft gemacht", erklärte Felix, „aber ich möchte lernen, mehr im Hier und Jetzt zu leben, wie wir es auf dem Camino getan haben."

„Das freut mich für dich, Felix", sagte Clara. „Du hast eine wichtige Erkenntnis gewonnen."

Johannes blickte auf die Zettel und sah in die Runde. „Hebt euch diese Zettel gut auf", sagte er leise. „Und erinnert euch daran, wenn der Wind mal wieder aus der falschen Richtung weht."

„Amen", antwortete Felix mit einem verschmitzten Grinsen, und die drei brachen in ein herzhaftes Lachen aus.

Der Abend zog sich noch lange hin. Gespräche wurden fortgeführt, Geschichten erzählt, und immer wieder fanden sie neue Gründe zum Lachen. Es war ein entspannter und erfüllender Abschluss für ihre außergewöhnliche Pilgerreise, die jeder auf seine Weise geprägt hatte.

17 – Oviedo

Heute lag eine spürbare Aufbruchsstimmung in der Luft. Obwohl sie sich noch einmal zum Frühstück trafen, war es, als hätten ihre Gedanken den Camino bereits hinter sich gelassen. Clara fühlte sich in Gedanken längst auf dem Weg nach Hause. Sie hatte noch einiges zu regeln und wusste, dass der Weg dorthin sie über Barcelona führen würde, bevor sie schließlich nach Hamburg fliegen würde. Auch Johannes zog es zurück in seine Heimat, doch er hatte noch einen Plan. Zuerst würde er nach León zurückfahren, um sich einen weiteren Tag Zeit zu nehmen und die Stadt zu erkunden. Erst dann würde er ebenfalls nach Hamburg fliegen. Felix hingegen wollte noch mehr von Spanien entdecken. Mit seinem Eurail Global Pass Youth hatte er noch viele Ziele vor Augen.

Als sie sich zum letzten Mal an der Rezeption der Herberge trafen, umarmten sie sich innig. Keiner von ihnen wusste, ob ihre Wege sich jemals wieder kreuzen würden, doch sie tauschten Handynummern aus. Vielleicht würde der Kontakt aufrechterhalten werden, vielleicht auch nicht – ein Versprechen gab es nicht.

„Alles Gute, du einsamer Pilger", sagte Felix und klopfte Johannes während der Umarmung herzlich auf den Rücken. „Dir auch, Felix. Leb wohl."

Dann war Clara an der Reihe. Sie umarmte Felix und sagte leise: „Ich bin froh, dich und deine

Geschichte kennengelernt zu haben. Viel Kraft für dich."

„Dir auch. Vielleicht lässt du uns ja wissen, wie deine Familie reagiert, wenn du wieder zu Hause bist."

Schließlich standen sich Clara und Johannes gegenüber. „Nun passiert es also, ich umarme einen Pastor", scherzte Clara und zog Johannes in eine letzte Umarmung. „Deine Ideale sind wunderbar, lass sie niemals aus den Augen."

„Das habe ich vor", antwortete Johannes und sah sie dabei fest an. „Und dir wünsche ich ganz viel Kraft für die kommenden Wochen." Dann kam er näher, flüsterte ihr ins Ohr: „Ich werde Donnerstag an dich denken."

Clara erwiderte seinen Blick, in ihren Augen eine Mischung aus Gelassenheit und Sorge – die Mammographie stand bevor, und sie wusste nicht, was sie erwarten würde. „Ich danke dir, Johannes", sagte sie schließlich.

Mit einem letzten Blick auf ihre Reisebegleiter setzten sie ihre Rucksäcke auf. Sie wussten, dass sie sich immer an diesen Moment und die Pilgertour erinnern würden – besonders dann, wenn sie irgendwann wieder auf einem Wanderweg drei Schnecken nebeneinander entdeckten. Ein symbolisches Bild, das sie ein Leben lang begleiten würde.

Epilog

Doch auch aus Steinen, die Dir in den Weg gelegt werden, kannst Du etwas Schönes bauen.

Erich Kästner, 1933

Ich schreibe leidenschaftlich gern und habe dies in erster Linie als Wissenschaftler und außerplanmäßiger Professor an der Universität Greifswald getan, vor allem in Form von Publikationen in internationalen Fachzeitschriften, Fachbüchern und Buchkapiteln. Doch seit Dezember 2021 erlebte ich einen Versuch der Präventivzensur durch einen Universitätsvertreter: Man forderte mich auf, als eigenständiger Vertreter meines Fachgebiets meine Manuskripte vor der Einreichung bei einer Fachzeit-schrift zur Freigabe vorzulegen. Ein ungeheuerlicher Akt, der in keiner Weise mit Artikel 5 des Grundgesetzes („Wissenschaft ist frei") vereinbar ist.

Aus verschiedenen Gründen – und auch weil meine universitäre E-Mail-Adresse ohne Angabe von Gründen zum Sommer 2025 nicht verlängert wurde – stellte sich mir die Frage: Warum nicht etwas Neues wagen und aus den Steinen, die mir in den Weg gelegt werden, etwas Schönes bauen? Warum nicht einen Roman schreiben?

Dieses Buch ist nun mein erster Roman und damit ein durchaus gewagtes Experiment. Doch in den letzten Jahren habe ich erfahren, wie sehr sich die Fähigkeit einiger Menschen verändert hat, andere Standpunkte anzuhören und zu verstehen – insbesondere in Bezug auf die Pandemie und die COVID-Impfung. Verwandte, Freunde und Bekannte mit gegensätzlichen Ansichten wurden schnell nicht mehr gehört oder verstanden. Innerhalb kürzester Zeit entstanden zwischenmenschliche Gräben, die bis heute kaum überwindbar scheinen. Doch waren diese Gräben wirklich wichtiger als Familie, Freundschaft und Menschlichkeit?

Mit dieser Pilgergeschichte möchte ich sowohl Impfbefürworter als auch Impfskeptiker in eine Erzählung einbinden, die Raum lässt für Vorwürfe, Unverständnis, Wut und Verzweiflung – aber auch für Zuhören, Verstehen und Versöhnung. Und sei es nur die Versöhnung mit sich selbst.

Ich hoffe, dass diese Geschichte die Leser berührt und vielleicht dazu beiträgt, einige der zwischenmenschlichen Gräben zu überwinden. Sollte das gelingen, wäre ich von Herzen dankbar.

Ein herzliches Dankeschön geht an …

… meine liebe Frau

Sie ist eine leidenschaftliche Leserin, verschlingt jedes Jahr gefühlt hundert Bücher aus den unterschiedlichsten Genres. Sie hat auch dieses Manuskript gelesen und fand die Geschichte lesenswert.

… Jochen Bauerreis

Mit ihm verbindet mich seit 2021 eine Freundschaft. Als Akademiker und Hochschullehrer einer juristischen Fakultät hatte er selbst einen Thriller geschrieben – *Patient Nr. 11*. Seine Arbeit hat mich inspiriert, es selbst zu versuchen.

… Torsten Kochanski

Ich kenne Torsten erst seit dem Sommer 2024. Auf seinen Geschäftsreisen hört er viele Hörbücher und hat daher (so hoffe ich…) ein gutes Gespür dafür, ob eine Geschichte unterhaltsam und kurzweilig geschrieben ist. Danke, Torsten, für deine ehrliche Meinung.

Eine Buchreihe

„Pandemiemanagement auf dem Prüfstand"

Band 1: 2G

Ziel von 2G war es, die Infektionsdynamik von CO-VID-19 schnell zu beenden und eine drohende Überlastung des Gesundheitswesens abzuwenden. Doch haben sich durch 2G die Fallzahlen und die Zahl schwerer Verläufe tatsächlich stärker reduziert?

Band 2: Maskenpflicht

„Masken sind sehr wirksam", hieß es immer wieder. Doch hat das Tragen der Maske im öffentlichen Raum tatsächlich Übertragungen verhindert bzw. den Träger vor einer viralen Atemwegsinfektion geschützt?

Band 3: Impfpflicht

Eine Impfpflicht gegen COVID-19 kann nur als rechtmäßig angesehen werden, wenn sie dem Schutz Dritter dient. Aber war sie tatsächlich geeignet, den Schutz von Kontaktpersonen zu erhöhen?

Band 4: CoroFluenza

COVID-19 wurde zu Beginn der Pandemie als dramatisch, sehr schlimm und historisch einmalig beschrieben. Aber war das SARS-Coronavirus-2 tatsächlich gefährlicher als Influenzaviren oder andere Coronaviren, die seit jeher in den Wintermonaten Infektionen verursachen?

Prof. Dr. Günter Kampf

Die Stigmatisierung der
Ungeimpften während COVID-19

Eine Analyse der Reaktionen auf einen Lancet Brief

Der Lancet-Brief zur Stigmatisierung Ungeimpfter
hat weltweit große Aufmerksamkeit erregt (Top 5 %
der meistbeachteten Artikel) und eine breite Reso-
nanz bei Bürgern, Ärzten und Wissenschaftlern
hervorgerufen. Dieses Buch versteht sich als Mani-
fest für die Wiederherstellung des sozialen Zusam-
menhalts in einer zunehmend polarisierten Gesellschaft.

„Aus heutiger Sicht sorgt der Text für Nachdenk-
lichkeit, aber auch für Erschrecken, wie leichthin
die geschilderte Stigmatisierung möglich war."

Amazon Kunde 2024

78 Seiten, BoD